Garvin et Ciela

Livre 1

La Guerre des Elesrains

Victor Gueretti

Table des matières

Chapitre 1 : Un jeune prometteur..5

Chapitre 2 : Les Masques......................................24

Chapitre 3 : Létare....................................62

Chapitre 4 : Lendra la Grande Alchimiste......................98

Chapitre 5 : Le péril oriental.................................136

Chapitre 6 : Premiers Contacts............................169

Chapitre 7 : La Plaine des Cendres...............................207

© 2024 Victor Gueretti
Édition : BoD - Books on Demand, 31 avenue Saint-Rémy,
57600 Forbach, bod@bod.fr
Impression : Libri Plureos GmbH, Friedensallee 273,
22763 Hamburg (Allemagne)
ISBN : 978-2-3225-5551-2
Dépôt légal : Janvier 2024

Chapitre 1 : Un jeune prometteur

L'automne avançait paisiblement dans la forêt de Felden, les feuilles de ses immenses arbres se colorant jour après jour de leur teinte dorée, qui brillait sous le soleil indécis de cet après-midi nuageux. L'odeur des sous-bois, marqués par l'humidité et le chant des oiseaux, donnait à ce milieu une atmosphère bien particulière, caractéristique de cette période de l'année. Entre les troncs larges et espacés des frênes, un jeune homme assez solide marchait sans se presser mais en gardant le regard vigilent sur les alentours. Les cheveux châtain, le nez droit, l'air sérieux et concentré, il tenait une hache dans sa main droite, ainsi qu'un couteau dans la ceinture de toile nouée autour de sa taille, entre sa veste et son pantalon bruns. Enfin, il parvint à l'endroit qu'il cherchait à atteindre : un espace légèrement plus dégagé dans les bois, où s'empilaient des branches sèches massives, à découper et à charger dans une petite charrette située à droite. Quelques premières feuilles tombées des arbres environnants reposaient sur le sol. Il posa sa hache contre un rondin dressé près de lui et s'empara de deux premières branches, qu'il souleva du tas et qu'il entreprit bientôt de découper, pour pouvoir ensuite en ramener les morceaux dans son village. La chaleur de l'été s'estompait définitivement et il fallait prévoir des réserves pour la fin de la saison, et encore plus pour celle à venir. Il s'activa tout en conservant son attitude professionnelle.

La forêt de Felden, interminable, se confondait avec le royaume du même nom, dirigée par un roi et peut-être plus encore par son entourage, un groupe de barons profiteurs qui imposaient de lourdes taxes aux citoyens du pays. On racontait même que les brigands qui s'emparaient des ressources des villages lors de raids travaillaient pour eux, et avaient pour objectif de soutirer un peu plus d'argent encore que ce que le gouvernement prenait officiellement. Pour en avoir lui même été témoin, le jeune homme, Garvin, bûcheron occasionnel, pensait exactement ainsi. Il comptait travailler sans trop s'arrêter, des fois qu'une patrouille de ces bandits viendrait à s'aventurer jusqu'ici, même s'il se trouvait à la limite nord du royaume et que les chances que cela se produise restaient limitées. Cette frontière officieuse se situait quelques kilomètres plus loin, là où la forêt se terminait, et il eut envie d'abandonner son activité pour se lancer hors d'ici, mais pour l'instant, les autres villageois comptaient sur lui. Il comptait ramener une charrette pleine et se porter volontaire pour un tour supplémentaire, imprévu, au cours duquel il allait pouvoir enfin s'enfuir. Les premières branches découpées, leurs morceaux entassés derrière lui, Garvin put s'attaquer aux suivantes, qui se brisaient facilement sous le mouvement de la hache, et parfois même seulement en exerçant une pression avec les mains, pour les moins grosses. Les minutes passaient tranquillement, lui permettant de réduire la masse initiale de bois, rassemblée par d'autres quelques jours auparavant. Il n'utilisait presque pas le rondin à sa disposition, et entreprit bientôt de commencer à remplir la charrette, en prévision, avant de continuer à couper des branches. Les morceaux continuaient de s'accumuler, et il lui sembla évident qu'il allait en rester pour au moins un autre voyage.

Alors qu'il venait de boucler le chargement et qu'il revenait vers le centre de l'espace dégagé, des bruits ressemblant fort à la course de plusieurs chevaux se firent entendre sur la droite, légèrement en avant. Il cessa le déplacement qu'il venait d'initier et écouta plus attentivement ce son qui se rapprochait de lui. Reconnaissant le bruit typique des sabots sur le sol, bien qu'amortis par le terrain forestier, il s'activa rapidement, agité et désireux de se mettre à l'abri au plus vite. Il repéra ses alentours, cherchant une arme de fortune, car la hache se trouvait trop loin de lui, et il se courba pour ramasser une branche robuste, maniable, puis recula vers un frêne massif qu'il avait croisé en venant. Mais à peine quittait-il la petite clairière que les cavaliers en maraude y parvenaient. Garvin se retourna tout en marchant et aperçut quatre individus en armures légères, deux femmes et deux hommes, dont les montures ralentirent pour s'immobiliser à quelques mètres de lui. Guidés par une dame d'environ trente ans, une belle brune aux yeux bleus, ces quatre cavaliers, armés d'épées longues pour l'instant rangées dans leurs fourreaux, n'allaient très certainement pas le laisser s'en aller comme ça. Garvin se posta face à eux, ne cherchant plus à s'enfuir, et attendit que le dialogue s'ouvre avant d'agir, dès fois que la discussion puisse régler la situation. La guerrière brune, en avant de ses complices, le regardait avec intensité tout en lui adressant un petit sourire séducteur, une expression qui semblait indiquer qu'elle s'intéressait à lui de manière très personnelle. La fille à sa gauche et les deux jeunes hommes à sa droite se tenaient en attente, très observateurs, et pour l'instant pacifiques. Garvin continuait de serrer la branche dans sa main droite, et la dirigeait vers le sol, essayant de se donner l'air ferme. Après tout, il ne faisait que ramasser du bois, mais ces quatre personnes ressemblaient fort aux brigands qu'il avait déjà vu aux abords des villages plus au sud.

— Mais c'est qu'on trouve de beaux garçons dans ce coin de la forêt ! s'exclama la brune aux yeux bleus. Je devrais y venir plus souvent !

Ses trois acolytes se mirent alors à rire, et Garvin conserva son calme.

— Oui, tu as raison, il est vraiment pas mal... approuva la deuxième fille, aux cheveux châtain, et d'une voix chaude.

— Bah, et nous ? Demanda l'homme le plus à gauche de Garvin, faussement choqué.

— Vous êtes bien vous aussi, ne vous en faites pas, reprit la fille avec le sourire, qui semblait sincère.

— Il a l'air plutôt costaud, on l'enrôle ? Proposa le deuxième jeune, posté juste derrière la meneuse du groupe.

— Rrr, oui ! Dit cette dernière sur un ton coquin. Tu vas voir, ce sera sympa, on a des tas de jolies filles à la forteresse. Et puis on va te trouver une copine... moi par exemple !

Comme elle parlait à la fois avec humour et avec passion, ses amis sourirent en chœur, mais Garvin sentait que cette histoire d'enrôlement n'était pas une plaisanterie.

— Il est pas un peu jeune pour toi ? Lui demanda le premier homme.
— Au contraire... répondit-elle avant d'éclater de rire, s'amusant à essayer de faire peur à Garvin.
— Elle a raison, ce sera bien d'être avec nous, continua le deuxième jeune. Mieux que de traîner dans les bois à travailler pour pas grand-chose. Et puis on gagne plutôt bien sa vie.
— Ça oui ! Insista la fille de droite. Allez, viens avec nous.

Sentant qu'il se trouvait dans une impasse, Garvin se résolut à devoir les affronter.
— Pour me retrouver à attaquer mon propre village ? Fit-il, démontrant qu'il n'était pas naïf. Vous me voulez, alors venez me chercher.

Il releva la branche vers eux et s'empara de son couteau de sa main gauche, prêt à leur résister. Il s'était entraîné dur pour faire face à se genre de situation, peut-être en solitaire, mais avec beaucoup de conviction. S'il parvenait à frapper fort d'entrée, cela pouvait suffire à les surprendre et les faire reculer.
— C'est bien dommage... dit la meneuse, réellement déçue par son obstination.

Elle commença à enjamber la selle de son cheval, et l'homme le plus à gauche, brun lui aussi, sauta au sol et dégaina son épée, puis se dirigea vers Garvin, qui demeura immobile, la jambe droite légèrement pliée, n'hésitant qu'entre deux choix possibles : riposter en bondissant sur lui ou attaquer le premier. Finalement, ils portèrent leur coup en même temps ; la branche résista au premier contact avec l'épée, alors Garvin en profita pour plonger en avant. Moins habile de sa main gauche, la dague manqua son adversaire, qui esquiva en pivotant vers la droite. Garvin tenta alors une vaste attaque au gourdin en se retournant : la branche passa très près du buste de son opposant, qui dut se pencher en arrière pour ne pas être touché. Voyant qu'il était déséquilibré, Garvin se précipita sur lui sans attendre, se pencha au moment de l'impact et le fit reculer à toute vitesse pour le plaquer contre le tronc du frêne. Le jeune homme fit un pas en arrière et porta un coup violent au bandit sonné, le blessant au flanc, le couteau ayant traversé son vêtement de cuir. Il leva le gourdin et l'assomma en envoyant l'extrémité de la branche sur son front. Le premier adversaire chutant au sol, Garvin se retourna et fit alors face aux trois autres, qui tenaient tous leur épée en main, bien décidés à le pourfendre. Là, il sentit que les choses se corsaient et qu'il devait compter sur de la chance en plus de ses facultés personnelles. Alors que ses ennemis temporisaient avant de passer à l'offensive, il repéra la hache, posée derrière eux à côté du rondin, qu'ils ne semblaient pas avoir vu. Il pouvait tenter de lancer son poignard sur l'un d'eux et franchir leur défense, puis s'emparer de l'arme de bûcheron. Alors que le combat allait reprendre, et que l'homme à gauche s'apprêtait à attaquer, effectuant un premier pas, il fut projeté en arrière par une force inattendue, soulevé de sol pour y être étalé un instant après. Les deux femmes restantes parurent aussi surprises que Garvin ; tous trois tournèrent leur regard vers la gauche.

Une magnifique jeune fille se tenait debout en bordure de la clairière, affichant un air confiant. Grande, lumineuse, ses longs cheveux blonds et lisses encadraient son visage superbe, fin et aux traits amicaux. Pour Garvin, une telle personne ne pouvait que lui venir en aide au moment où il en avait besoin. La cheffe des bandits adressa un signe à sa dernière acolyte.

— Vas-y, ordonna t-elle, lui désignant la jeune femme blonde.

La brigande s'élança sans discuter. Alors qu'elle comblait la distance qui la séparait de cette nouvelle arrivante, la jeune blonde leva le bras droit et détendit ses longs doigts aux ongles bombés : la femme armée qui venait à elle fut à son tour éjectée en arrière, avec encore plus de puissance. Elle effectua une roulade, puis demeura à terre quelques instants, le temps de retrouver sa lucidité. La meneuse du groupe jeta un regard effrayé à Garvin avant de reculer. L'homme qui avait été la première victime de la magicienne blonde se redressa et prit la fuite vers les chevaux, rejoignant les deux femmes de la bande. Ils remontèrent en selle en se précipitant, abandonnant le quatrième membre du groupe, toujours allongé près du frêne. Leurs montures leur firent très bientôt quitter les lieux à toute allure, reprenant la direction inverse de leur venue.

Après les avoir regardé s'en aller, Garvin se tourna vers sa sauveuse et l'admira tandis qu'elle marchait vers lui en dégageant une sérénité et une élégance presque surnaturelle. Elle semblait venir d'un autre royaume, d'un autre monde peut-être, d'un pays nordique tout du moins. Bien qu'assez mince, cette jeune femme blonde paraissait être forte physiquement, avec des épaules droites et larges, un corps de jeune guerrière qui ajoutait à l'impression de puissance qui émanait d'elle. En remarquant qu'elle avait des yeux bleus d'une grande intensité, Garvin fut plus que jamais ébahi par sa splendeur. Cette héroïne, qui comme lui possédait un nez droit et une attitude volontaire, parvint devant lui. Se reprenant, il inclina respectueusement son front et releva la tête.

— Vous allez bien ? Lui demanda t-elle d'une voix douce et assurée à la fois.

— Oui, grâce à vous. Je vous remercie, je n'aurais jamais pu les vaincre tout seul... Vous êtes arrivée à temps.

La jeune fille acquiesça en fermant les yeux brièvement, un geste noble que Garvin nota immédiatement, et qu'il trouva on ne peut plus charmant.

— Je m'appelle Ciela, dit-elle distinctement. Je suis heureuse que vous n'ayiez rien.

À sa grande surprise, elle tendit l'une de ses mains superbes, à l'ossature marquée, l'invitant à la serrer. Hésitant devant cette jeune femme troublante de confiance, Garvin finit par avancer la sienne. Lorsque que sa main recontra celle de la jeune femme blonde, une énergie le parcourut entièrement, l'étourdissant un instant, et lui fit lâcher un soupir au moment où l'effet retomba.

— Que faites-vous ici, si loin dans les bois ? Lui demanda Ciela. Et comment vous appelezvous ?

Garvin sentit qu'il pouvait tout lui raconter, et à vrai dire, il s'estimait plus en sécurité que jamais auprès d'elle. Il existait plusieurs magiciens dans les parages, des gens dotés de pouvoirs certains, capables de fabriquer des potions de guérison et de jeter quelques sorts, mais aucun n'avait démontré de telles facultés.

— Je suis Garvin, je viens d'un village à une dizaine de kilomètres au sud. Je venais couper et récupérer du bois lorsque ces bandits m'ont surpris.

— Vous vous défendez bien ! Le complimenta Ciela, en baissant le regard sur le brigand à terre. Je vous ai vu leur faire face, et je dois dire que vous avez bien du courage.

Garvin prit cela comme un immense compliment de sa part, et ne sut quoi répondre, à part incliner la tête de nouveau.

— Vous êtes une magicienne très forte, finit-il par dire. Ce que vous avez fait... c'est bouleversant.

— Ah, cela fait longtemps que je m'entraîne, expliqua Ciela. Je viens affronter les bandits par ici, souvent ces derniers temps.

Le jeune homme se souvint alors d'une histoire racontée par un habitant de son village quelques mois plus tôt, qui parlait d'une force magique mettant en déroute les bandes locales, et par laquelle il avait lui-même été sauvé. Garvin comprit alors qu'il s'agissait d'elle.

— Moi, j'habite en bordure d'un village au nord-ouest, dans une vieille maison, avec une dame âgée, Ivelda, qui est aussi magicienne. Elle est très gentille et a confiance en moi.

À l'entendre parler, et la trouvant si aimable, le jeune homme eut l'intuition qu'il devait tenter quelque chose pour améliorer son avenir. Soudain, alors que le silence durait depuis plusieurs secondes, il se décida et s'exprima avec authenticité.

— Je peux vous demander une faveur ? Fit Garvin, qui espérait de toutes ses forces une réponse positive.

— Oui, que voulez vous ?

— Pouvez-vous me faire sortir d'ici ? Je veux dire... l'ambiance est très mauvaise dans mon pays, nous sommes pauvres et ces bandits nous prennent presque tout. Ils vont peut-être me chercher maintenant, il vaut mieux que je parte. Et puis, je ne suis jamais sorti des limites de Felden... — C'est d'accord.

Sans voix devant cette réponse si rapide, Garvin se demanda si elle était véritablement sincère.

— Venez avec moi, je vous mènerai hors de ce pays, continua t-elle.

Cette fois-ci, le jeune homme en fut certain : l'ouverture qu'il espérait, qu'il attendait depuis des années, se présentait enfin. Cette proposition ne pouvait pas être refusée, et il se retenait presque de bondir de joie.

— Oh... soupira t-il, soulagé et souriant, son coeur s'accélérant.

— Si vous voulez, nous pouvons partir maintenant, lui suggéra Ciela, ce à quoi il acquiesça rapidement, plusieurs fois d'affilée. Venez, je vais vous guider.

Elle fit un pas de côté et tendit le bras vers le nord-ouest, où l'on pouvait progresser aisément entre les grands arbres. Garvin, devant ce semblant de route forestière, se tint d'abord immobile, observant la beauté des sous-bois, puis inspira l'air ambiant et fit enfin un premier pas dans cette direction. Ciela, l'air heureuse, se mit à marcher en même temps que lui, se tenant à sa droite, à moins d'un mètre de lui, pour son plus grand plaisir. Un sentiment grandiose le traversait, comme s'il venait de faire la plus belle et la plus importante rencontre de toute sa vie.

Garvin ne s'était encore jamais aventuré si loin au nord que dans cette clairière qu'il quittait alors, et il sentait l'enthousiasme le gagner un peu plus à chaque nouveau pas, à chaque arbre qu'il dépassait en compagnie de la sublime magicienne blonde, qu'il se jurait de remercier encore et encore, une fois qu'ils seraient sortis de Felden. Pour l'instant, la forêt s'étendait toujours à perte de vue, mais il lui semblait qu'elle gagnait en luminosité. Il avançait presque tout droit, s'écartant parfois pour éviter un tronc : attentif à l'environnement, il savait que s'il se trompait de sens, Ciela serait là pour lui dire et lui montrer la voie. Garvin jetait souvent un regard à sa droite, admirant la confiance de sa nouvelle amie, une fille si exceptionnelle qu'il avait encore du mal à réaliser ce qu'il venait de se passer, et la situation dans laquelle il se trouvait à ce moment. Mais la perspective de nouvelles contrées, plus proches que jamais, et la vue de Ciela près de lui le poussaient à continuer sans trop se poser de questions. L'horizon se dégagea peu à peu et une nouvelle clairière, large et verdoyante, apparut droit devant, au-delà d'une dernière rangée d'arbres.

— Nous y voilà, dit Ciela de sa voix charmante. La limite nord de Felden. La maison où j'habite n'est plus qu'à quelques kilomètres.

Garvin, le regard ébloui, observa la manière dont la forêt encadrait presque toute la clairière où ils arrivaient, laissant seulement un côté ouvert sur le nord. Le soleil brillait enfin, donnant une teinte dorée à l'herbe qui s'étendait devant eux. Plus loin, au bout de la clairière, le terrain descendait vers un sentier de terre rectiligne qui filait entre des champs, les plus vastes que Garvin ait pu voir. Bien entendu, les villages de

Felden s'entouraient de tels espaces, mais ils demeuraient très modestes. On racontait que ceux qui bordaient la capitale, loin au sud, constituaient l'une des régions les moins forestières du royaume, mais il n'avait jamais eu l'occasion d'aller le vérifier par lui-même. Il descendit la pente en compagnie de Ciela, et tous deux s'engagèrent sur le chemin qui quittait Felden. Alors qu'ils marchaient dans une ambiance paisible, la jeune femme, intriguée par son voisin, se tourna vers lui. — Peut-être avons-nous le même âge ? Supposa t-elle, haussant les épaules. J'ai dix-huit ans, et vous ?

— Moi aussi ! Répondit Garvin avec le sourire, Ciela en esquissant un à son tour.

— Alors l'avenir est à nous ! Reprit-elle joyeusement. Vous allez voir, vous serez mieux ici.

Déjà convaincu depuis les premières minutes de leur rencontre, Garvin ne s'en sentit que plus rassuré encore. L'attitude de sa sauveuse pleine d'assurance exerçait une influence merveilleuse sur lui. Les nuages blancs qui parcouraient le ciel paraissaient moins nombreux, et défilaient à faible allure, pour laisser le soleil éclairer la région pendant de longues périodes. L'air, plus chaud que dans la forêt, donnait à leur marche une apparence de balade dans la campagne, une sensation de vacances inattendues. En ce début d'automne, les champs déjà finis de moissonner se reposaient en prévision de l'année prochaine, et les paysans devaient avoir regagné les villages situés plus loin. La soirée débutait déjà, le soleil déclinant vers leur gauche tout en illuminant les nimbus qui voguaient sur le chemin de ses rayons. Ciela montra du doigt une forme lointaine, une demeure à étage située derrière un bosquet de trois bouleaux, sur le côté droit de la route de terre.

— Voici ma maison ! s'exclama t-elle. Je vais vous présenter à Ivelda. Vous verrez, elle est très gentille, et elle saura vous conseiller.

— Je vous remercie, car pour le moment, je ne sais pas vraiment quoi faire, avoua Garvin.

— Ne vous en faites pas, je suis sûr qu'elle vous invitera à rester pour la nuit, nous avons des chambres libres, l'informa Ciela.

À respirer l'air, Garvin nota une odeur de feu de cheminée, et en approchant de la maison, il s'aperçut qu'une fumée s'élevait de son toit. Un intérieur chaud l'attendait sûrement, et il laissa Ciela le dépasser pour le mener jusqu'à la porte d'entrée du bâtiment. Plus loin le long de la route se distinguaient les toits d'un village proche, à seulement deux cents ou trois cents mètres de la demeure isolée, faite de pierre et de bois. Ciela avança et ouvrit la porte, révélant un intérieur marron clair, la couleur du bois, éclairé par la lumière d'un feu moyen qui brûlait en face de l'entrée, dans une cheminée ouverte, composée de trois façades de pierres gris foncé. La cuisine se trouvait sur la droite, avec de petits meubles et des bassines, tandis que de l'autre côté, un escalier à angles droits menait au premier étage. De l'extérieur, Garvin avait remarqué l'existence d'un grenier situé au-dessus. Le plancher, bien qu'un peu ancien, ne grinça pas lorsque Ciela fit ses premiers pas dans la pièce.

— Ivelda, je suis de retour ! s'annonça t-elle.

Des bruits provinrent d'en haut de l'escalier, et une voix leur parvint de plus en plus distinctement.

— Ah, Ciela ! Tout s'est bien passé ?

La dame en question se présenta dans les marches : âgée d'une soixantaine d'années, avec ses cheveux longs et légèrement bouclés, elle descendit lentement, prudente, et releva son visage dont l'expression amicale plut immédiatement à Garvin : il reconnaissait là le portrait donné par la jeune femme blonde.

— Oui, j'ai sauvé un jeune homme. Et le voici ! Je te présente Garvin, qui vient de Felden.

Ivelda arriva en face de la porte et adressa un signe de tête au jeune homme.
— Soyez le bienvenu ! J'ai préparé à manger, venez à table, vous avez sans doute faim.

De plusieurs mouvements des bras, elle l'incita à venir à droite de la pièce, dans la cuisine, vers la fameuse table rustique où reposait la nourriture du soir, les pommes de terre, le pain et le jambon. Pendant ce temps, Ciela referma la porte et vint les rejoindre.

— Vous allez nous raconter comment vous êtes venus ici ; il est rare de voir des gens arrivés de Felden, dit Ivelda, impatiente.

Garvin prit place et commença à manger sans trop attendre, puis Ciela et lui parlèrent de leur rencontre fortuite dans la forêt. Ivelda, passionnée par le récit, regrettait la situation à Felden, et assura au jeune homme qu'il pouvait rester aussi longtemps qu'il le souhaitait, et que pour l'instant, il allait loger là, dans une chambre qu'elle alla lui montrer. Ils passèrent une porte à droite de la cheminée pour arriver dans une petite pièce occupée par un lit. Une fenêtre au fond, à gauche, exposée est, donnait encore un peu de luminosité à cet ensemble très simple, mais que Garvin accueillit comme un magnifique cadeau. Tous les événements de la journée le rendaient un peu fatigué en cette fin de soirée, mais il tenait à rester debout encore un peu. Il rejoignit alors Ciela devant la maison, et resta avec elle pour regarder les lumières du village au loin.

— C'est très beau, n'est-ce pas… dit-elle de sa voix douce.

Garvin approuva en silence, admiratif de ce paysage gagné petit à petit par l'obscurité, le soleil ayant basculé définitivement à l'ouest.

— Dormez autant que vous voulez, ne vous inquiétez de rien, cher Garvin, vous êtes notre invité, lui assura t-elle une fois encore. Demain, nous verrons ce que nous pouvons faire pour vous. Ils auront certainement besoin d'un jeune volontaire comme vous là bas.

Elle désignait les maisons que la nuit encerclait presque entièrement désormais.

— Je vais aller m'allonger, dit Garvin, gagné par le sommeil.

— Bonne nuit Garvin.

— À vous aussi, Ciela, répliqua t-il, le coeur bondissant rien qu'à prononcer le nom de sa sauveuse.

Elle le regarda entrer dans la maison, et demeura dehors tandis qu'il s'en allait vers sa chambre. Habité d'une joie véritable, il mit un petit quart d'heure avant de s'endormir en souriant, à la lisière d'un nouveau monde qu'il devait encore découvrir.

Il se réveilla tard le lendemain, à plus de dix heures trente, et se leva lentement pour se rendre dans la cuisine, où il se retrouva seul. Garvin observa la pièce pendant un long moment et se dirigea vers la table ; Ivelda descendit l'escalier au moment où il s'intéressait à la nourriture posée devant lui.

— Installez-vous et mangez ! l'invita t-elle en s'exclamant et en lui montrant le dessus de la table. J'ai préparé un petit-déjeuner pour vous.

Touché par cette attention, Garvin s'assit pendant qu'Ivelda s'occupait de ranger des serviettes dans un placard haut, en face de lui.

— C'est une très belle journée d'automne, dit-elle. Il n'y aura pas besoin d'allumer le feu aujourd'hui !

Garvin sourit et piocha des biscuits dans un pot de verre. La vieille dame continua de faire un peu de ménage pendant qu'il prenait son repas, puis elle se tourna vers lui. — Ciela va bientôt revenir, elle est partie au village pour chercher à manger pour ce soir, expliqua t-elle avant de marquer une pause. Elle est jolie, n'est-ce pas ?

Garvin, timide, ne put qu'abaisser la tête et dire « oui » à voix basse.

— Elle vous apprécie, continua Ivelda. Hier soir, elle m'a dit qu'elle sent que vous êtes quelqu'un de très particulier, et moi aussi j'ai cette intuition maintenant.

Intrigué, le jeune homme voulut en savoir plus.

— Que voulez-vous dire, madame ?

— Oh, appelez moi Ivelda, fit-elle, enjouée. Hé bien, elle se demande si vous n'auriez pas des pouvoirs magiques, vous aussi. Elle vous a certainement dit que je suis une vieille enchanteresse, non ? Vous est-il déjà arrivé de réaliser des choses hors du commun ?

Le hochement de tête répété et positif de Garvin, pensif, lui confirma l'impression qu'elle avait.

— Il m'est arrivé de soigner des gens et des animaux rien qu'en les touchant et en me concentrant, raconta Garvin. Mais ce que j'ai fait de plus étonnant est d'avoir déclenché le feu dans une rue pour barrer la route de cavaliers brigands qui venaient prendre nos marchandises.

— Oh... soupira Ivelda, ébahie et heureuse de constater que l'intuition de Ciela s'avérait juste. Nous avons recueilli un petit magicien ! Non, pardon, un grand magicien, qui a déjà de l'expérience et qui a montré son courage. Ciela m'a tout dit.

Bon, écoutez, je suis décidée à vous aider, et je l'étais déjà hier soir. Restez ici cette semaine, reposez vous. Vous êtes ici chez vous. Pour ce qui est de Ciela, elle vous aidera à vous sentir bien ici, mais je crois que c'est déjà le cas, non ?

Son clin d'oeil fit sourire Garvin, car elle devinait l'attachement du jeune homme pour la jeune femme blonde. Il rougit très légèrement et regarda au sol ; l'instant d'après, des bruits de pas retentirent près de la porte ouverte de la demeure, et Ciela fit son entrée avec un sac de toile dans les bras. Ivelda l'entendit et se retourna.

— Tu avais raison, ce garçon, il a bien des pouvoirs ! s'exclama t-elle.

— C'est vrai ? Fit-elle, surprise de se voir si vite confirmée. Dans ce cas nous sommes trois maintenant.

— Oui, mais il faudrait lui dire vite... continua Ivelda d'un ton soudain plus sombre qui inquiéta légèrement Garvin.

— D'accord, approuva Ciela, posant le sac à sa droite. Je suis très heureuse de t'avoir sauvé et rencontré dans les bois hier. J'adore cet endroit, mais je dois t'avertir qu'il va bientôt y avoir du changement me concernant.

Elle invita Ivelda à poursuivre d'un rapide mouvement de la main à son égard.

— Voilà : la lointaine cité et territoire de Létare cherche de jeunes éléments talentueux pour constituer une nouvelle génération de magiciens, y compris pour les sièges les plus hauts. Les responsables de Létare ont entendu parler de notre jeune championne et l'ont invité à les rejoindre là-bas.

La nouvelle attrista logiquement Garvin, qui comprit alors que sa protectrice allait s'en aller pour un long moment, alors qu'ils commençaient à peine à se connaître.

— Je pense que Ciela sera acceptée sans discussion, déclara Ivelda avec fierté. Je n'ai jamais vu une personne de son âge disposer de pouvoirs aussi étendus. Je sais qu'à l'avenir, elle deviendra la plus puissante magicienne du monde, peut-être déjà dans dix ans.

Ciela sourit et inclina le visage par côté en signe de remerciement.

— Mais cela veut dire... fit Garvin, qui se préoccupait à présent de sa propre situation. Et vous, Ivelda ?

— Je reste ici, dit-elle en agitant le poing. Dans quelques années, je me rendrai à Létare, pour rejoindre Ciela. C'est la grande cité de la magie. Mais pour le moment, je ne bouge pas.

— Je te donnerai ma chambre, elle est mieux, souffla Ciela à Garvin, avec une complicité qui lui mit du baume au coeur.

Encore surpris d'être tutoyé, le jeune homme se força à adopter la même attitude qu'elle.

— Quand pars-tu ?

— Dans cinq jours. D'ici là, je te ferai visiter le village et la campagne autour. Tu verras, c'est très beau et je sais que tu t'y plairas bien d'ici peu.

Toujours admiratif de la confiance affichée par Ciela, Garvin sentit son moral remonter. Une certitude l'accompagnait désormais : la superbe blonde avait trop de talent et force pour demeurer plus longtemps dans cette partie du monde, alors que tant d'autres n'attendaient que sa venue. Il savait qu'il se trouvait en présence d'un espoir exceptionnel, une jeune femme capable de changer le monde, même toute seule. Et pour cela, il allait conserver précieusement le souvenir de leur rencontre, mais aussi des cinq journées à venir.

Celles-ci se déroulèrent d'une manière idéale, lui offrant l'opportunité de côtoyer Ciela pendant des heures. Comme promis, la magicienne l'amena au village, un regroupement de cinq cents habitants manifestement bien plus joyeux que ceux de Felden. Des soldats patrouillaient pour s'assurer de la sécurité du périmètre tandis que les gens d'ici semblaient vivre sereinement. Garvin se félicitait d'avoir saisi sa chance de quitter son pays et saluait les passants, qui lui inspiraient de la sympathie. Il s'imagina déjà être leur nouvel ami, présenté à quelques boutiquiers par Ciela comme un arrivant de grande valeur, qui allait résider ici pour quelques mois minimum. Rentré à la maison d'Ivelda, il aidait la vieille dame à préparer les repas, faire la vaisselle et passer le balai, se rendant utile en diverses occasions, et désireux d'en faire plus encore. Il se couchait avec un bonheur inédit, se dressait sur ses jambes le matin avec une énergie inhabituelle, élaborant de petits projets et de grands ambitions. Un peu après midi, le jour précédant le départ de Ciela, il s'arrêta de balayer alors que les deux femmes finissaient leur repas, posa son outil contre le meuble en face de la table, s'écarta en reculant et tendit la main. Se concentrant sur le balai à la verticale devant lui, une force envahit sa main et le manche fut attiré entre ses doigts, comblant presque un mètre de vide avant qu'il ne le saisisse sous les applaudissement d'Ivelda et Ciela.

— Bravo, bravo ! Dit la vieille dame.

— Et ce n'est qu'un début ! Compléta Ciela, ravie.

Le soir venu, comme à chaque fois, il se retrouva dehors avec elle à regarder le village et ses lumières. Après de longs instants passés côte à côte, Garvin se tourna et admira les traits du visage de Ciela, à laquelle il eut envie de faire mille compliments.

— Tu es vraiment une grande magicienne. Je pense que je ne pourrai jamais faire ce que tu as fait dans la forêt.

— Ah, c'est parce que je lance des sorts depuis que j'ai six ans, expliqua t-elle en douceur, faisant s'élever les sourcils de Garvin. D'ici quelques temps, tu auras beaucoup progressé, à ton tour.

Plusieurs secondes passèrent, pendant lesquelles ils observèrent le paysage.

— Cet endroit, et Ivelda, vont beaucoup me manquer. Et toi aussi. Je ne pourrais sans doute pas revenir ici avant des années. Mais l'avenir de Létare passe avant tout. C'est une chance d'être appelée dans un tel lieu, et je ferai tout pour réussir mon avenir.

— Je comprends, dit Garvin, calme, la voix troublée et grave à la fois. Je sais que tu feras de grandes choses.

— Tu es gentil, Garvin. Prends bien soin d'Ivelda.

— Pas de souci ! Lui assura le jeune homme en souriant. C'est sur ma liste !

Ils restèrent quelques minutes de plus dans la nuit qui débutait puis regagnèrent leurs chambres respectives après s'être salués.

Le lendemain fut encore une journée chaude et ensoleillée pour la saison. À table, après le petit déjeuner, Garvin reparla de la situation à Felden et de l'injustice que vivaient ses anciens concitoyens.

— Oui, c'est souvent que nous avons entendu parler des bandits et du roi, dit Ivelda. Je vous déconseille de vous y aventurer de nouveau, du moins pas avant des années. Nous sommes dans une petite province indépendante, et bien peu puissante, je le regrette. Mais je sais que dans la Fédération des Mille Collines, au nord-ouest, il y a des gens qui veulent intervenir à

Felden. Si j'étais vous, j'essayerai de les contacter, plus tard. Il faut vous laisser le temps d'en apprendre plus et de réfléchir, de prendre votre décision. En attendant, cela me fera plaisir d'avoir de la compagnie !

Garvin termina le repas avec plaisir sur cette note agréable à entendre, et il s'imaginait pouvoir donner des renseignements précieux à des militaires motivés par une incursion à Felden, comme le suggérait Ivelda. Il fit une balade en fin de matinée avec Ciela jusqu'au village, désirant profiter de ses dernières heures en compagnie de la jeune femme blonde. Son coeur s'alourdissait au fil de la journée, et s'emballait dès que son regard se posait sur les traits de la jeune femme, au teint et aux cheveux rayonnants sous le soleil, qui brilla sans discontinuer.

À midi et demi, ils se retrouvèrent à trois autour de la table à manger, et Ivelda montra à nouveau sa détermination à prendre sous son aile le jeune jeteur de sorts.

— Je compte bien vous former, même si la plupart du temps, les magiciens apprennent l'essentiel par eux mêmes. Vous êtes un jeune prometteur, Garvin, et je pense que vous pouvez devenir l'un des plus grands magiciens du Sud et de l'Ouest. J'en fais le pari ! Souriant, Garvin approuva en silence et termina son assiette, rêvant brièvement d'un futur possible où il serait à même d'accomplir de grandes choses, en prenant exemple sur celle qui l'avait sauvé, une semaine plus tôt.

Ciela monta ensuite à l'étage, pour terminer de faire ses bagages. Elle devait partir en fin d'après-midi, comme prévu, avec un sac de voyage qui ne contenait que le minimum, car Ciela savait qu'il y aurait tout ce qu'il faut une fois rendue à Létare. Elle semblait calme même si son départ l'attristait également : Ivelda et elle s'étaient

préparées depuis des années au fait que des magiciens étrangers lui proposent un l'avenir exceptionnel qu'elle méritait par son talent et son sérieux. Garvin aussi en paraissait convaincu, et cela le soulageait. Il fit une promenade en solitaire, qu'il mena lentement avant de revenir et d'attendre avec Ivelda dans la grande salle à manger. Enfin, ce fut l'heure ; Ciela redescendit l'escalier avec son sac de toile renforcé sur le dos. Émue, elle se dirigea vers Ivelda, qui la prit dans ses bras.
— Tout va très bien se passer, lui assura t-elle. Vas, et poursuis tes rêves, ne t'en fais pas pour moi.
Elles reculèrent tout en demeurant face à face. Bien que troublée, Ivelda la regardait avec une grande fierté.
— D'ici quelques temps, je prendrai moi aussi la route de Létare, et je verrai à quel point tu seras immense alors, continua la vieille dame avec certitude.
— Merci, sans toi, cela va être difficile, surtout au début, mais je ferai de mon mieux.
— Je sais que tu vas réussir. Vas-y, maintenant.
Ciela acquiesça, retrouvant sa sérénité après cet au-revoir. Elle sortit de la maison, suivie de près par Ivelda et Garvin ; la jeune blonde prit quelques mètres d'avance et se retourna, regardant son ami droit dans les yeux, puis lui fit signe de s'approcher. Tremblant d'émotion, Garvin avança vers elle, le regard timide devant l'imminence de leur séparation. Il s'arrêta près d'elle et lorsqu'il releva la tête, elle fit un pas et le serra dans une étreinte chaleureuse. Garvin ferma les yeux, sentant le corps et les bras de Ciela exercer un puissant calin sur le sien. Deux larmes coulèrent sur ses joues, la main droite de la belle magicienne glissant par derrière sa tête, dans ses cheveux. Ciela le conserva contre elle une bonne dizaine de secondes, le sentant triste. Une relation plus qu'amicale s'était nouée entre eux, tous deux le savaient, et cela rendait la situation plus difficile qu'elle ne l'avait prévu, avant cette fabuleuse rencontre à Felden. Après ces instants de tendresse, elle le relâcha et regarda à nouveau le visage de Garvin. Elle porta un doigt sur les bords de son nez, essuyant les larmes du jeune homme aux yeux encore tremblants et scintillants, qui se mit à sourire.

— Tu vas me faire une promesse : devenir le magicien que tu peux être, dit-elle. Je suis sûre que nous nous reverrons un jour, dans quelques années. Si tu te sens suffisamment prêt, viens à Létare, ils t'accepteront toi aussi.

— Je ferai tout mon possible, répondit Garvin, la voix pleine d'assurance, revigoré par les belles paroles de Ciela.

Elle prit sa main gauche et recula, leurs doigts glissant les uns contre les autres. Ciela leva son bras et ils perdirent contact, mais elle continua de le regarder plusieurs secondes avant de se retourner. Garvin demeura là, comme médusé, pendant qu'Ivelda se portait à gauche de lui, pour venir poser sa main sur son bras en signe de soutien. La jeune blonde s'en allait vers le village, où elle saluerait les habitants, tous informés qu'elle se rendait vers un avenir rayonnant à Létare. Après avoir pris de la distance, elle pivota à nouveau et adressa à Ivelda et Garvin un sourire sincère, plein de joie, ses cheveux d'or rendus lumineux par les rayons du soleil. Puis, elle reprit sa marche et s'éloigna toujours plus d'eux, sa silhouette élégante et vigoureuse quittant peu à peu leur champ de vision, jusqu'à disparaître entre les maisons lointaines.

Garvin et Ivelda restèrent plusieurs minutes encore devant la maison, sous le coup de l'émotion. Petit à petit, leur moral remonta, et la vieille dame reprit courage en premier. — Bien, il nous reste beaucoup à faire ici, se relança t-elle avec fermeté et énergie, se retournant vers sa demeure et s'y dirigeant bientôt. Je vais maintenant vous aider, jeune ensorceleur. Venez, je vais vous entraîner...

La voix d'Ivelda, remplie de dynamisme, amena un souffle d'air à Garvin, qui leva les yeux vers le ciel intégralement bleuté, lumineux comme sa nouvelle vie qui débutait, hors des dangers de Felden, et qui promettait déjà d'être fantastique : c'est avec enthousiasme qu'il regagna la grande pièce de la maison, prêt comme jamais à faire ses preuves.

Chapitre 2 : Les Masques

Sept ans plus tard, au cinquième mois de l'année, la forteresse du roi Harvold, tyran de Felden, se trouvait en proie à une terrible agitation. Alors que des centaines de combattants se lançaient à l'assaut des murs, une équipe de guerriers avait infiltré les lieux, progressant couloir après couloir jusqu'à la salle du trône, pleine à craquer de la garde royale d'élite, au premier étage. Une immense porte de bois renforcée en condamnait l'accès, pendant que d'autres soldats montaient la garde juste devant. Des bruits d'affrontements parvenaient à leurs oreilles ; la majeure partie de la troupe avança vers un couloir transversal, qui coupait à angle droit celui conduisant jusqu'à la salle du trône. Les deux dernières sentinelles échangèrent un regard inquiet puis, tenant fermement leurs lances, s'en allèrent voir à leur tour ce qu'il se passait dans ce fameux corridor, droit devant. Ils ne percevaient pour l'instant qu'une portion du mur d'en face, aux pierres apparentes.
Lorsqu'ils arrivèrent à l'intersection, une force surpuissante les projeta en diagonale à travers le couloir, les assommant contre la paroi de droite. Quelques instants plus tard, un individu menaçant fit son entrée dans la dernière ligne droite vers Harvold. À l'abri dans une énorme armure quasi-intégrale, il portait un masque rigide et gris clair sur son visage, à peine incurvé sur les rebords, et avec une forme géométrique sévère à l'emplacement de son nez. Mais plus encore, il tenait dans sa main droite une imposante masse de guerre noire à ailettes, à la longue poignée délimitée par deux anneaux, et dont la tête anguleuse semblait pouvoir détruire les murs mêmes du fort. De l'autre, il soutenait un large bouclier en forme triangulaire, éclatant, au dessus bombé, capable de protéger ou d'arrêter plusieurs personnes à la fois. Un arc de

cercle noir enserrait l'arrière de son crâne chauve, tenant le masque effrayant en place. Haut d'un bon mètre quatre-vingt dix, le guerrier s'arrêta à quelques mètres de la grosse porte de la salle du trône.

Un deuxième personnage fit irruption derrière lui et se décala ; les lanternes suspendues aux murs et la luminosité qui venait d'une fenêtre à droite révélèrent la silhouette et le visage de Garvin. Plus massif qu'à ses dix-huit ans, il portait des chaussures marron, un pantalon de toile noire et épaisse, ainsi qu'une veste lourde de même couleur. Au dos de celle-ci, deux fourreaux se distinguaient clairement, de même que les manches entrecroisés des épées qu'ils contenaient. Le regard du jeune homme se posa sur l'entrée fermée de la dernière pièce du château.

— Nous y sommes, Garvin, dit le grand guerrier en armure, tout en posant sa masse contre le mur le plus proche pour ensuite mettre sa main droite sur son masque.

Lorsqu'il le toucha, la bande à l'arrière se retira et il put s'en libérer, dévoilant le visage ridé d'un homme de soixante ans environ, imberbe, à l'expression finalement peu féroce, contrairement à ce que la plupart des gens pouvaient s'y attendre. Il semblait même heureux, à en juger par son petit sourire. Garvin en affichait un également, car il savait que dans quelques minutes, la dictature que son pays et son peuple avaient connu allait s'effondrer.

— Cher ami, si vous portiez un de nos masques, vous deviendriez l'un des plus grands mages du monde, capable de rivaliser avec moi j'en suis certain, lui dit le gigantesque vieil homme.

L'expression de Garvin se fit alors plus sombre et sérieuse.

— Envar, je n'en ai pas besoin pour le devenir ! Répondit-il avec un humour dosé mais certain.

Le grand guerrier se mit à rire, inclinant légèrement la tête en arrière.

— Bien vu, bien vu, commenta t-il. Venez, nous avons une campagne à finir !

Il replaça le masque et aussitôt, le demi-cercle se referma. Envar plia ses genoux et attrapa sa masse, au moment où tout un groupe de soldats alliés se pressait derrière lui et Garvin, des hommes et des femmes qui avaient lutté depuis des mois dans les forêts et les villes de Felden. Il s'avança d'un pas lent vers la grande porte, suivi de peu par le jeune magicien et les combattants déterminés.

Envar s'immobilisa de nouveau, et trois secondes plus tard, un halo de lumière s'échappa de son gant droit, venant entourer sa masse de guerre. L'énergie magique de couleur bleue tirant sur le magenta se dirigea vers la tête de l'arme, bientôt intégralement recouverte. Puis, le vieux guerrier-mage leva sa masse vers la droite et allongea son bras avec une très grande force. L'impact de l'arme sur le bois de la porte pulvérisa celle-ci dans un nuage d'enchantement tandis que les deux battants étaient violemment ouverts, les gonds supérieurs brisés. Avant même que la fumée bleutée ne se dissipe, Envar dressa à nouveau sa masse et se tourna légèrement vers ses troupes.

— En avant ! s'exclama t-il, leur faisant signe de passer à l'offensive.

Le bouclier en ligne, Envar s'élança dans la salle du trône, franchissant en premier l'écran de fumée, suivi de très près par Garvin. La vue se dégagea sur une rangée d'archers, presque une vingtaine, en plein centre de la pièce, prêts à tirer sur les assaillants, de l'espace leur ayant été fait par les autres gardes royaux. Ces derniers constituaient une force d'environ une trentaine de soldats d'élite en armures moyennes, faites de mailles et de quelques plaques, et coiffés de casques hauts. Les archers firent feu tous ensemble, mais Envar dressa son bouclier, d'où s'étendit bientôt une forme spectrale ovale. Les flèches filèrent vers lui et ses gens, mais leurs pointes s'écrasèrent contre le halo éthéré formé autour et en prolongement du pavois d'Envar.

Avant que les tireurs aient pu recharger leurs arcs, le vieux guerrier déplia son bras droit en effectuant un ample geste, et envoya une vague d'énergie translucide à travers la salle. Les archers, en première ligne, furent repoussés d'un bon mètre et déstabilisés, certains laissant même échapper leur arme, tandis que tous les soldats royaux étaient touchés à leur tour. La rafale agita même les étendards monarchiques à motifs rouges accrochés au mur du fond. Près du trône, visible en arrière-plan, en contrebas de ces drapeaux, la silhouette d'un homme lourdement armé vacilla et chuta au sol : il s'agissait probablement du tyran Harvold en personne. Le danger des tireurs écarté, Envar reprit sa marche en avant, Garvin le dépassa par la droite, puis les autres soldats alliés se déployèrent sur les côtés pendant que les gardes royaux partaient les affronter au corps-à-corps.

Le jeune magicien dégaina ses deux épées à la courte garde, suspendues dans son dos, à la fois légères et dangereuses, puis passa lui aussi à l'attaque avec vivacité, portant des coups bien maîtrisés à deux soldats ennemis, espacés devant lui. Après les avoir franchi, il se retrouva face à une femme en armure de mailles qui envoya son épée en direction de sa tête ; sachant qu'elle appliquait une grande puissance, Garvin se concentra une fraction de secondes, et une couche de magie éthérée recouvrit son épée droite, laquelle brisa en deux celle de son adversaire, au moment où les deux armes s'entrechoquèrent. L'onde de choc bouscula la guerrière, repoussée par côté.

Un moment seul, Garvin observa autour de lui la bataille qui prenait place : les soldats luttaient à travers la salle, Envar progressait vers le trône à gauche, bloquant de son pavois et frappant les gardes royaux de sa masse, qui même en se liguant à plusieurs contre lui ne parvenaient pas à l'empêcher d'avancer. Derrière, près du siège de la couronne de Felden, Harvold, brun féroce dans une solide armure rouge, ordonnait à ses deux derniers soldats d'élite d'aller éliminer ce guerrier masqué qui le menaçait. Alors que Garvin regardait brièvement la scène, un homme assez fin mais énergique se précipita sur lui. Âgé d'une petite cinquantaine d'années, les cheveux frisottés et dégarnis, équipé d'une armure légère, il s'agissait du général des armées de Felden, qui tenait comme le jeune homme deux épées en main, et qui se jeta sur lui en criant. Garvin s'écarta tout en parant : le général pivota vers lui et repartit de plus belle, une lame après l'autre, une nouvelle fois arrêtées avec brio par le jeune magicien.

Le roi Harvold passait pour être un excellent combattant, quarante-trois ans, un mètre quatre-vingt trois pour plus de quatre-vingt kilos. Lui aussi tenait un bouclier triangulaire, plus petit que celui d'Envar, ainsi qu'une épée longue, et une hache de réserve accrochée à l'arrière de son armure. Les deux personnages se retrouvèrent bientôt face à face, Harvold pliant les genoux, se tenant prêt à recevoir le premier coup du duel. Contre toute attente, ce fut lui qui attaqua, son épée ricochant sur le pavois d'Envar, puis il fit quelques pas sur la gauche et reprit sa posture initiale. Envar frappa avec sa masse sur le bouclier d'Harvold, avec comme objectif de cogner fort et enchaîner lourdement, mais le roi, criant pour s'encourager, échappa à la pleine puissance de son adversaire en tournant sur lui-même, l'épée tendue, ce qui obligea Envar à reculer d'urgence pour ne pas être touché au col.

De son côté, Garvin faisait toujours face au général, qui allait être son plus rude ennemi ce jour là. Le jeune homme pouvait en finir plus rapidement en utilisant la magie, mais il voulait uniquement compter sur ses aptitudes au combat. Après avoir paré le général, il leva les bras et poussa avec force pour le renvoyer en arrière, puis le frappa au ventre d'un coup de pied et réussit à éjecter son épée droite d'un rapide coup de lame. Courbé, fatigué mais toujours rusé, le général reprit sa respiration, se redressa brusquement et attrapa un soldat qui se battait près de lui, pour le lancer vers Garvin. Ce dernier réceptionna un de ses alliés en libérant le plus de doigts possibles, et le soldat repartit au combat. Le général revint à la charge muni d'une lance tout juste ramassée et s'approcha de Garvin en allongeant l'arme plusieurs fois de rang. Garvin recula vers une des fenêtres de la salle et attendit la prochaine feinte. Le général pointa de nouveau la lance dans sa direction, alors il enroula son bras gauche autour, l'attira vers lui et planta son épée droite dans le sternum du haut-gradé. Ce dernier resta hébété un instant, le regard baissé, tandis que Garvin retirait la pointe de sa lame. Le général rassembla ses dernières forces, tira un couteau d'un petit fourreau situé à sa ceinture puis leva son poing armé et se précipita en avant. Garvin saisit son poignet, pivota et accéléra la course de son adversaire tout en le poussant : il passa la tête la première à travers la fenêtre, deux mètres plus loin et fit le grand plongeon jusqu'à la terre battue de la cour, au pied du donjon, tout près des combattants qui y menaient une autre bataille tout aussi passionnée.

Enfin débarrassé, Garvin chercha son allié : après une courte observation de la salle, il aperçut Envar et Harvold, lesquels se déplaçaient vers le mur de gauche, le vieil homme au masque prenant nettement l'avantage. Le tyran reculait, stoppant de plus en plus difficilement la massue de son opposant, qui résonnait fort contre le bouclier du roi. Soudain, Envar concentra l'énergie bleutée dans la tête de son arme, écarta d'un coup puissant le pavois d'Harvold et le frappa avec le sien. S'exclamant, le dictateur recula, sonné, et il baissa la garde, ce qui permit à Envar de lui envoyer une onde qui le propulsa en arrière jusqu'au mur. Reprenant ses esprits, Harvold repartit de l'avant ; Envar dégagea trois doigts de la main avec laquelle il tenait sa masse et fit partir un éclair vers le roi : son bouclier fut dévié par côté, le temps au vieil homme masqué de bondir et d'abattre son arme à ailettes sur le front d'Harvold, qui s'effondra à terre. Garvin, ayant assisté à toute la scène, se mit à sourire, et à acquiescer plusieurs fois.

À partir de cet instant, la lutte qui avait lieu dans la salle s'arrêta très vite, les derniers gardes royaux se rendant et déposant leurs armes. Envar regarda autour de lui, heureux de voir l'objectif mené à bien, et se dirigea vers Garvin, à l'autre bout de la pièce. En chemin, il fit passer sa masse dans le gantelet de sa main gauche, sous le lourd bouclier, puis ôta son masque. Le visage souriant, il leva les bras vers le plafond.

— Ça y est, la victoire est à nous !
Tout autour, une immense clameur s'éleva parmi les femmes et les hommes qui venaient de triompher.

— Ah, je n'en reviens pas... fit Garvin, les yeux grand ouverts et pleins d'émerveillement. — Un type coriace, ce Harvold. Il n'y avait pas grand monde pour le battre en duel. Et sans la magie, cela aurait duré bien plus longtemps.

— De mon côté, j'ai éliminé son général.

— Un beau morceau sur votre tableau de chasse ! Mais où est-il, je ne le vois pas ? — Il est en bas, répondit Garvin en pointant la fenêtre brisée avec son pouce dirigé par dessus son épaule. Je lui ai fait prendre l'air !

— Ha ha ha ! Bien joué, bien joué! La guerre s'achève, et il va falloir de nouveaux chefs par ici, plus avisés que feu le roi.

— Il n'y aura plus jamais de roi ici, affirma Garvin. Mais des dirigeants élus, comme dans la Fédération.

— Cela semble être le meilleur choix, oui, approuva Envar. Venez, il nous reste à faire. Garvin admira les derniers gardes être escortés vers la sortie de la salle du trône, et le corps du roi en train d'être posé sur une civière par deux soldats alliés. Avec des haches récupérées sur les murs, quelques natifs de Felden entrés dans la résistance vinrent s'en prendre au gros trône or et rouge, vestige d'une époque qui s'achevait, pour le bien du peuple. C'est avec plaisir que le jeune homme envisageait l'avenir de son pays, et même si de grandes mesures s'imposaient dans les temps à venir, Felden allait devenir une nation exemplaire. Garvin sortit à son tour, s'apprêtant à aller prononcer un discours face aux soldats vainqueurs, à qui la bonne nouvelle devait encore être annoncée.

***

Un mois plus tard, à Gernevan, capitale de la Fédération des Mille Collines, une partie des personnages les plus importants de l'Ouest se rendaient dans un manoir très récemment cédé à un jeune héros local, un édifice que l'on appelait déjà « le Château Garvin ». Ce soir là, une petite foule se rassembla à l'étage, dans la grande salle de réception, où un buffet de nourriture attendait que les invités se servent sous peu. Même si les gouverneurs provisoires de Felden, très occupés, n'avaient pas pu se déplacer, un grand nombre de responsables militaires et politiques du pays se tenaient parmi l'assistance, s'apprêtant à écouter le discours d'introduction du bourgmestre-gouverneur de la province et ville de Gernevan, un petit homme élégant dans un costume noir à fils d'or brodés, dos à la table de garnitures, et posté à droite de Garvin, fier et impressionné par l'événement.
— Mes amis, ce soir, nous sommes ici pour fêter la libération du pays voisin, Felden, qui deviendra j'en suis sûr notre plus fidèle allié.
Des premiers applaudissements montèrent de la centaine de personnes présentes en face de lui.
— Je tiens à remercier le chef des Masques ici présent, Envar, pour sa participation essentielle à la campagne.
L'immense vieil homme, pour une fois en civil, qui se tenait au premier rang des invités, baissa la tête par côté tandis que les claquements de mains retentissaient

autour de lui. — Mais surtout, nous devons rendre hommage à un jeune homme hors du commun, parti de presque rien et qui est aujourd'hui un héros populaire : Garvin.

Le bourgmestre le désigna sobrement de la main, et un tonnerre d'applaudissements et d'éclats de voix salua le magicien, touché par cette démonstration.

— Je suis très fier d'avoir pu trouver un accord pour qu'il reçoive cette demeure en récompense de ses actions. Bravo Garvin.

Il se mit à son tour à l'ovationner, se joignant à la foule. Garvin, souriant, distinguait plusieurs membres des Masques et quelques célébrités de l'armée des Mille Collines en face de lui. Honoré par cette affection et par l'engouement incroyable autour de sa personne, il ne put que garder le silence et baisser la tête, humble et dépassé par tout ce qui se produisait depuis son retour. Les journaux du pays ne parlaient que de la victoire et de ses exploits, de son parcours difficile dans la résistance Feldénienne, qu'il avait selon certains presque organisé à lui tout seul.

— Mais maintenant, c'est la fête ! Lança le bourgmestre, le bras levé, sous l'imposant lustre de cristal dont les multiples bougies allaient bientôt être allumées pour la fin de soirée. Une dernière exclamation massive s'éleva, puis les invités se dirigèrent lentement mais sûrement vers les tables, certains s'arrêtant en chemin pour féliciter Garvin en personne, lequel passa plusieurs minutes à serrer les mains de gens plus ou moins connus, pour sûr admiratifs de ses faits d'armes récents. Le bourgmestre resta en sa compagnie pour lui présenter les personnes qui défilaient devant lui, pendant qu'Envar demeurait un peu plus loin, avec ses associés et camarades de la Compagnie. Une femme d'une quarantaine d'années, brune et qui conservait la carrure de son ancienne vie d'aventurière, se tenait à gauche du vieil homme, et ils semblaient tous deux être des amis de longue date. De petits groupes se formaient un peu partout dans la salle, se rassemblant et se dispersant parfois, des membres s'en allant rejoindre une autre de ces minuscules communautés. Une dizaines de minutes plus tard, Envar et la dame brune se rapprochèrent de Garvin. Le bourgmestre tendit alors la main vers eux. — Et voici la femme qui a réussi le plus beau tir de toute l'histoire au moment où il le fallait ! La présenta t-il avec énergie et humour.

— Nan, nan, attendez.. commença la brune, abaissant une main alors que la foule l'écoutait attentivement, alertée par la voix du bourgmestre. Déjà, j'avais un arc de force enchanté, une flèche à huit sortilèges, et avant, j'avais bu une potion de concentration supérieure : je n'avais pas le droit de rater ce coup là !
Plusieurs personnes se mirent à rire devant son jeu d'actrice.
— Ah, notre plus belle réussite... compléta Envar à sa gauche, avec une pointe d'humour dans la voix et un petit sourire.
L'amusement des invités n'en fut que plus grand, et Garvin, d'abord intrigué, fut mis au courant par l'aventurière en personne, célèbre pour avoir abattu d'un seul tir la reine wyverne dont la horde avait envahi le nord des Mille Collines dix ans plus tôt : ce tir exceptionnel avait non seulement vaincu la créature, mais également déstabilisé toutes les autres, qui avaient finalement battu en retraite.
— J'ai eu de la chance, modéra t-elle. C'est une chose de vaincre un gros monstre, mais c'est mille fois plus dur de libérer son pays, alors bravo, le jeune !
Puis elle s'en alla au buffet et laissa un instant Garvin et Envar près du bourgmestre et un de ses amis.
— Félicitations, vous êtes un vrai héros maintenant ! Dit le vieil homme en costume noir.
— Merci monsieur ! Tout cela est complètement dément !
— Reposez-vous donc quelques semaines au moins, vous méritez de bonnes vacances ! Reprit Envar. Nous aurons toujours des missions sur lesquelles vous inviter à l'avenir, et un peu d'assistance de votre part nous sera utile. Je vous tiendrai informé de ce qui se passe, des projets de la Compagnie. Mais pour l'instant, tout simplement, un grand bravo.
Ils se saluèrent très cordialement d'un signe de tête, puis, se retrouvant seul, Garvin se retira vers un petit bureau à l'écart de la foule, sur la droite du gigantesque buffet, où son nouveau serviteur, âgé, mince et sérieux, au service du manoir depuis environ cinquante ans, lui servit un verre avec un flegme certain. Garvin s'empara d'un journal, le Quotidien des Mille Collines, le plus grand d'entre tous, et vit la une, entièrement consacrée à lui, avec un portrait finement réalisé au fusain, le montrant

en pleine action, un éclair sortant de sa main, la bouche entrouverte comme pendant un combat intense, avec comme titre « Le Libérateur », juste au-dessus.

— Mon cher, dit-il au vieux serviteur, en se tenant assis sur le rebord du bureau. Tout ceci fait beaucoup, ne trouvez-vous pas ?

— Vous le méritez, monsieur, répondit-il sobrement mais avec sincérité. Votre rafraîchissement, monsieur.

— Merci mon brave, dit Garvin en prenant le verre rempli d'une liqueur rouge.

Il but en observant la foule, d'où partaient vingt conversations qui se camouflaient les unes les autres. Il savait qu'une heure plus tard, tous ces gens allaient se disperser et qu'il pourrait reprendre une vie plus calme, ici, dans ce manoir qu'il découvrait encore, mais qui lui promettait des jours paisibles, avec un serviteur dévoué à son service, dont il se demandait s'il en aurait tant besoin que cela. Terminant son verre, il se félicita de la victoire que l'on fêtait ici, mais impatient de prendre congé et de profiter de sa retraite temporaire.

Trois semaines passèrent pour Garvin dans le manoir, à profiter de l'atmosphère sereine qui régnait entre ses murs couverts de bois luisant, dont l'agréable odeur emplissait l'air en cette fin de printemps. Le temps se réchauffait dehors, permettant d'ouvrir les fenêtres pour entendre le chant des oiseaux et sentir les premières véritables brises de l'année. Le jeune magicien lisait à son bureau, dans la grande salle de réception, et se promenait dans les rues de Gernevan, salué bien souvent par les passants, pour qui il était toujours le héros de la Campagne de Felden, considéré comme l'un des habitants à part entière des Mille Collines. La capitale se situait relativement à l'est du pays, et bénéficiait souvent d'une plus grande chaleur que sa partie occidentale. Le vieux serviteur, à l'attitude toujours impeccable, se tenait prêt à lui rendre le moindre service qu'il était susceptible de demander, servir le repas ou bien garder la maison une heure ou deux, pendant ses balades. Cette vie de châtelain offrait des avantages, mais Garvin n'en faisait pas une gloire, et il occupait la demeure avec humilité. Quelques visites, notamment du bourgmestre, vinrent ponctuer ces journées de repos.

Au fil du temps, il commença à songer aux aventures à venir, se demandant ce qui pouvait requérir sa participation, et il lui sembla que la meilleure chose à faire, maintenant qu'il était devenu une légende et que Felden se débrouillait sans lui, était de partir pour Létare. La grande cité des magiciens, à plus de cinq cents kilomètres, se situait dans une toute autre partie du monde : on parlait parfois aux Mille Collines des royaumes plus lointains, comme cette étendue sans fin de marécages au nord-ouest, d'où avaient déferlé les wyvernes, un épisode resté dans l'histoire. On parlait aussi d'une terre givrée, au nord de Létare, le Talémar, où des clans d'hommes et de femmes combatifs se partageaient et parfois se disputaient le contrôle des ressources, aussi bien dans les montagnes que dans les plaines balayées par le vent. Plusieurs invasions étaient parties de là, et Garvin imaginait qu'il pouvait y avoir du travail pour lui de ce côté du continent. Mais la perspective de retrouver Ciela revenait souvent dans son esprit : il s'interrogeait sur ce qu'elle était devenue, sans doute l'une des personnes les plus en vue de Létare, si elle était toujours aussi belle, avec sa longue chevelure blonde, son attitude si incroyable. À y bien réfléchir, une certitude l'habitait : elle était aujourd'hui une magicienne de premier plan, plus puissante et sublime que jamais. Depuis sept ans, plusieurs filles avaient retenu son attention, et occupé ses pensées de temps à autre, mais le souvenir fantastique de leur première rencontre et des jours qui avaient suivi demeurait si fort, intact, et laissait une merveilleuse sensation dans son coeur, un sentiment dont il était sûr qu'il durerait toujours.

Ces élans de romance l'habitaient si souvent, et désormais, ils se faisaient irrésistibles : pendant ces journées, Garvin passait des heures à rêver de Ciela, à revoir son visage et sa grâce, son corps de jeune fille puissante. Il désirait désormais une chose plus que toutes les autres : la rejoindre, emportant avec lui la sagesse des années, et cette foisci, ne plus jamais la quitter. Il s'imaginait être alors pour la première et la dernière fois en compagnie d'une femme, car Ciela était parfaite à ses yeux, digne d'être vénérée :

Garvin voulait vivre un de ces amours purs dont parlaient les romans, et qu'il avait déjà senti en lui autrefois, pour ne jamais dévier de cette aspiration si noble.

Alors qu'il se tenait à rêver dans le fauteuil de son bureau, le vieux serviteur, digne comme à son habitude, entrouvrit poliment la porte, apparaissant vêtu de son costume noir et blanc. — Monsieur, excusez-moi, mais l'on vient de me remettre une lettre à votre attention, l'informa t-il, élevant de manière extrêmement dosée sa voix afin de ne pas brusquer son nouveau maître, lequel donnait l'air d'être plongé en plein songe.

Garvin se redressa et approuva d'un signe de tête : le majordome avança alors et vint poser une lettre pliée sur le rebord du bureau noir. Le jeune magicien se pencha en avant et la fit glisser du bout des doigts tandis que le serviteur repartait lentement, ses chaussures résonnant sur le parquet ciré. Intrigué par ce message, Garvin déplia le papier et lut sans attendre.

"*Cher Garvin,*

J'espère que cette lettre vous trouvera en pleine forme. Je tiens à vous informer que la section de la Compagnie des Masques que je dirige en personne en ce moment procède à des fouilles archéologiques de premier ordre à l'ouest de la Fédération. Les premiers examens ont révélé l'existence de tunnels partiellement ensevelis que nous déblayons actuellement, avec l'espoir fondé de trouver une grande quantité de minerais magiques dans les profondeurs du mont Hodnar, où nous avons installé notre avant-poste d'exploration. Dans cette entreprise d'intérêt majeur, je vous invite à nous rejoindre d'ici quelques jours, le temps pour vous de rassembler vos affaires. Votre participation n'est pas obligatoire, seulement souhaitée. Connaissant votre goût pour le voyage et l'aventure, je pense que ceci vous intéressera fortement. En attendant votre réponse, et peut-être votre venue, Votre ami distingué,

Envar ."

Garvin sourit, reconnaissant là l'énergie du chef de la Compagnie des Masques, toujours à l'affût d'un nouveau projet. Même si l'envie de partir pour Létare l'habitait, Garvin se sentit tenté par un vaste détour du côté de l'ouest, un voyage qui l'amènerait plus loin que jamais de ce côté des Mille Collines, le mont Hodnar marquant sa limite occidentale.
— C'est entendu, Envar, dit-il avec le sourire, tenant la lettre devant lui.
Garvin reposa le papier, plein d'enthousiasme pour cette invitation inattendue.
— Préparez mes valises, je pars en voyage ! s'exclama t-il à l'adresse de son vieux serviteur. Mettez-moi des vêtements de côté pour dans trois heures, je dois d'abord aller faire un tour.
Garvin se leva du fauteuil et monta dans sa chambre au-dessus ; il ouvrit la lourde armoire contre le mur de gauche et prit l'une de ses vestes noires les plus esthétiques, avec de petits ornements bleutés près du col, des fioritures parfaites pour s'afficher auprès de gens importants. Il s'empara aussi d'une canne d'un bois assorti, surmontée d'une tête élancée et blanche. Le jeune homme s'admira dans une petite glace posée sur une table non loin et redescendit au rez-de-chaussée, croisant son serviteur, auquel il donna quelques instructions supplémentaires. Il sortit ensuite de la demeure et franchit la cour, puis le portail bleu, tourna à droite et remonta le boulevard principal de Gernevan. Il devait se rendre dans la résidence du bourgmestre afin de l'informer de son voyage. Dix minutes plus tard, ayant marché avec célérité, il parvint sur la place pavée au-delà de laquelle se dressait un autre manoir, aussi grand que le « sien », aux tuiles en ardoises, et qui disposait de deux ailes. Connaissant les lieux pour s'y être rendu des dizaines de fois avant la Campagne de Felden, il monta directement à l'étage par un escalier à gauche de

l'entrée, et pénétra dans la salle du conseil de Gernevan, où le bourgmestre siégeait pour l'instant seul, face à la porte, de l'autre côté d'une longue table incurvée en « U ». Dès qu'il l'aperçut, le bourgmestre se leva et vint à sa rencontre, heureux de sa visite.

— Mon cher Garvin ! Vous avez besoin de me parler ?

— Euh, oui monsieur, je dois vous dire que je pars loin, jusqu'au mont Hodnar, retrouver mes amis de la Compagnie des Masques, et que de ce fait je ne pourrai pas recevoir d'éventuels invités dans ma maison pendant un certain temps, sans doute plusieurs semaines.

— Merci d'être venu me prévenir. Certains seront déçus, mais qu'importe, vous êtes un homme d'action, et à vrai dire je pense que personne ne s'attendait à ce que vous restiez chez vous plus d'un mois ! Je vois que l'aventure vient vous chercher... Bien, je crois que les gens des Mille Collines seront contents d'apprendre que vous reprenez du service !

— Ha ! Rit Garvin. Je vais partir sans attendre, ou presque. Dès demain matin, avec la première diligence en partance vers l'ouest. Je ne sais encore ce que je vais réellement trouver, mais le voyage à lui seul vaut le déplacement. Voilà des années que j'ai envie de découvrir cette partie là du pays.

— Le terrain étant difficile, moins de gens y vivent, et je n'y suis moi-même que très peu allé, continua le bourgmestre. Vous pourrez trouver une diligence qui vous amènera non loin du mont Hodnar.

— Ah, je suis ravi de l'apprendre ! Fit Garvin, presque soulagé. Marcher ne me fait pas peur, mais si je peux y être plus rapidement... J'ai déjà le voyage suivant de prévu, et cette fois-ci, je ne reviendrai pas de si tôt.

Le bourgmestre acquiesça, triste d'apprendre que le nouveau héros national allait probablement les quitter un long moment.

— Mais pour l'instant, je dois déjà me rendre à Hodnar, et cela ne sera sans doute pas si aisé que ça, reprit Garvin, pensif.

— Il vous faudra une bonne semaine je dirais. Quoi qu'il en soit, bonne route, monsieur Garvin, et encore merci pour tout.

— Il n'y a pas de quoi ! Répliqua le jeune magicien. J'ai fait mon devoir en aidant les opprimés, et je suis prêt à le refaire sans hésiter. C'est pour ça que j'aime agir, et que je suis venu dans ce pays !

Le bourgmestre sourit, et ils se serrèrent la main. Il raccompagna ensuite Garvin jusqu'à l'entrée et lui ouvrit même la porte du manoir municipal, et le salua une dernière fois tandis que le jeune homme regagnait sa demeure.

Lorsque Garvin y fut revenu, au final plus tôt que prévu, il trouva son vieux serviteur en train de s'affairer, de passer d'une pièce à l'autre pour réunir tout le matériel nécessaire à son expédition. Celui-ci travaillait sans se presser, mais fidèlement, avec son flegme habituel.

Garvin le remercia de sa disponibilité et prit quelques vêtements pour les placer dans l'une de ses valises. Alors qu'ils finissaient de préparer le voyage du jeune magicien, le majordome parut interrogatif.

— Monsieur, désirez-vous que je vous accompagne ?

— Non merci, mon ami. Gardez la maison, occupez-là comme si vous étiez moi-même.

— Mais, monsieur… se défendit le serviteur, troublé par cette proposition.

— Je sais, ce n'est pas ainsi que vous avez appris votre métier, enchaîna Garvin avec rapidité, lui coupant la parole. Mais je ne suis pas l'ancien propriétaire de ces lieux, et je vous autorise… non, je vous ordonne de la faire vôtre pendant tout le temps que durera mon absence.

— Bien monsieur, répondit le vieil homme, apaisé sachant qu'il répondrait à ses attentes et qu'il agirait dans le cadre son travail.

— Après cinquante ans de service ici, vous la méritez plus que moi.

— J'en prendrai soin, monsieur, dit-il, sincère au plus haut point. Et vous pouvez en être sûr.

Garvin acquiesça, heureux d'avoir pu le convaincre, et qui savait qu'il retrouverait la demeure comme à son départ, même s'il ne devait y revenir que dans cinq ans. L'après-midi s'acheva sans agitation. Garvin étudia dans son bureau des cartes avec lesquelles il put établir son itinéraire jusqu'aux montagnes occidentales. Il partit se coucher en pensant encore aux voyages qui l'attendaient, et ne put s'empêcher de songer à Ciela, qu'il lui tardait d'aller retrouver, une fois son détour au mont Hodnar terminé.

Il se leva le lendemain d'un pied léger, à sept heures, s'habilla sans attendre et descendit au rez-de-chaussée pour manger rapidement le petit-déjeuner préparé par son serviteur. Ses deux valises marron, également prêtes au départ, se trouvaient déjà devant la porte du manoir. Garvin, comme pressé par le temps, s'en alla après avoir jeté un dernier regard dans la vaste pièce au décor de bois, son double-escalier menant à la salle de réception de l'étage, puis il sortit, le vieux majordome lui tenant la porte ouverte. Ils s'en allèrent tous deux jusqu'au point de départ de la diligence, à l'ouest de Gernevan. Ils coupèrent le grand boulevard qui passait tout près de la demeure du jeune magicien, puis continuèrent, effectuant un crochet par le Sud. En traversant une place, l'ombre gigantesque du fort de la Compagnie des Masques apparut au Nord, à leur droite, le donjon ainsi que les quatre tours qui l'encadraient dépassant les hautes maisons du centre-ville. La plus grande tour, celle du nord-est, s'élevait encore davantage, avec son toit d'ardoises, surplombant toute la capitale. Cet immense édifice intimidant abritait le siège de la Compagnie depuis des décennies, et c'était là qu'Envar avait presque tout fondé, du moins dans sa version moderne. La centaine de Masques que comptait la Compagnie agissait depuis ce haut-lieu, et l'on disait d'Envar, le grand directeur, qu'il était le véritable dirigent des Mille Collines, par le réseau qu'il avait formé et la capacité d'action militaire dont il disposait.
Les hauteurs de la forteresse finirent par disparaître de son champ visuel tandis qu'il poursuivait sa route. Une deuxième place pavée, nettement plus petite, se dégagea droit devant, la fameuse diligence arrêtée en son milieu et déjà orientée vers l'ouest. Garvin et son serviteur posèrent momentanément les valises et se serrèrent la main amicalement.
— Faites bon voyage, monsieur, et revenez-nous vite ! Souhaita le majordome avec un sourire.

— Je ne promets rien, mais j'essayerai ! Répondit Garvin sur un ton comique.

Un homme et une femme attendaient près de la diligence, leurs bagages montés sur le toit par deux travailleurs, tandis que l'assistant du cocher s'approchait de Garvin pour prendre soin de ses valises. Le jeune magicien les lui confia, puis salua une dernière fois son serviteur et désormais bon camarade. Il s'avança, laissa passer les deux autres passagers, puis monta à son tour dans la calèche, laquelle ne tarda pas à partir. Les habitations et rues de Gernevan défilèrent au-delà des fenêtres pendant plusieurs minutes, puis la campagne prit place peu à peu, une rangée de platanes leur offrant de l'ombre tandis que s'annonçait une belle journée de fin de printemps.

Il sortit la carte de la poche intérieure de sa veste noire et vérifia l'itinéraire. Le voyage devait durer sept jours, avec autant d'arrêts dans les auberges évoquées par le bourgmestre. La Compagnie travaillait sur de nombreux projets d'avenir, dont un dispositif de transport accéléré qui permettrait à une personne de franchir des dizaines de kilomètres en quelques instants seulement. Certains affirmaient que les guerriers-magiciens étaient sur le point de terminer cette avancée formidable, et que dès l'année à venir, un premier portail de téléportation allait être mis en service, ce que Garvin avait hâte de voir. Mais pour le moment, le déplacement traditionnel en diligence lui offrait une vue plus qu'appréciable sur le paysage, et il se réjouissait d'avoir le temps de découvrir cette partie des Mille Collines, qui donnait son nom à la Fédération. Si l'est du pays se révélait plutôt plat et agricole, l'ouest était vraiment vallonné, montant progressivement en altitude jusqu'au pied des montagnes où il se rendait, et fournissait la nation en minerai grâce à ses nombreuses exploitations. Il ne lui restait plus qu'à se laisser porter par la progression de la diligence et à profiter des couleurs de la campagne...

Le périple à travers le pays dura effectivement sept jours, sur des centaines de kilomètres, au cours desquels les calèches successives défilèrent dans de nombreuses petites villes et grandes communautés des Mille Collines, si paisibles comparées aux récents événements survenus à Felden, et à l'ambiance des cités de l'ancien royaume forestier. Lors de ses déplacements, Garvin notait toujours avec une heureuse attention le bonheur manifeste des gens de la Fédération, même si dans cette partie de la nation, au relief et au climat plus durs, on semblait peut-être un peu plus réservé d'apparence, bien qu'accueillants une fois le premier contact établi. Certains habitants reconnaissaient en lui le héros dont les journaux avaient tant parlé : il se retrouvait parfois entouré d'admirateurs, et il fut invité à saluer les élus locaux. Ces villages authentiques, qui lui rappelaient celui où il avait passé sa première année hors de Felden, ne présentaient pas l'agitation de Gernevan, celle des grandes villes où tout va si vite. Il lui semblait encore que les ruraux prenaient davantage le temps de faire les choses, quelles qu'elles soient, et il se félicita d'avoir quitté la capitale pour une durée indéterminée. L'ouest de la Fédération, très arrosé, se couvrait par endroits de marécages, dans les plaines basses, le long des plus gros cours d'eau, et l'élevage y tenait une place très importante, les troupeaux cheminant entre les épaisses palisses et les bois pentus habillant la région. Une humidité certaine se distinguait toujours dans le sol et dans l'air, même si l'arrivée de l'été annonçait un temps plus chaud et ensoleillé. Au fil des jours, l'atmosphère se fit bel et bien plus estivale, tandis que l'altitude montait peu à peu jusqu'à flirter avec la barre des mille mètres.

Le voyage s'acheva presque un peu trop vite en ce qui le concernait, mais l'enchaînement des diligences commençait à lui peser à la longue, après les heures passées sur les routes occidentales, aux pavés parfois défaillants. C'est avec plaisir et curiosité que la dernière d'entre elles s'arrêta dans Onor, l'ultime village des Mille Collines, peuplé de cinq cents habitants très actifs, présents en masse dans les mines et exploitations forestières des environs, qui faisaient sa renommée dans toute la province. Onor ravitaillait d'ailleurs celle-ci en matières premières. Les maisons de pierre et de bois, regroupées en un bourg assez dense, possédaient un charme certain, avec leurs tuiles gris foncé, alors qu'un paysage de montagnes se distinguait plus en avant, entre deux rangées d'habitations. Garvin descendit sur la place centrale d'Onor, en gardant le regard sur l'ombre des sommets parmi lesquels il devina le mont Hodnar. Le jeune magicien prit le temps de se dégourdir les jambes et de faire rapidement le tour des établissements et des lieux qui l'entouraient, posant quelques questions sur l'endroit qu'il recherchait. On lui confirma bientôt que le pied du mont Hodnar ne se situait que deux kilomètres à l'ouest de là, et qu'un groupe de Masques s'y était installé plusieurs mois auparavant, rejoints depuis peu le directeur de la Compagnie en personne.

— Sûr ! Lui disait un homme qui essuyait les verres sur la terrasse d'un restaurant. Il se sont mis dans une vieille mine, après qu'on leur ait signalé des galeries anciennes, découvertes par hasard en creusant. M'est d'avis qu'ils ont trouvé des choses dedans, mais je ne suis pas sûr d'avoir envie de savoir quoi au juste. Disons que dans le coin, on n'est pas très confiants à propos de ces Masques. Mais bon, puisque vous nous dites qu'il n'y a pas de danger… Allez donc y voir par vous-même.

— C'est ce que je vais faire. Merci encore mon brave pour le renseignement !

Garvin réunit ses deux valises et s'attacha les services d'un paysan qui devait partir en charrette pour son champ, au pied de la montée. Il quitta alors Onor à peine une heure après y être parvenu, assis à l'arrière sur les solides planches de la charrette, à côté de plusieurs pierres qui allaient servir à restaurer une cabane d'altitude. Le puissant cheval de trait, lent et courageux, dirigé par le vieux paysan, les éloigna du village et prit la direction d'un bois situé au bout d'une clairière. Une fois à l'ombre des premiers pins, un sentier partait vers la gauche, puis effectuait un virage vers la droite, esquivant les pourcentages les plus forts de la pente. L'odeur de la sève flottait tout autour du jeune magicien, la main posée sur ses bagages, qui leva les yeux vers les cimes. Enfin, après être venus à bout des deux lacets, le paysage se dégagea de nouveau sur un grand champ vert, couvert de fleurs sauvages. Le mont Hodnar se dressait droit devant, à des centaines de mètres de hauteur, des falaises surplombant une longue et raide ascension. Un bâtiment rectangulaire, inséré dans les contreforts, paraissait sortir de la montagne, avec un deuxième bois de conifères situé au-dessus, qui dégoulinait légèrement sur ses côtés, en laissant un peu de distance herbeuse entre l'édifice et les premiers troncs élancés : Garvin comprit qu'il s'agissait là de l'avant-poste de la Compagnie des Masques. Un homme robuste semblait l'attendre au début de la dernière montée, une veste légère sur ses épaules, l'air suspicieux et attentif, un bâton de marche dans les mains.

— Je vous laisse ici, lui dit le vieux paysan. Bonne chance.

Garvin mit pied à terre et récupéra ses valises, puis la charrette longea la lisière du petit bois tout en se dirigeant vers la gauche. Le jeune magicien se tourna vers le mont Hodnar, et admira le panorama dans toute sa beauté verdoyante. Le ciel se couvrait de nuages blancs et gris, occultant le soleil, pendant que la température stagnait à environ vingt-cinq degrés, une mesure élevée pour cette région sauvage et escarpée, digne d'un été, qui semblait commencer un peu en avance. Après quelques secondes, constatant que l'homme à la canne de marche le regardait encore, Garvin se décida à avancer et alla à sa rencontre.

En s'approchant, le visage de l'inconnu se précisa : cet homme à la petite quarantaine, aux cheveux bruns et frisés, quasiment noirs, prolongés par des rouflaquettes jusqu'à sa mâchoire carrée, les sourcils épais, affichait un air continuellement méfiant, pas tant à son égard qu'envers la situation dans laquelle il se trouvait, ceci intriguant encore plus le jeune magicien, qui ralentissait en se présentant devant lui.

— Vous êtes monsieur Garvin ? Demanda l'homme d'un ton grave.

— C'est bien moi, confirma t-il.

— Je suis chargé de vous escorter jusque là-haut, expliqua le brun à la carrure solide, en faisant un signe de la tête par côté. Suivez-moi.

L'accueil distant étonna quelque peu Garvin, mais celui-ci comprit que son guide était plus inquiet que rude, et il lui tardait de savoir pourquoi. L'homme aux cheveux noirs pivota et commença à grimper le champ en pente, suivi de près par Garvin. Ils effectuèrent quelques détours pendant cette ascension longue de quelques minutes, l'éclaireur se retournant à plusieurs reprises pour vérifier que tout allait bien. L'installation rectangulaire se rapprochait doucement, avec son entrée de mine obscure soutenue par d'imposantes poutres grises. Avant d'y parvenir, le guide robuste se décala légèrement sur la gauche et interpella Garvin.

— Vous êtes le héros qui a libéré Felden, non ? Demanda t-il dans le but d'engager la conversation, et en donnant l'air de connaître parfaitement la réponse.

— On peut dire ça, répondit Garvin, évasif, avec un sourire à peine perceptible traduisant sa pointe d'humour.

— Haha... fit l'éclaireur à voix basse, qui semblait plus paisible à présent. Je ne me suis pas trompé. On est un peu isolés du reste du monde, ici, mais on connaît les dernières nouvelles, au moins quelques unes. Dites, vous connaissez bien ces gens, les Masques ?

— Oui, c'est le cas, affirma Garvin. Pourquoi cette question ?

— Bah, voilà... par ici, on s'interroge sur ce qu'ils viennent faire là, reprit l'homme brun, visiblement peu rassuré. Personnellement, je ne leur fais pas confiance.

— Alors pourquoi leur rendez-vous service ? Lui demanda Garvin, sur un ton à mi-chemin entre le reproche et la curiosité.

— Parce qu'on me l'a demandé ! Répondit le guide en haussant les épaules. Et puis, je préfère les avoir à l'oeil, on ne sait jamais...

Ils arrivèrent à l'entrée de l'avant-poste de la Compagnie, et une fois dans le lourd encadrement, le tunnel d'accès se découvrit. Derrière une table noire, le long de la paroi de gauche, un homme moustachu d'environ cinquante ans se tenait assis, une plume, un encrier et un registre à portée de main. Lorsqu'ils furent à moins de deux mètres, le responsable de l'accueil éleva la voix.

— Bonjour. Je dois noter les entrées et sorties de toutes les personnes présentes ici. Veuillez me donner votre nom, s'il vous plaît.

— Monsieur Garvin, dit le jeune magicien, lentement et distinctement, le secrétaire griffonnant par la suite sur le cahier posé devant lui.

— Vous pouvez y aller. Le directeur est dans l'aile droite.

Garvin se tourna vers son guide, debout à côté de lui.

— Venez, je vous y amène, dit ce dernier, en lui montrant la route.

Il ouvrit la marche et avança en direction d'un tunnel perpendiculaire à la galerie d'entrée, puis tourna dans la bonne direction, tandis que des travailleurs aux vêtements couverts de poussière noire les croisaient. De manière régulière, des lanternes étaient suspendues aux parois de la mine, diffusant harmonieusement leur lumière jaune. D'autres tunnels s'ouvraient à gauche, s'enfonçant dans la montagne sans toutefois descendre, l'installation demeurant pour le moment sur le même niveau. Dans le recoin supérieur droit, Garvin nota la présence de petits conduits d'aération menant directement à la surface pour acheminer l'air frais indispensable à la santé des personnes s'affairant ici, et il sentit un souffle subtil caresser son visage au moment où il dépassa l'ouverture diagonale creusée dans la roche. Le jeune magicien tenait toujours ses deux bagages en main, et suivait de près l'éclaireur brun, lequel semblait retrouver son inquiétude initiale, jetant un regard suspicieux à une galerie située à gauche tout en continuant à avancer. Au bout de ce long couloir souterrain, une salle se dégageait, après un passage rectangulaire haut de plus de deux mètres. Garvin distinguait à présent une silhouette, vingt mètres plus loin, qu'il identifia comme étant Envar, en habits civils élégants, un pantalon et une veste de couleur grise ornés de fils noirs, sur lesquels la poussière éventuelle due aux travaux n'apparaîtrait pas. Soudain, le guide ralentit et pivota vers Garvin d'un air préoccupé, comme sur le point de faire une révélation importante.

— Dites, il faut que je vous parle, commença t-il, mystérieux et parlant à voix basse, pour ne pas être entendu d'une autre personne. Je sais que je peux vous faire confiance, alors voilà, j'aurais une réclamation franche à vous poser : pouvez-vous me dire tout ce que vous savez sur les Masques ?

Garvin, qui fut surpris d'une telle méfiance à nouveau affichée, prit le temps de réfléchir quelques instants à une réponse sincère et complète.

— Je sais que sans eux, je serais toujours à me battre dans la forêt, à Felden, dit-il enfin, sans hésitation, bien décidé à tout raconter à ce brave éclaireur. Leur soutien dans la Campagne a été décisif. J'ai vu la façon dont ils combattent. Rien que pour l'assaut final du château royal, vingt membres ont été mobilisés, et nous n'aurions jamais triomphé sans leur aide. La Compagnie est formée d'une bonne centaine de guerriers-mages, membres à part entière. Mais la Compagnie fait travailler près de deux mille personnes, avec sa bonne dizaine de forges et sa petite vingtaine de laboratoires d'alchimie, mais aussi avec les mines qui leur fournissent les matériaux nécessaires. C'est très difficile de fabriquer les équipements enchantés qu'ils utilisent au combat. Leurs pouvoirs magiques sont doublés par le port de masques de puissance, mais moi je refuse. Je trouve que ces objets, bien que très efficaces, les rend un peu trop… gris, si vous voyez ce que je veux dire. Un peu froids et distants. Je crois que ces masques les ensorcellent, et affaiblissent leur pouvoirs naturels dès lors qu'ils ne les portent plus. Mais ce n'est pas si grave que ça : ce sont de braves gens, et des justiciers avant tout. Je suis fier de les avoir eu à mes côtés.

Le guide aux cheveux noirs acquiesça, convaincu de ce qu'il venait d'entendre.

— Bien, à vous écouter, on dirait que tout va bien. J'espère juste que rien de dangereux ne sortira de cette mine. Le commandant des Masques se trouve juste là.

Il pointa du doigt la pièce au fond du couloir, puis Garvin et lui se saluèrent, le jeune magicien le remerciant de l'escorte. L'homme reprit le chemin de la surface, marchant d'un pas légèrement plus assuré, puis il tourna vers la sortie sous le regard de Garvin. Ce dernier se retourna vers la salle où Envar s'activait autour d'une immense table couverte d'échantillons issus de l'excavation, plusieurs pépites et débris que le directeur de la Compagnie examinait. Le jeune magicien fit son entrée avec ses valises à bout de bras, et avant qu'il ne se soit annoncé, Envar se rendit compte de son arrivée.

— Mon cher Garvin ! s'exclama t-il, levant les bras. Ah, quelle joie de vous voir ici ! Vous avez fait bon voyage ?

— Oui, excellent, répondit Garvin, en abaissant la tête. J'ai vu du pays !

— Mais approchez, venez ! l'invita Envar, lui faisant signe. Voilà une partie de ce que nous avons sorti des galeries.

Garvin posa ses bagages et observa la pièce : des fenêtres percées à droite dans le mur de pierre permettaient à la lumière du jour de pénétrer à l'intérieur et d'en rendre parfaitement visibles tous les détails. Tout à l'opposé, à gauche, l'équipement de combat d'Envar était suspendu à la paroi la plus sombre de la salle, l'armure lourde encadrée de l'imposante masse et du large bouclier, comme dans l'attente que son propriétaire en ait besoin. Un coffre de bois et de fer se trouvait près du fond, renfermant sans doute des objets de valeur. Garvin avança vers la grande table qu'Envar contournait : le grand homme chauve lui présenta avec fierté les morceaux de minerai, dont certains fragments s'étaient révélés magiques, au plus grand bonheur du commandant des Masques.

— Nous allons très probablement nous installer définitivement ici, et acquérir cette mine pour la Compagnie, disait-il avec enthousiasme. C'est une chance inespérée, et ce n'est pas tout : nous avons découvert des tunnels qui s'enfoncent en profondeur, que nos ouvriers sont en train de dégager. J'ai l'intuition que nous n'avons pas encore tout trouvé, et que des gisements existent un peu plus loin dans la montagne. Mais en attendant, je vais vous faire visiter les lieux.

Garvin fut ravi de cette proposition, car curieux d'en savoir plus sur cette base d'un genre nouveau. Envar se dirigea vers le couloir, suivi du jeune magicien. Ils avancèrent, dépassèrent le tunnel d'entrée, où plusieurs travailleurs allaient et venaient avec des outils, puis se rendirent tout près d'un entrepôt, à gauche, lui-aussi éclairé par une fenêtre latérale creusée dans la pente du mont Hodnar.

— C'est ici que nous stockons le minerai ordinaire, présenta Envar, en désignant de sa main un tas imposant de pépites sombres. Il est de bonne qualité et servira à fabriquer des armes utiles à la Compagnie et aux Mille Collines. Et le site d'extraction principal pour ce minerai classique se trouve par là.

Le vieil homme pointa du doigt une galerie ronde qui descendait progressivement sur leur droite. Ils retournèrent ensuite près du bureau d'Envar et tournèrent pour s'enfoncer dans la montagne. Là, le réseau de voies souterraines se faisait plus dense, à l'image des activités qui s'y déroulaient. Des chambres individuelles s'alignaient le long d'un couloir central, pour permettre aux ouvriers et aux membres de la Compagnie de se reposer sur place sans avoir à rejoindre le campement extérieur, dans une clairière située à l'est, où, d'après Envar, des dizaines de tentes et cabanes en bois abritaient chaque soir la majeure partie de l'équipe. Tout à droite se trouvaient les salles les plus importantes, l'entrepôt de roches magiques, ainsi qu'un petit laboratoire où trois agents des Masques avaient installé des tuyaux de verre dans lesquels s'écoulaient des liquides multicolores, qui venaient s'accumuler dans des fioles posées sur une vaste table centrale.

— Des mélanges alchimiques, expliqua Envar. Nous en avons utilisé quelques-uns pour déblayer plus vite des tunnels bouchés, et mes associés en fabriquent d'autres par précaution. Un éboulement, un gros rocher, on ne sait jamais quand on peut en avoir besoin...

Entre les deux pièces, Garvin eut la surprise de découvrir une salle commune, une sorte de cantine improvisée, avec de nombreuses tables et chaises, où les ouvriers de la
Compagnie se rassemblaient au moment des repas, dans une convivialité atypique. Des lanternes au plafond, huit au total, permettaient d'y voir clair dans cet environnement artificiel, aux parois maçonnées : Garvin devinait là des dizaines d'heures de travail, rien que pour aménager cet espace de grandes dimensions. Envar lui montra rapidement le début d'une autre galerie qui s'enfonçait plus loin encore, l'une des plus prometteuses en ce qui concernait d'éventuelles trouvailles à venir. Après ce tour des installations principales, les deux hommes revinrent à leur point de départ, jusque devant la collection d'objets de fouilles du chef des Masques, heureux d'avoir pu impressionner son jeune invité.

— Si vous voulez vous-même participer aux explorations, nous en serions ravis, ajouta-t-il.

— Ce n'est pas pour ça que je suis là ? Demanda Garvin sur un ton comique qui fit rire Envar. — Bien vu ! Il nous reste de la place pour vous, ne vous en faites pas ! J'irai voir s'il reste une chambre ici, à moins que vous préfériez une de ces petites maisons de la clairière.

— Je vais y réfléchir, dit Garvin, encore indécis, tenté par une nuit hors du commun dans la base souterraine.

— Il vous reste un peu de temps pour... reprit Envar, avant d'être interrompu par l'arrivée soudaine d'un des mineurs, essoufflé, qui se courba en deux tout en se tenant au rebord de la porte de la salle, son habit bleu de travail taché de poussière.

— Chef ! Dit-il, haletant. Nous avons... trouvé une caverne... Tout en bas... Il y a... un fort en ruines...

— Quoi ? s'exclama Envar. Il faut absolument qu'on aille voir ça.

Garvin approuva immédiatement, curieux d'en savoir plus. Le mineur, reprenant son souffle, se redressa.

— Je vais vous faire voir… dit-il en leur faisant signe de le suivre.

Ils sortirent tous trois rapidement de la salle, le travailleur aux vêtements sales en premier, lequel se mit progressivement à accélérer après avoir tourné à droite. Ils passèrent non loin du tunnel menant à la cantine, prirent à gauche puis une nouvelle fois à droite, en direction d'une galerie descendante, soutenue par des poutres épaisses et neuves. Le terrain plongeait peu à peu, sur des dizaines de mètres, et de manière plutôt rectiligne. Comme dans les autres lieux de l'installation, des lanternes accrochées aux parois éclairaient la route, avec des torches à proximité, prêtes à être allumées en renfort.

— C'est incroyable, commenta le mineur. Jamais nous n'aurions pensé trouver quelque chose de ce genre là. Nous ne sommes plus très loin.

Envar, puis Garvin, suivaient sans se poser de question, désireux de voir par eux-mêmes les résultats de l'excavation, le jeune magicien se tenant légèrement en retrait par rapport aux commandant des Masques. Après une dernière portion particulièrement inclinée, la pente s'adoucissait et formait un palier, de nombreuses pierres jonchant le sol ; en face, une ouverture qui demeurait à fignoler permettait d'entrevoir un vaste espace souterrain, dont la taille ne cessait de grandir au fur et à mesure qu'ils s'approchaient de la cavité. L'ouvrier s'écarta, laissant à Envar et Garvin la place de passer ; le vieil homme chauve s'arrêta à l'entrée de la caverne, les yeux éblouis. Une seconde plus tard, Garvin vint se positionner à sa gauche, et fut à son tour émerveillé. Une immense sphère de roche creuse se trouvait juste là, sous leur regard, sa voûte au sommet aplani culminant à une trentaine de mètres de hauteur. Des rayons de lumière naturelle parvenaient à l'intérieur en traversant des mètres de couche rocheuse, avant d'éclairer la partie centrale de la grotte, tombant au sol en plusieurs endroits depuis son plafond d'un gris bleuté. Sous ces éclats de jour pâles, une vieille forteresse tenait encore debout, sa partie supérieure effondrée renforçant l'impression de largeur de son donjon. De petits remparts à moitié écroulés entouraient le fort, avec une porte d'accès dont l'arche en pierre semblait mieux préservée que le reste de l'édifice. Un passage naturel y menait, débutant au-delà de l'ouverture creusée par les ouvriers, pour ensuite descendre vers le plateau arrondi sur lequel le dressait la forteresse, cernée de profondes crevasses. Sur la gauche, et à l'arrière-plan, s'étendait un balcon rocheux et courbe, à la surface lisse et déserte. À droite, une petite passe conduisait à un escalier étroit qui montait jusqu'à un autre balcon, rectiligne celui-ci, puis une galerie s'en allait plus loin dans la montagne. Cette partie là du souterrain semblait être une deuxième grotte, secondaire, mais qui devait également être explorée. Au-dessus du balcon rocheux à droite, plusieurs mètres de vide prenaient place, avec un plafond là encore presque plat. Une falaise percée de multiples cavités isolait les deux parties de la caverne, et cette paroi poreuse semblait incrustée de pierres phosphorescentes, à en juger par la lumière verte et bleue qu'elle diffusait aux alentours, là où les rayons qui tombaient de la voûte centrale ne parvenaient pas.

— Magnifique, dit Envar.

Garvin soupira devant tant de beauté, tandis que le commandant des Masques faisait un premier pas sur le sol de la caverne.

En contrebas, sur le chemin qui menait à la forteresse, un des mineurs revint en courant, passa l'arche d'entrée de la muraille, se retournant à plusieurs reprises. Son collègue arriva à son tour, quittant les lieux avec précipitation. Ils se lancèrent à l'assaut de la pente qui remontait vers la galerie de la base, alors que derrière eux, des formes s'agitaient près des murs en ruines, difficilement identifiables à une telle distance. Dans l'agitation, le deuxième ouvrier, brun, la trentaine, glissa et se retrouva sur le ventre. En tentant de se relever, sa main droite ripa et il se retourna ; une flèche à l'encoche peinte en rouge se planta entre ses deux pieds, sous son regard effrayé. Envar et Garvin arrivèrent près de lui quelques instants plus tard.

— C'est pas passé loin ! Dit-il, encore sous le coup l'émotion.

— Que s'est-il passé ? Demanda Envar.

— Il y a de drôles de créatures à l'intérieur du fort, expliqua le premier ouvrier. Lorsque on s'en est approché, elles ont attaqué à vue.

Les silhouettes au loin paraissaient correspondre à celles d'humanoïdes d'environ un mètre trente, au teint grisâtre, en sentinelle près de la porte.

— Eh bien on va se défendre, répliqua Envar avec fermeté. Vous trois, alertez la base, faites venir les Masques et les soldats, on doit être prêts à recevoir ces créatures. Et allez me chercher mon équipement. Je reste ici avec monsieur Garvin pour les tenir à distance. Allez !

Les ouvriers remontèrent vers la galerie en courant aussi vite que possible, puis Envar fit deux pas en avant, jusqu'au bord de la terrasse qui précédait la descente vers le fort. Aucun mouvement ennemi n'était à signaler pour le moment, mais la dizaine d'humanoïdes attendait peut-être du renfort, aussi Garvin se préparait à lancer une boule de feu juste devant ce groupe menaçant. Un silence tendu régnait dans la caverne, les deux magiciens demeurant très attentifs ; bientôt, d'autres de ces créatures vinrent se masser près de l'entrée du château en ruines, ne laissant rien présager de bon. Heureusement, une minute plus tard, une troupe de guerriers menés par trois Masques arriva depuis les installations et se positionna à quelques mètres derrière Envar. Des voix étranges et déformées par la distance montèrent dans la gigantesque grotte depuis la muraille, indiquant une attaque imminente des humanoïdes. Les ouvriers s'approchèrent d'Envar en lui portant son matériel de combat, qu'il se mit en enfiler avec célérité. Alors qu'il terminait de mettre son armure, les créatures se mirent à avancer ; réagissant aussitôt, Garvin concentra son énergie dans sa main droite, d'où jaillirent des étincelles, lesquelles gagnèrent du volume entre ses doigts écartés. Il détendit le bras, projetant une sphère incandescente en direction du passage : à l'impact, la boule de feu explosa, faisant reculer l'adversaire. Envar plaça son masque sur son visage, prit sa masse et son bouclier, puis leva les bras en l'air. Une voix de ténor retentit en résonnant contre les diverses parois de la caverne, effrayant les archers gris, qui se réfugièrent en courant de l'autre côté du mur de la forteresse. — En avant, à l'assaut ! Cria Envar, en tenant sa masse en diagonale, pointée vers le dôme.

Garvin s'élança en même temps que lui, retrouvant le souffle épique de la Campagne de Felden, même si les circonstances s'avéraient radicalement différentes. Ils s'engagèrent dans le passage au milieu des précipices sombres, de véritables falaises souterraines dont on ne distinguait pas le fond. Les remparts endommagés, hauts de plus de trois mètres, se dressaient à présent en face d'eux, avec cette porte large au milieu. Au travers, Garvin put apercevoir une foule d'humanoïdes en train de se rassembler pour leur faire face : à l'approche du fort, l'un des soldats lui lança une épée pour qu'il puisse se battre au corps-à-corps, même s'il comptait bien davantage sur ses pouvoirs. Il lança une deuxième boule de feu dans l'encadrement de la porte, puis la troupe de la Compagnie entra dans la cour du château.

Garvin, qui n'appréciait guère le fait de se battre contre des ennemis inconnus, se laissa convaincre de la nécessité de les affronter par l'air hargneux et l'attitude agressive de ces troglodytes, qui visiblement n'étaient en rien les bâtisseurs de cet édifice, et qui ressemblaient bien davantage à des pilleurs. Peut-être même avaient-ils éliminé les anciens propriétaires des lieux. Leurs cheveux gris s'accordaient parfaitement avec la couleur de leur peau, et ils formaient des groupes d'assaillants capables de leur résister très efficacement. Envar luttait en tête en distribuant de lourds coups de son bras droit, touchant parfois plusieurs d'entre eux à la fois, et il ne se laissait en rien intimider par leur supériorité numérique. Les autres soldats se déployèrent d'une manière très classique dans la cour ; Garvin se retrouva à gauche et expulsa en arrière une dizaine de troglodytes avec une vague d'énergie puissante.

Envar chargea la tête de sa massue d'un halo violacé et fracassa le sol, produisant une onde de choc suffisamment forte pour mettre en déroute une partie de l'armée ennemie, qui comptait plus d'une centaine de ces petits guerriers gris, pour la plupart armés de lances de fortune. Le donjon, en bon état dans sa partie basse, se trouvait légèrement décalé à droite par rapport à la porte de la muraille, et Garvin put distinguer à l'étage des tireurs ennemis, sur le point de faire feu. Ouvrant et refermant sa main droite à répétition, le jeune magicien propulsa des éclairs en direction des fenêtres, touchant au moins deux archers, ce qui suffit à faire s'enfuir les autres. La bataille tourna ainsi à l'avantage de la Compagnie, malgré plusieurs blessés dans leurs rangs. Une vingtaine de troglodytes partit en direction du donjon pendant que le gros de l'armée battait en retraite en contournant l'imposant bâtiment, encore haut de presque dix mètres. Envar donna les instructions : il allait s'engager avec ses trois acolytes et cinq soldats dans la forteresse, tandis que Garvin et le reste des troupes devaient se lancer à la poursuite des humanoïdes.

Le commandant des Masques partit à la course jusqu'aux deux grandes portes de bois entrouvertes et brisées, situées à la base du donjon, suivi par ses camarades des Masques et des cinq combattants les plus proches. Garvin fit signe aux autres de venir avec lui, pour contourner la forteresse, alors que les troglodytes s'enfuyaient à toute vitesse. Une fois parvenu à l'entrée du château souterrain, Envar effectua un court et sec revers de la main, envoyant de la lumière dorée pour illuminer les lieux. Ces créatures semblaient parfaitement y voir dans l'obscurité, et des cris retentissaient un peu partout dans le bâtiment, au-delà d'une rangée de colonnes, quelques mètres plus loin.

Envar s'engagea dans la salle suivante, large et circulaire, à priori un hall central autour duquel tout l'édifice s'organisait. Entre les colonnes, des passages menaient à d'autres pièces, droit devant à une porte délabrée et entrouverte. De chaque côté, deux escaliers courbes et parallèles montaient jusqu'à un balcon et l'étage supérieur. Les silhouettes des troglodytes se faufilaient dans les recoins, tentant de leur échapper, alors Envar fit signe à ses acolytes de se disperser, deux dans les ailes, le troisième à l'étage, alors que les soldats allaient le suivre. Envar avança vers la porte d'en face, qu'il ouvrit en la poussant de sa masse, et découvrit une grande bibliothèque abandonnée, éclairée par un appareil enchanté accroché au plafond, une sorte de générateur contenu dans un coffre de métal sculpté, et qui diffusait une lumière du jour simulée dans toute la salle, immense et rectangulaire. Alors qu'il y faisait son entrée, un ennemi dissimulé le long du mur à gauche surgit, une lance en main. Envar fit un mouvement puissant avec son bouclier, le déviant, puis le frappa avec sa masse : le troglodyte décolla puis s'effondra plus loin, près d'une étagère poussiéreuse, au pied de laquelle s'étendaient de nombreux papiers, comme un peu partout dans ce lieu. Pendant ce temps, Garvin et sa troupe finissaient de faire le tour de la forteresse. La vue se dégageant, ils aperçurent une brèche dans la muraille, large de plus de trois mètres, les pierres écroulées en masse, un échappatoire par lequel les ennemis se retiraient. Plus loin, un autre pont de pierre enjambait le précipice qui encerclait le plateau, et conduisait directement à un tunnel rond. Quelques-uns des troglodytes projetèrent leurs lances à courte distance vers eux, puis suivirent leurs semblables dans la galerie. Alors que les derniers y disparaissaient, Garvin envoya un éclair sur la partie supérieure du tunnel, qui s'affaissa peu à peu : l'éboulement se propagea plus en avant, et au final, la voie s'écroula sur elle-même dans un nuage de terre en particules, la condamnant pour un long moment.

— C'est bon, il n'y a plus rien à craindre, conclut Garvin. Allons aider Envar.

Il adressa un geste du bras aux soldats, puis se retourna et se mit à courir en direction du château, franchissant bientôt ses portes. Lorsqu'ils arrivèrent dans le hall central, le calme semblait régner dans l'édifice, les trois membres de la Compagnie revenant des ailes et de l'étage en marchant, leurs masques à la main, les derniers adversaires désormais vaincus. Garvin entra dans la bibliothèque, où Envar et les cinq soldats à son service fouillaient les lieux, le corps d'un troglodyte étendu sur la gauche. Le grand commandant, qui avait posé son masque sur le rebord de la grande table, observait les éléments autour de lui, pendant que trois militaires erraient autour d'une mystérieuse structure, quatre mètres au-delà. Il s'agissait de deux arcs de pierre gris-clair et terne, qui se rejoignaient pour former une pointe, à deux mètres cinquante du sol. Garvin, intrigué, entendit les soldats parler.

— On dirait un portail magique, quelque chose comme ça, dit l'un d'entre eux, en examinant la pierre.

Envar acquiesça en solitaire, puis se dirigea vers un immense tas de feuilles qui s'était vraisemblablement formé lors du pillage du donjon par ces créatures souterraines. Les documents cachaient en partie trois squelettes, dont l'un d'eux portait encore des morceaux de tissu rouge brodé de motifs dorés.

— Voilà donc les précédents occupants… devina t-il.

Garvin s'approcha de lui, découvrant la salle, encore un peu dépassé par le nombre de livres et de documents présents, et par le désordre fabuleux qu'il constatait.

— Le bâtiment est-il sécurisé ? Demanda t-il au chef des Masques.

— Oui, à l'instant, confirma Envar. Nous pouvons maintenant nous concentrer sur cette pièce. Eh, écoutez-moi tous ! Cherchez des objets de valeur, des vieux livres, des trésors, tout ce qui vous semble précieux.

Il se tourna vers une partie de leur armée, qui faisait son entrée.

— Vous, retournez dehors, aidez à évacuer les blessés, puis, explorez les environs, ordonna til. Nous devons être sûrs que le danger est écarté.

— J'ai fait s'effondrer le tunnel de ces créatures, l'informa Garvin. Je crois qu'ils ne reviendront pas de si tôt.

— Excellent, monsieur Garvin, le félicita Envar. Bon, reprenons les fouilles ! Il est évident que ceux qui habitaient ce château étaient des magiciens, il y a forcément des objets intéressants à trouver.

Garvin, enthousiasmé par cette inspection minutieuse qui ressemblait de plus en plus à une chasse au trésor, approuva et se dirigea vers la gauche de la salle, près du mur, pour s'intéresser à la plus proche étagère, dans un désordre quasi-total elle aussi.

— Voyons voir ce que nous avons là… dit Envar, en commençant à examiner les centaines de feuilles qui couvraient la table.

Les recherches durèrent de longues minutes pour les hommes et les femmes qui remuaient les documents et volumes répandus par terre, écartant des débris de meubles, des chaises brisées, des rayons fracturés, afin de dénicher peut-être un artefact perdu et de valeur inestimable. Le bruit des papiers, des livres et des morceaux de bois déplacés emplirent la salle, tandis que chacun continuait son travail. Après un quart d'heure passé à écarter des documents sans grand intérêt, Envar mit à jour une carte en bon état, qui dressait un portrait des souterrains : il reconnut la forteresse et le plateau, et eut une description des tunnels alentours, notamment celui par lequel les troglodytes s'étaient enfuis, qui menait à un réseau de galeries courant sur des centaines de mètres, en direction de l'ouest, plusieurs sorties étant mentionnées. Le tunnel à droite du fort, qu'ils avaient vu en arrivant, donnait finalement sur une petite caverne sans issue, ce qui le fit sourire car il savait maintenant que l'espace était entièrement sécurisé.

— Très intéressant, ça ! Commenta t-il avec joie.

Les fouilles continuèrent, s'allongeant dans le temps sans découverte majeure, à l'exception de quelques livres de magie.

— Il faudra des semaines avant d'y voir clair ici... constata en aparté le commandant des Masques, tout en manipulant des papiers.

Une minute plus tard, alors qu'il faisait un pas sur sa gauche, sa botte résonna sur du bois et non pas sur la pierre qui formait le sol, partout ailleurs dans la pièce. Intrigué, il se pencha, écarta d'autres documents éparpillés et dégagea une trappe dont les éléments en fer en partie rouillé ne résistèrent pas longtemps à sa force, gonflée par l'énergie enchantée qui circulait dans son armure. Au fond de la cache, il aperçut un petit coffre, qu'il sortit pour le poser sur la table. Fait de bois cerclé de fer, sa serrure ainsi que l'espace situé entre le couvercle et le bas étaient protégés par une sorte de champ de force bleu qui rendait son ouverture quasi-impossible par des moyens conventionnels.

— Voyons voir ça...

Il lui suffit de passer lentement sa main devant la serrure pour faire disparaître l'enchantement, après quoi il souleva le couvercle sans difficulté autre qu'un légère résistance naturelle dans la charnière. Quelques papiers supplémentaires occupaient l'intérieur du coffre, et il les passa en revue rapidement, sans les disposer sur la table, car il se doutait que ces documents ne se trouvaient pas là par hasard : à en juger par le soin avec lesquels on les avait dissimulé, ils devaient revêtir une valeur plus grande que le reste. Parmi ces feuilles bien préservées, une en particulier retint son attention : celle-ci présentait des lettres disposées de manière anarchique pour former des mots imprononçables.

— Mais qu'est-ce que c'est que ça ? Dit Envar, en tenant le papier de sa main droite, le regard penché.

Garvin, qui se trouvait à proximité, se rapprocha pour venir à gauche du vieux chauve, lequel releva sa présence. Il remarqua en bas à gauche du document, une forme ronde faite en cire rouge, imprimée d'un motif comprenant une tour élancée.

— Vous voyez, ça, c'est le sceau de Létare, indiqua Envar, désignant la marque de son index gauche. Cela veut dire que ce fort était un de leurs avant-postes secrets. D'après ce que j'ai compris, cela fait vingt ans qu'il a été attaqué, vu les dernières dates indiquées sur ces papiers. Celui-ci est incompréhensible, une sorte de code, mais ça a l'air important. Le problème, c'est que pour le lire, il faut une clé, et seuls des hauts responsables de Létare doivent l'avoir. Il faudrait le faire expertiser.

— Vous voulez dire, à Létare ? Demanda Garvin, incrédule et en même temps ravi.

— Oui, c'est ce qui s'impose si on en veut la traduction, reprit Envar avec sérieux. Pourquoi, vous voulez y aller ?

Garvin pencha la tête par côté, et fit un mouvement des lèvres qui signifiait « pourquoi pas ! ».

— Ah, cela nous rendrait bien service ! Approuva le commandant des Masques, souriant. Il observa les soldats et ses acolytes déployés tout autour de la grande table, et il estima que les premières recherches avaient suffisamment duré.

— Bon, on en a fini pour aujourd'hui, dit Envar à haute voix. Emportez tout ce que vous pouvez et remontez-le à la base, nous reviendrons demain. Garvin, venez avec moi, je dois vous parler. Retournons dans mon bureau.

Le jeune magicien fit un signe positif de la tête et suivit Envar, qui emportait son masque et le coffret sous son bras. Alors qu'ils quittaient la forteresse et s'engageaient dans la montée vers la mine de la Compagnie, les soldats envoyés en éclaireurs dans le tunnel de droite revinrent en courant.

— Chef, rien à signaler de ce côté ! l'informa un militaire.

— Bien, allez dans la bibliothèque et rapportez des livres, des papiers.

— Compris, chef, répondit le soldat avant d'entraîner son détachement jusqu'au fort.

Garvin et Envar reprirent leur route et regagnèrent la galerie menant à la base. Une agitation hors du commun s'y déroulait, les ouvriers et combattants se déplaçaient au pas de course, et défilaient dans le champ visuel des deux magiciens qui traversaient les couloirs. Ils tournèrent enfin à gauche et entrèrent dans la salle personnelle du commandant de la Compagnie. Envar déposa le coffre sur son bureau et pivota vers son meilleur allié. — Merci pour votre soutien aujourd'hui, vous êtes efficace, comme toujours, le complimenta Envar, Garvin haussant les épaules modestement en retour.

— Je ne suis pas membre honoraire des Masques pour rien ! Plaisanta le jeune homme.

— Haha ! rit Envar, rejetant légèrement la tête en arrière. Vous savez amuser, l'ami ! Nous serions ravis que vous alliez vous-même à Létare avec le message codé. Vous n'êtes pas l'un des nôtres, et cela peut jouer en votre faveur. Létare, ce sont en quelque sort nos concurrents. Il y a déjà plusieurs jeunes talents que nous nous sommes disputés. Je pense que les jeunes qui intègrent les Masques progressent plus vite, et vont davantage sur le terrain. Mais il faut reconnaître qu'à Létare, ils sont très forts. Il y a quelques années, ils nous ont pris de vitesse pour recruter une jeune femme très prometteuse, en réalité l'une des meilleures que nous ayons vues jusqu'à présent.

— Ce n'était pas une jeune prénommée Ciela ? Demanda Garvin avec grand intérêt.

— Je crois bien que si. Vous la connaissez ?

— Bien sûr, répondit Garvin. En fait, c'est grâce à elle que j'ai quitté mon pays et que je suis devenu magicien.

— Oooh… fit Envar, impressionné. Et bien vous allez très certainement la revoir alors !

— J'espère bien ! s'exclama Garvin.

— Mais si, mais si… Tout comme Létare, nous recherchons des jeunes capables de renforcer notre organisation et même de la diriger plus tard. On dit de moi et de mes associés que nous sommes durs, très exigeants, et j'approuve ceux qui le pensent. Mais je vais vous dire quelque chose de peu habituel en ce qui me concerne : que je vous admire, Garvin. Et j'aimerais bien quelqu'un comme vous à un très grand poste, le mien par exemple. Vous n'avez que vingt-cinq ans, et pourtant, vous avez déjà accompli bien des choses, plus que moi au même âge. Vous avez les compétences pour superviser la Compagnie, et même un conflit, une campagne militaire, si vous en aviez l'opportunité. Votre talent est authentique, et vous êtes arrivé là où vous êtes aujourd'hui en si peu de temps. Vous méritez d'aller plus haut encore. C'est pourquoi, quoi qu'il advienne, vous serez toujours le bienvenu dans la Compagnie, et serez à jamais un membre honoraire, avec ou sans nos équipements. En devenant le héros de la Libération de Felden, vous êtes entré dans l'histoire, et c'est très rare pour un jeune comme vous. Je suis heureux d'avoir pu compter sur votre aide dans cette Campagne, et je sais que les gens du nouveau Felden vous vénèrent, et qu'ils sauront devenir très amis avec les habitants des Mille Collines. Vous êtes maintenant une légende dans tout l'Ouest et le Sud, et quelque chose me dit que vous ferez encore bien des exploits ! À vrai dire, si un jour vous devriez prendre la direction de la Compagnie, je préférerais que ses membres abandonnent les Masques plutôt qu'une personne moins compétente ait à gérer nos affaires. Mais pour l'instant, il n'est pas prévu que nous les ôtions ; plus de la moitié de notre pouvoir nous vient de ces objets enchantés. Dans l'ordre actuel des choses, je continuerai pour toujours à m'investir dans la Compagnie. Mais il est vrai que j'aimerais entendre, dans quelques décennies, que vous avez vous aussi fondé votre ordre de mages. Comme je vous l'a dit, vous le méritez. Alors continuez ainsi.

Particulièrement touché par ce long éloge, Garvin ne put qu'incliner la tête en guise de remerciement sincère.

— Je me porte volontaire pour cette mission, ce voyage, conclut t-il sans hésitation, Envar levant le poing avec énergie.

— Voilà qui me fait plaisir, à moi comme à toute la Compagnie. Comme vous le savez, nous travaillons sur un projet révolutionnaire, qui changera à jamais la vie des habitants des Mille Collines : un réseau de portails de transport. Imaginez les citoyens de Gernevan, se téléportant instantanément à des centaines de kilomètres, à l'autre bout de la nation… Ou bien nos soldats, capables d'intervenir en un temps record sur n'importe laquelle de nos frontières… Et si ce document secret Létarien contenait des indications sur la manière de faire fonctionner ce portail dans la bibliothèque ? Nous pourrions nous en inspirer pour améliorer notre projet, et pourquoi pas le mettre en place dès la fin de l'année… — Ce serait formidable ! Anticipa Garvin.

— Tout à fait, et voilà pourquoi votre concours est si important. Mais vous prendrez le temps de rester ici un peu, au moins un jour ou deux… Vous venez juste d'arriver !

— Oui, j'enchaîne les expéditions ! Fit remarquer Garvin, toujours avec son sourire en accompagnement.

— Haha ! Vous êtes un vrai aventurier ! Venez, je vais vous montrer notre petit village, dehors, dans la clairière. Vous me direz ce que vous en pensez…

Garvin haussa les épaules, et suivit Envar en direction de la sortie de la base, content de retrouver, ne serait-ce qu'un quart d'heure, l'air frais du dehors et la verdure du mont Hodnar, en quittant ses cavernes pleines de mystère.

Chapitre 3   : Létare

Trois jours plus tard, la pluie tombait sur les pentes verdoyantes du mont Hodnar lorsque Garvin quitta l'avant-poste de la Compagnie, pour redescendre vers Onor, un manteau à capuche sur le dos, et ses valises à la main. L'inclinaison du terrain le ramena bien vite dans la communauté en contrebas, à l'heure où la diligence du retour allait partir pour l'est, peu avant midi. Ces moments passés à explorer les tunnels et à suivre l'avancement des excavations l'avaient passionné au plus haut point, et le personnel au service des Masques travaillait encore à remettre de l'ordre dans le fort souterrain, lequel allait devenir une nouvelle place forte de la Compagnie. Quelques membres devaient bientôt s'y rendre pour aider à étudier le portail trouvé dans la bibliothèque, qui commençait à retrouver une allure plus correcte à présent. Quant à ces troglodytes, les soldats demeuraient vigilants, et les observateurs en poste au sommet des murs valides qui entouraient le château allumaient des torches une fois la nuit venue. Garvin quittait tout ce monde avec sérénité et l'envie pressante de parvenir à Létare, retrouver Ciela et faire traduire le document qu'il emportait dans ses bagages. Il ne s'agissait que d'une copie, l'original restant auprès d'Envar, bien décidé à poursuivre lui-même la direction des fouilles, au moins pour quelques temps avant de repartir pour Gernevan et son quartier général. Pendant ce temps, un nouveau voyage attendait Garvin, qui allait durer également plus d'une semaine. Enchaînant les carrosses, il lui fallut quatre jours pour atteindre une ville importante des Mille Collines, située à mi-chemin entre Onor et la capitale. Une roue brisée sur la route pendant des intempéries avaient contraint les voyageurs à s'arrêter dans une auberge en bordure de la voie principale, et ce pour plus de dix heures. C'est donc avec ce retard qu'il se présenta au point intermédiaire de son expédition. Il déposa deux lettres au bâtiment du service postal local, l'une adressée au siège de la Compagnie des Masques, de la part d'Envar, demandant l'envoi de trois membres supplémentaires au mont Hodnar, et la deuxième à l'attention de son serviteur, l'informant qu'il devait garder le manoir encore un certain temps, pour la simple raison que son propriétaire effectuait un voyage, loin vers le Nord, et qu'il ne reviendrait certainement pas avant un mois.

Une fois cette action menée à bien, le jeune magicien put se projeter vers la suite de sa mission. Depuis cette ville de dix mille habitants, légèrement plus au nord que Gernevan, il allait se diriger vers le nord-est, jusqu'à l'immense fleuve Olono, qui formait la frontière naturelle orientale de la Fédération des Mille Collines. L'immense cours d'eau décrivait une large boucle vers l'ouest, et une modeste cité portuaire se trouvait sur le méandre : Garvin savait qu'il pourrait sûrement dénicher une embarcation là-bas, un navire de bonne taille, qui suivrait le courant jusqu'à atteindre le Lac Létare, au sud de la célèbre cité de la magie, une étendue qui marquait l'entrée sur le territoire du même nom. Il s'agissait du moyen le plus rapide de s'y rendre, et Garvin se sentait plutôt fier d'avoir imaginé cet itinéraire à partir de cartes des Mille Collines et du monde au-delà, même si une inconnue demeurait : il ne s'y était pour l'instant jamais aventuré, et il pouvait se faire surprendre par des imprévus, sur la route qui menait à ce port, Grovd, légèrement en marge des grandes voies de la Fédération.

Deux dernières diligences lui permirent de l'atteindre, huit jours après son départ d'Onor, l'après-midi, sous un ciel gris qui devenait d'un bleu sombre au lointain. La ville de Grovd, peuplée de trois mille habitants, ressemblait pour Garvin à celles que l'on pouvait trouver à l'intérieur des terres, même si l'atmosphère était différente ici, en raison de la proximité du fleuve Olono, large de plus d'un kilomètre à cet endroit. Arrivé sur la place centrale, il demanda son chemin pour le port, qu'on lui indiqua, au nord-nord-est. En marchant, il nota la couleur bleue de certaines façades des maisons à colombages, qui bordaient la rue en pente, les quais se révélant bientôt au loin, après une petite descente. Des pavés couvraient le sol de ce littoral artificiel, et une certaine agitation marquait les lieux, alors que le vent commençait à souffler, venu du nord, apportant les nuages que le jeune magicien avait aperçu par la fenêtre de la diligence, en s'approchant de Grovd. Comme il s'agissait de sa première visite d'une ville portuaire, même fluviale, Garvin admira l'eau ondulée du fleuve, les navires de pêche alignés le long des pontons, en compagnie de bateaux de transport à deux mâts, imposants, mais aussi la présence d'un vaisseau militaire, à trois mâts, absolument gigantesque à ses yeux, gardé par quelques soldats de la Fédération. Plusieurs dockers finissaient de porter des caisses de marchandises, et s'en allaient vers les entrepôts situés en face des quais. Un homme d'environ cinquante ans se tenait devant un beau navire à deux mâts, non loin de la position occupée à cet instant là par Garvin ; ce dernier se dirigea vers le marin.

— Bonjour monsieur. Quand est-ce que part le prochain bateau pour Létare ?

— Pour Létare ? répéta l'homme. Hé bien pas tout de suite, du moins pas avec les intempéries qui s'annoncent. Aucun navire ne partira aujourd'hui, et on espère pouvoir reprendre nos activités demain, en fin de matinée. C'est que nous attendons du costaud.

Garvin approuva, constant l'avancée des nuages en arrière-plan.

— Mais moi, je ne vais pas du côté de Létare, reprit le marin. Il n'y a pas beaucoup de gens qui s'y aventurent. Mais je peux vous conseiller d'aller dans cette auberge, là, derrière. Il pointa du doigt une belle enseigne à colombages, insérée dans la continuité des bâtiments portuaires.

— Il y a des capitaines qui s'y arrêtent souvent, et je pense que vous pourrez en trouver un qui vous amènera à Létare.

— Merci pour vos informations, dit Garvin en abaissant la tête, le marin le saluant en retour.

Il se retourna et avança jusqu'à l'auberge que l'on venait de lui indiquer, et dont la porte restait ouverte en cette journée d'été, aux températures agréables. L'intérieur de bois très typique se remplissait du bruit des conversations, et un escalier sur la droite de la grande salle menait aux chambres de l'établissement. Garvin se dirigea vers le

comptoir, et vint se placer à gauche d'un homme d'une trentaine d'années, aux cheveux châtain foncé, l'air plutôt aimable, la main refermée sur un verre posé à la surface du meuble.
— Mauvais temps en perspective, pas vrai ? Dit-il, pivotant peu à peu vers le nouveau venu. — Cela en a tout l'air ! Répondit Garvin avec entrain. Je recherche un capitaine de vaisseau qui irait très prochainement jusqu'à Létare.
— Vous venez d'en trouver un ! Répliqua l'homme, se redressant puis tendant sa main, que Garvin serra.
— Je suis le capitaine Lasro, à votre service. Et dès demain, je le souhaite. En attendant, vous resterez ici, j'imagine ?
— Je ne vois nulle part où aller de toute manière, dit Garvin avec franchise.
— Très bien, je vous invite ! J'ai quelques amis ici, et je suis certain que nous allons passer une bonne soirée autour d'une table, au sec. Venez, je vais vous les présenter. Garvin le suivit dans la partie droite de l'auberge, près de l'escalier, et à proximité d'une grande fenêtre qui donnait une magnifique vue sur les quais incurvés, ainsi que sur une partie de la perturbation météorologique qui venait droit sur eux. Les cinq camarades de Lasro, deux femmes et trois hommes de son équipage, l'accueillirent chaleureusement et l'invitèrent à disputer des parties de cartes. Cinq minutes plus tard seulement, une nuit anticipée tomba sur le rivage de Grovd, et les premières gouttes de pluie touchèrent ses pavés, tandis que des éclairs fendaient le ciel au nord-est. L'averse semblait continuellement gagner en puissance, interrompant parfois les joueurs, et l'horizon obscur ne se dégageait pas, même si l'orage passa son chemin et que bientôt, seul le bruit des gouttes au dehors demeurait perceptible. Lasro et ses amis furent surpris autant qu'honorés d'apprendre que leur nouvelle connaissance n'était autre que le héros de l'année, et ils s'engagèrent à reprendre la navigation aussi tôt que possible pour lui permettre de se rendre dans la grande cité des magiciens. La pluie continuait de s'abattre sur la ville alors que la soirée débutait, toujours dans la bonne humeur. Garvin donna les dernières nouvelles de la Fédération, et ceux qui l'écoutaient se passionnèrent pour le projet de portail de voyage instantané de la Compagnie des Masques.

— Mais c'est formidable ! s'exclama une femme assise en face du jeune homme, et qui avait tout compris de ce progrès en perspective. On pourrait se retrouver dans la capitale d'un seul coup au lieu d'avoir à faire trois jours de diligence.

La dizaine de personnes réunies autour acquiescèrent, conquis par ce rêve qui allait vraisemblablement devenir une réalité d'ici peu. La nuit arriva, tandis que les nuages n'en finissaient plus de défiler dans le ciel noir, et Garvin put s'assurer d'avoir une chambre pour se reposer. Il salua l'équipage et le capitaine Lasro, puis monta l'escalier, s'avança dans le couloir jusqu'au numéro « 22 », une pièce simple, comme l'auberge qui la contenait, avec un lit, une table, une petite commode et de quoi s'éclairer. Il sut dès lors qu'il allait dormir dans de bonnes conditions, dans une ville tranquille, d'autant plus par une nuit aussi pluvieuse que celle-là.

Le lendemain, le soleil fit son retour à dix heures, laissant le temps à Garvin de se réveiller et de déjeuner dans l'établissement. Le capitaine jovial qui devait le conduire se présenta bien vite, et il se félicitait de transporter une telle personne sur son navire. L'embarquement put avoir lieu comme prévu une heure plus tard, sur le beau deux-mâts de Lasro, long de trente-cinq mètres, large de neuf, et dont le haut de la coque était peint d'une couleur verte. Garvin monta à bord par une rampe installée provisoirement, et admira la vue sur le fleuve et les quais depuis le pont surélevé.

— Nous avons aussi des chambres ici, l'informa Lasro. Vous allez voir, vous serez bien ! — Je n'en doute pas... reprit Garvin, qui regardait autour de lui les membres de l'équipage s'activer devant l'imminence du départ.

Après quelques indications de routine du capitaine, le vaisseau marchand quitta Grovd sous un ciel dégagé et parsemé de quelques nuages blancs, et le léger courant de l'Olono leur fit prendre peu à peu de la vitesse, suite à quoi les matelots affectés tour à tour à la barre l'orientèrent afin de suivre le cours du fleuve, direction le nord. Le jeune homme demeura sur le pont, près de la rambarde gauche, pendant que Lasro lui présentait divers bâtiments de Grovd, qu'ils quittaient lentement, de même que le rivage nord-oriental des Milles Collines. Une fois les dernières maisons perdues de vue, le capitaine exposa au jeune magicien l'itinéraire qu'ils allaient suivre avant de parvenir à destination, en étalant une carte sur une table installée non loin, et qui servait aussi au moment de prendre les repas.

— Nous ferons deux escales au cours du voyage, une ici, à l'est, et l'autre plus loin, à l'ouest, expliqua Lasro, pointant du doigt chacune des petites cités. Il nous faudra quatre jours pour atteindre le lac Létare, et un autre pour le traverser.

Le fleuve semblait s'élargir encore au fil des kilomètres, et Garvin s'étonnait de la taille importante du cours d'eau. Celui-ci présentait une ampleur qui le différenciait des rivières ordinaires, avec peu de méandres, ces derniers étant ici larges, progressifs, au débit plutôt calme pour un tel géant aquatique. La navigation y semblait tout aussi paisible, mais Lasro reprit son discours d'expert.

— Il faut faire attention aux bancs de sable, disait-il. Certains sont visibles, donc faciles à repérer. Mais d'autres sont en-dessous du niveau de l'eau, et si la coque s'enfonce dedans, nous pouvons très bien nous échouer. Tenez, regardez.

Le capitaine déroula une deuxième carte par dessus la première, lui présentant le profil du fleuve, couvert de tâches jaunes situées de chaque côté, principalement au niveau des courbures de l'Olono.

— Cette carte répertorie les principaux, ceux qui représentent une vraie menace pour le navire. Il faut les mettre à jour de temps en temps, mais celle-ci est toujours valable.

Garvin se familiarisa ainsi à la conduite des vaisseaux, et se porta volontaire pour tenir la barre quelques minutes, dans les parties les plus rectilignes du fleuve, bien conseillé par les membres de l'équipage. Les heures et les kilomètres passèrent, et quelques villages et habitations se distinguaient de temps en temps, au loin sur la berge, à gauche. Le terrain restait légèrement vallonné, avec des forêts anciennes qui couvraient une bonne partie des abords de l'Olono, en s'éloignant des Mille Collines. Le soir venu, avec le coucher du soleil qui illuminait les nuages bas à l'ouest, Garvin se retira dans sa chambre, située dans le château arrière, et y retrouva les affaires qu'il avait installées un peu plus tôt. Il s'allongea dans le lit et recommença à rêver de Ciela, dont il revoyait encore le visage de jeune femme forte et sublime, aux cheveux rayonnants. Chaque instant le rapprochait d'elle et de Létare, et, impatient de la retrouver, il se dit qu'il n'avait plus qu'à patienter quelques jours. Sa mission comptait également, pour l'avenir des transports dans la Fédération, et c'était elle qui lui donnait les plus grandes chances de pouvoir demeurer à Létare. Mais une question se posait à lui, car il savait qu'il lui serait presque impossible de s'en aller, une fois de nouveau auprès de Ciela. Peut-être que le message traduit, il pouvait envoyer quelqu'un d'autre faire le chemin du retour, jusqu'aux Mille Collines ? Ou s'il le fallait, il pourrait lui-même effectuer ce voyage… Ciela lui donnant de l'énergie, il se sentait prêt à le faire.

— Bien, de toutes façons, j'y verrai plus clair d'ici peu… dit-il en aparté, avant de s'endormir.

Le soleil brillait le jour suivant lorsqu'il reparut sur le pont, en pleine forme, dans ses vêtements noirs habituels. Lasro et ses gens devaient naviguer toute la journée, jusqu'à la fin de l'après-midi, où la première escale de leur voyage les ferait s'arrêter à Sohar, une ville située à l'est du fleuve, indépendante, hors de l'influence des Mille Collines comme de Létare, et au sujet de laquelle Lasro avait quelques incertitudes. On parlait depuis peu d'attaques de bandits dans l'intérieur des terres, mais en restant sur les quais, le danger serait évité. Une fois ces éléments expliqués par Lasro à Garvin, la matinée s'acheva paisiblement, comme la précédente, avec cependant une sensation d'air plus frais qu'à Grovd. Après le déjeuner, les marins reprirent leur poste, alors que le beau temps semblait bel et bien de retour. Plus tard, en début d'après-midi, la vigie postée en haut du mât avant signala un autre navire en vue, qui venait dans l'autre sens, et qui les croiserait sûrement en passant à leur droite. Lasro, suivi de Garvin, se dirigea vers l'avant, monta le petit escalier qui menait à la barre et s'empara d'une longue-vue. Un deux-mâts, plus petit que le sien, arrivait effectivement vers eux, avec un étendard noir hissé au sommet.

— C'est étrange, je ne reconnais pas ce drapeau… dit Lasro.

Comme le navire se rapprochait, ils redescendirent sur le pont et allèrent à droite. Le vaisseau inconnu arriva bientôt à leur hauteur, mais l'équipage d'hommes et de femmes qui se trouvait à son bord restait indifférent à l'événement. Deux autres matelots rejoignirent Garvin et Lasro, curieux d'en savoir plus sur la plus grosse embarcation qu'ils avaient rencontré depuis leur départ. Mais lorsque les deux ponts furent face à face, les marins d'en face, qui s'étaient tenu jusqu'alors immobiles, se tournèrent vers eux, armés d'arbalètes et d'arcs.

— Attention ! Cria Garvin, qui poussa Lasro sur la gauche, le capitaine chutant au sol. À peine le jeune magicien eut-il le temps de reculer pour se mettre à l'abri derrière le mât, que les premiers projectiles comblèrent la distance entre les bateaux, et le matelot à gauche reçut une flèche dans la jambe. La femme à droite imita Garvin et trouva refuge grâce au deuxième mât. Une autre volée, plus importante encore, fut déclenchée depuis le vaisseau ennemi. Lasro, couché contre le plancher du pont, se trouvait protégé par la rambarde droite, et il ne bougeait pas, le visage plongé au milieu de ses deux bras repliés. Au moment où le bruit des impacts cessa, Garvin surgit à découvert et aperçut une rangée de tireurs en train de recharger. Avant qu'ils aient pu finir, le jeune homme ferma le poing et le rouvrit peu après : une boule de feu fila à toute vitesse, tout droit vers l'adversaire, frôlant deux archers pour enfin percuter la base d'un des mâts, qui produisit un violent craquement avant de se briser en deux, les lourdes voiles s'effondrant sur le pont et les tireurs. Gênés, ils durent arrêter leur attaque pour se dégager, ce qui laissa le temps à Garvin de lancer une deuxième boule de feu contre la coque, le navire vacillant sous le choc. Puis, en utilisant ses deux mains, le jeune magicien en projeta deux de plus, qui explosèrent sur le pont adverse, soulevant des planches tous ceux qui se trouvaient à proximité. Un arbalétrier émergea de la toile et fut bientôt touché par un éclair modeste mais fulgurant qui l'allongea en arrière. Le feu se déclara à bord, neutralisant l'équipage pirate, pendant que le navire partait à la dérive, celui de Lasro poursuivant sa route, intact.

Le capitaine releva la tête, surpris, et aperçut l'un de ses marins, un ami, se tenir renversé, à moitié assis et visiblement blessé à la jambe, et respirer lourdement en haletant. Garvin se dirigea rapidement vers lui et s'accroupit pour examiner l'entaille.

— Ah, ils m'ont eu ! Soupira le matelot.

— Attendez, ne bougez pas, je vais voir ça, lui dit Garvin.

Par chance, la flèche était ressortie de son mollet, et le jeune homme tendit la main, envoyant son énergie à travers la jambière trouée. Au bout d'une dizaine de secondes seulement, la blessure se referma, et le marin soupira de soulagement lorsqu'il retrouva des sensations normales.

— Et voilà, conclut Garvin, qui l'aida ensuite à se relever, applaudi par l'assistance, soit tout l'équipage, alerté par le combat.

— Oh, c'est incroyable ! s'exclama l'homme en posant le pied par terre. Jamais il ne m'était arrivé quelque chose comme ça, ni de guérir aussi vite !

— Fantastique ! Fit Lasro, qui venait féliciter Garvin. Vous êtes surpuissant ! Avec vous, on ne risque absolument rien !

— Il vaut mieux quand même éviter de prendre une flèche, reprit le jeune homme. Enfin, je ne dis pas ça pour vous, hein !

Les matelots se mirent à rire alors qu'il faisait référence à son ancien patient, lequel marchait en souriant sur le pont, trop heureux de sa guérison soudaine.

— Je fais attention, même si je peux me régénérer si je suis blessé, continua Garvin. Mais vous avez raison : tant qu'ils n'auront pas plus que ça à nous opposer, il n'arrivera rien de bien grave.

— C'est vrai, mais je vais annuler l'escale que nous avions prévu. Avec ce genre de bandits, s'arrêter serait trop dangereux, en fin de compte.

— Capitaine, j'aimerais enquêter sur ce qu'il se passe de ce côté, intervint Garvin avec énergie. Je pense que vous devriez maintenir la visite marchande, j'en profiterai pour prendre des informations et aider, si les habitants rencontrent des difficultés, on ne sait jamais. Je prendrai tous les risques, vous n'aurez rien à faire.

— Bien, se laissa convaincre Lasro, pensif. Je pense que vu ce que vous pouvez faire contre un navire entier, quelques brigands de plus à terre ne seront rien pour vous. C'est entendu, nous irons à Sohar.

Chacun retourna à son poste et le vaisseau poursuivit sa navigation au milieu du fleuve, tandis que les derniers pirates se jetaient à l'eau, abandonnant leur embarcation, qui finit par couler peu après, au bord de la rive est.

Cinq heures plus tard, ils arrivèrent en vue de la cité indépendante, Sohar, bâtie le long de l'Olono, avec ses belles maisons aux tuiles d'ardoises, son atmosphère fraîche et son arrière-plan surélevé, surplombé par un château construit au sommet d'un rocher naturel, depuis lequel il paraissait évident de surveiller les alentours. Des pontons s'alignaient pour permettre l'accostage, et plusieurs d'entre eux étaient libres : Lasro et son équipage amenèrent des cordes pour y attacher leur deux-mâts, pendant que Garvin réunissait une partie de ses bagages, dont ses épées, dissimulées dans une valise. La manœuvre dura plusieurs minutes, suite à quoi les marins déchargèrent les marchandises avec l'aide des dockers locaux. Garvin refit surface au moment où les opérations s'achevaient, et il débarqua à son tour, remarquant les nombreux spectateurs en cette fin d'après-midi. Les matelots, comme à leur habitude, passaient un moment de répit à terre avant de reprendre la route, mais Garvin sut les convaincre de rester un peu plus longtemps, juste ce qu'il fallait pour en apprendre plus sur la situation. Le jeune magicien ayant acquis une expérience de l'infiltration dans un territoire infesté de bandits, comme ces nombreux villages à Felden au moment des préparatifs de la campagne de libération, il posa quelques questions dans les établissements publics, décidé à ne pas renoncer lorsque les gens ne répondaient pas. Un serveur au comptoir d'un restaurant lui glissa une phrase qui l'invita à s'aventurer plus loin dans Sohar, jusqu'à la résidence de leur bourgmestre, ce qu'il fit sans attendre davantage. Garvin se doutait que les brigands ne disposaient pas d'autant de moyens que ceux de Felden, et qu'il suffisait de leur tenir tête avec assez de conviction pour régler les ennuis. Le bourgmestre, un peu réticent, finit par se laisser entraîner par sa volonté de résoudre leur problème, alors il lui exposa clairement la situation.

— Voilà, cela fait deux mois qu'un groupe d'environ soixante personnes, chassées de Létare très probablement, est arrivé ici, et nous ordonne régulièrement de verser une taxe. Notre police n'est pas assez puissante, et ils sont armés : il est difficile pour nous de résister.

— Quand doivent-ils revenir ? Demanda Garvin, dans l'espoir de les intercepter bientôt. — Demain matin, à neuf heures, reprit le responsable. Ils seront au moins une vingtaine sur les quais, pour réclamer l'argent de la semaine. Mais ce serait risqué de les affronter.

— Ne vous en faites pas, je suis magicien, et je sais comment m'y prendre avec ces gens, lui assura Garvin. Demain matin, je serai là. Et j'espère que vous aussi, ne serait-ce que pour les capturer.

— Oui, mais ce n'est pas tout, continua le bourgmestre morose. Ces bandits, ils nous menacent aussi sur l'eau : ils attaquent lorsqu'un de nos navires de commerce passe à leur portée. Nous n'osons presque plus sortir sur le fleuve.

Garvin enchaîna avec énergie, sachant qu'il avait résolu ce problème là et qu'il pouvait se servir de ce succès accidentel pour persuader son interlocuteur de la possibilité de l'emporter bien vite.

— Je me suis déjà occupé de leur vaisseau, il ne vous causera plus de soucis.

— C'est bien vrai ? Demanda l'élu incrédule, qui changea alors immédiatement d'attitude. Alors nous pouvons vous faire confiance ; je parlerai de cela avec les citoyens, je pense qu'ils seront tous derrière vous.

Le bourgmestre acquiesçait à présent, convaincu par la confiance de son jeune invité. Ce dernier retourna à la nuit tombée jusqu'au navire et informa Lasro de ce qu'il comptait faire. Le capitaine approuva le plan, qui de plus ne les retiendrait pas beaucoup plus longtemps que prévu dans cette ville. Garvin se rendit d'un pas assuré jusqu'à une auberge et réserva une chambre libre à l'étage, face au fleuve. Il monta avec sa valise, sans rien dire à personne, et prit ses quartiers, fier de rendre service. Les réverbères du ports diffusaient une magnifique lumière dorée qui illuminait les pavés et étendait sur des mètres entiers les ombres des moindres tonneaux et piquets de ponton. C'est sur cette vue qu'il partit se coucher.

Il se réveilla à huit heures, avant même qu'un employé de l'établissement ne vienne le chercher, comme il l'avait demandé la veille. Garvin fit monter un petit déjeuner et prit le temps de s'habiller tout en regardant en contrebas. Le deux-mâts se trouvait toujours en vue, quelques uns des matelots erraient sur le pont, pendant que les habitants parcouraient la promenade des quais. Enfin, une troupe menaçante fit son apparition au loin, tout à droite ; Garvin finit d'enfiler les fourreaux en bandoulière, quitta la chambre précipitamment et descendit l'escalier.

Dehors, sur la place qui s'étalait face au port, le bourgmestre arriva en costume élégant, pendant que le chef des bandits, la petite quarantaine, avec sa veste sans manches marron foncé, se présentait devant l'élu de Sohar.

— Bonjour, j'espère que vous avez notre réclamation, lança t-il immédiatement.

Le bourgmestre laissa passer trois secondes, baissa la tête, puis la releva. Les citoyens se pressaient en masse derrière lui, inquiets, observant les brigands munis d'épées et de branches épaisses taillées en gourdins.

— Alors ? Demanda le chef de bandits, qui commençait à s'impatienter. Cela vient ?

— Non, pas cette fois-ci, finit par répondre le bourgmestre. Vous n'aurez plus nos marchandises.

— Je n'ai pas l'impression que vous comprenez ce qui va se passer. Ce sont de belles boutiques, ici et là, ce serait dommage que quelqu'un vienne à les ravager. C'est ce qui va arriver si vous ne versez pas la taxe, et vous le savez très bien. Ne discutez plus, donnez-nous ce que nous voulons. C'est mon dernier avertissement.

Garvin se rapprocha à gauche du bourgmestre, regardant le meneur de la troupe avec défiance.

— C'est terminé pour vous, dit-il. À mon tour de vous mettre en garde : soit vous partez tout de suite de ce territoire, soit vous devrez m'affronter. Nous affronter, nous tous !

Le chef bandit ne sembla pas impressionné par son intervention, et adressa un grand geste du bras à ses acolytes.

— Jetez-le moi dans le fleuve ! Ordonna t-il, la moitié des brigands répondant à son appel.

Le bourgmestre s'écarta pour laisser le champ libre à Garvin, qu'une dizaine d'ennemis prenait pour cible. Le jeune magicien attendit un instant qu'ils soient plus près de lui et détendit son bras droit : une vague d'énergie conique sortit de sa main, passa entre les assaillants, qui furent subitement projetés de chaque côté, et retombèrent sur les pavés, assommés. Garvin se tourna vers un homme solide armé d'un gourdin et lui lança un petit éclair, suffisant pour lui déclencher des convulsions et enfin le faire s'évanouir sur place. Le chef des bandits, surpris par la rapidité du combat, fit signe à ceux qui restaient d'aller au contact, mais l'incertitude se lisait sur leurs visages. La foule avança, prenant parti pour Garvin, et le vent de la victoire se mit à souffler sur les quais. Garvin éjecta encore deux adversaires et dégaina ses épées : les brigands prirent la fuite, laissant leur meneur seul contre la ville toute entière. Paniqué, il fit un pas en arrière et sortit son arme à son tour, se défendant contre l'offensive du jeune magicien. Multipliant les coups en diagonale, Garvin força son adversaire à reculer ; il bloqua l'épée entre les siennes, puis fit un grand mouvement circulaire qui le désarma, sous les applaudissements des habitants. Ces derniers s'approchèrent alors pour encercler le bandit, et ceux qui reposaient à terre furent relevés par des citoyens festifs.

— Emmenez-les au château, et mettez les dans les cellules, commanda le bourgmestre. La tyrannie s'achève !

Alors que les matelots et Lasro applaudissaient depuis le pont du navire, l'élu vint auprès de Garvin pour le féliciter, comme de nombreuses personnes de Sohar.

— Un grand merci, étranger. Sans vous, cette situation aurait continué longtemps. Vous serez toujours le bienvenu dans notre ville.

— Lorsque les gens qui ont le pouvoir d'agir le font vraiment, les ennuis se résolvent très vite, dit Garvin. J'ai fait mon devoir en vous aidant, et je veux vous dire une chose : si jamais, à l'avenir, votre cité est encore menacée, par qui que ce soit, faites appel à la Fédération des Mille Collines. Vous serez certains d'être écoutés et de recevoir une assistance rapide.

Acclamé, il leva la main, revivant une fois de plus la libération d'une communauté. — Vous resterez bien avec nous ? Lui proposa la tenancière de l'auberge où il avait dormi.

— Ah, je regrette, mais mes amis et moi devons reprendre notre route. Mais soyez sûrs que je reviendrai !

Cette dernière phrase raviva la joie de la foule, puis Garvin s'éloigna en direction du navire, où les applaudissements continuèrent encore plusieurs instants.

— Ce que vous nous avez dit sur la campagne de Felden est vrai : vous êtes un héros ! s'exclama Lasro.

Touché par ce compliment, mais habitué à recevoir des hommages de ce genre, Garvin répliqua que ce n'était rien, et que la menace des bandits était bien faible par rapport aux hordes forestières que lui, les résistants et les troupes des Mille Collines avaient du affronter. Ils quittèrent une Sohar qui retrouvait à présent son calme, au fil du grand fleuve, le navire s'éloignant modestement vers la prochaine escale.

Malgré le retard pris sur la rive droite de l'Olono, la ville d'Elarro, au nord-ouest, pouvait être atteinte le lendemain matin, ce qui impliquait une autre nuit à bord, avec des relais à la barre pour assurer la trajectoire, selon la carte des bancs de sable et des récifs naturels, les plus gros d'entre eux étant révélés par la lumière des lanternes accrochées à l'avant du vaisseau. Au milieu de l'obscurité, le pilote à la barre sentit le vent souffler légèrement, tandis que des éclairs traversaient le ciel au loin, dans la direction du nord-ouest. Mais la perturbation semblait passer en biais, à en croire la trajectoire de l'orage, rendu silencieux par la distance. Les étoiles firent leur réapparition vers cinq heures du matin, indiquant le retour d'un temps dégagé. Garvin se leva à huit heures, au moment où le soleil oriental éclairait le cours scintillant de l'Olono. Le navire avançait lentement dans l'immensité du fleuve, dont la largeur augmentait régulièrement au fil de leur voyage. Un détour vers l'ouest les amena jusqu'à Elarro, une cité comparable à Grovd, construite au pied de collines boisées : en se rapprochant, Garvin, Lasro et l'équipage se rendirent compte qu'elle venait d'être touchée par un violent orage, celui-là même aperçu par le pilote du vaisseau au milieu de la nuit. L'eau recouvrait les pavés des quais, où les habitants récupéraient des débris de tuiles et de bois. Plusieurs pontons avaient été endommagés, l'un d'eux emporté, comme plusieurs petits bateaux de pêcheurs. Pire encore, le navire de guerre d'Elarro, un trois-mâts de cinquante mètres de long, paraissait gravement touché, avec de nombreuses cordes brisées nécessitant d'être remplacées, de même que certaines de ses voiles, ainsi que la partie haute du mât central, cassé. Lasro s'inquiétait pour cette ville si accueillante, alliée des Mille Collines, à la situation stable, dans laquelle il s'était arrêté des dizaines de fois. Les marchandises à bord n'allaient sans doute pas pouvoir être déchargées aussi vite que prévu.

— Il faut aller les aider, décida le capitaine, frappant sa main gauche de son poing droit.

Les matelots approuvèrent vivement, soucieux de l'état d'Elarro et prêts à s'activer pour réparer au moins une partie des dégâts. Il restait un ponton, à gauche des docks, sur lequel ils purent venir s'amarrer. Une fois la rampe de débarquement installée, Lasro descendit à la course, et aborda le premier venu, bientôt rejoint par Garvin.

— L'orage a été très puissant, raconta l'homme d'environ quarante ans à qui parlait Lasro. Regardez par vous même. Il y a aussi eu des dégâts à l'intérieur de la ville, même si c'est le port qui a été le plus atteint.

— Nous venons en renfort ! Assura avec entrain une femme de l'équipage, lequel arrivait presque au grand complet.

— Ah, vous êtes bien gentils ! Fit l'habitant, soulagé de ce soutien. Venez !

La vingtaine de marins le suivit vers le centre des quais, laissant un instant Lasro et Garvin seuls.

— Est-ce que vous pouvez faire quelque chose, avec votre magie ? Demanda à tout hasard le capitaine.

— Hé bien… commença Garvin, réfléchissant. S'il y a des blessés, je peux les soigner. Je peux aider à soulever des poutres. Il faut aller voir tout cela plus en détail.

— Je suis d'accord, dit Lasro. Avançons.

Ils se mêlèrent aux gens qui s'activaient sur les quais, puis se séparèrent, le capitaine partant près d'un ponton brisé, en pleine restauration. Garvin posa des questions à un groupe de personnes réunies face au navire de guerre, qui l'informèrent de l'étendue des dégâts.

— Il n'y a heureusement aucun blessé, mis à part notre magicien, lui dit une femme.

— Que lui est-il arrivé ? s'inquiéta le jeune homme.

— On ne sait pas exactement comment c'est arrivé mais il y a eu un accident dans son laboratoire, une explosion, répondit un docker d'environ vingt ans. C'est vraiment dommage, parce qu'il venait de terminer des potions de vitalité, pour nous donner plus de force au cas où l'orage serait plus fort qu'attendu.

— Où se trouve t-il ? Demanda Garvin, qui venait de dénicher du travail.

— Dans la maison de soins de notre ville, reprit le docker. On espère qu'il va s'en remettre.

— Je vais m'en assurer, dit Garvin, avec assurance. Quelqu'un peut m'indiquer la route ?

Le jeune travailleur du port se porta volontaire pour le guider, d'abord dans la rue principale, puis dans une voie plus petite, qui allait vers le nord d'Elarro.

— Je suis moi-même magicien, et je crois pouvoir le rétablir, confia Garvin, alors qu'ils marchaient vers un bâtiment compris entre des habitations hautes.

Il s'agissait d'un édifice majoritairement en pierre, allongé, avec un étage, mais ce fut au rez-de-chaussée, dans un compartiment situé sur la droite, qu'ils trouvèrent le vieil homme, allongé dans un lit, le teint légèrement violacé, ce qui apparaissait comme tout à fait inhabituel pour un individu piégé dans une explosion. Garvin commença à penser que de la magie l'avait blessé, car ses vêtements ne présentaient aucune trace particulière. Un homme et une femme du personnel de la maison de repos vinrent parler à Garvin de l'état de santé du magicien, peu rassurant, d'autant plus qu'aucune potion de soin classique n'avait donné de résultat jusqu'à présent.

— Laissez-moi essayer… dit Garvin, les infirmiers s'écartant d'un pas sur la gauche.

Le jeune homme respira un grand coup et expira bruyamment, puis étendit ses mains au-dessus du magicien aux cheveux blancs éparses, et se concentra. Les secondes passèrent tandis que son énergie transitait vers le vieux patient, sous le regard du docker à droite, immobile, qui retenait son souffle. La teinte violette qui recouvrait le visage du magicien commença à se dissiper, laissant réapparaître ses traits normaux. Garvin sembla augmenter la puissance de sa magie au fur et à mesure, sans trembler, même si un certain effort se distinguait dans son expression. Les dernières traces s'évaporèrent des joues du magicien, tandis que les soigneurs souriaient, ébahis par la prestation de ce jeune inconnu. Garvin s'arrêta après deux minutes de magie curative, et se redressa. Quelques instants plus tard, le vieil homme rouvrit les yeux et reprit sa respiration, grognant légèrement en se réanimant.

— Oh ! s'exclama brièvement le docker, qui en revenait à peine.

— Ah, je me sens mieux, soupira le magicien. Merci... merci à tous...

— Restez calme, lui conseilla en douceur l'infirmière, en s'approchant de lui. Prenez le temps de récupérer. C'est surtout ce jeune homme qu'il faut remercier : c'est lui qui vous a guéri. Encore faible, le vieux mage tourna son regard vers Garvin et lui adressa un petit signe de tête reconnaissant.

— Est-ce que l'orage... a été dur ?

— Non, vous verrez plus tard, enchaîna l'infirmière. Reposez-vous pour l'instant.
— Ah... c'est très important... s'efforça le magicien, sous l'effet de la fatigue. Dans mon laboratoire, il y a... des fioles... dans un coffre... pour les ouvriers...

— Ne vous inquiétez pas, nous allons les récupérer si elles sont encore utilisables, lui promit Garvin, suite à quoi le patient sourit et souffla un grand coup, retrouvant sa tranquillité.

Garvin fit signe au docker et s'éloigna de quelques pas.

— Vous savez où se trouve son local ? Demanda le jeune homme à voix basse.

— Oui, pas très loin, je vous montre.

Le docker s'élança, suivi de Garvin, et ils ressortirent de la maison de soins pour continuer tout droit, dans une rue étroite surplombée par de vieilles maisons de bois sombre. Une centaine de mètres plus loin, le guide de circonstance s'arrêta devant une demeure du même type, et indiqua une porte ancienne. Les carreaux de la fenêtre située à droite, brisés, sans doute par le choc dû à l'accident du laboratoire, laissaient entrer l'air de cette fin de matinée qui se réchauffait sous l'action du soleil retrouvé. — Bien, entrons là-dedans... dit Garvin, prudent, au cas où d'autres potions dangereuses seraient à éviter.

Il s'approcha et tourna la poignée ronde, puis la porte pivota en grinçant faiblement. Après une grande hésitation, son jeune accompagnateur se décida à avancer lui aussi. Un couloir menait jusqu'à la salle à manger, puis, Garvin repéra un escalier à droite, qu'il monta lentement pendant que le jeune docker restait quelques instants plus en bas. Si l'obscurité l'obligeait à faire attention en grimpant les marches, une lumière naturelle éclairait l'étage et la porte entrouverte du fameux local du magicien.

Il termina de la pousser et découvrit un laboratoire rendu confidentiel par les rideaux noirs tirés des fenêtres latérales. L'intérieur de bois contenait plusieurs tables, celle du milieu soutenant un alambic détruit, dont Garvin reconnut les morceaux. Le docker fit son apparition à l'entrée de la pièce, dans laquelle il se gardait pour l'instant de pénétrer. Des fragments de verre et des liquides colorés couvraient le sol, rongeant parfois sa structure, mais l'ensemble paraissait inoffensif : seule la potion explosive devait avoir représenté une menace, et les deux visiteurs en distinguaient encore les effets, aux chaises renversées, aux tables tournées de leur position d'origine, à cette commode déformée dans le recoin à droite, ainsi qu'aux quelques feuilles de recettes d'alchimie éparpillées. Au fond de la salle, Garvin aperçut un coffre solide, en chêne et en fer, marqué lui aussi par le récent événement, et il alla l'ouvrir. Deux rangées de vingt petites fioles au contenu mauve furent ainsi découvertes, et le jeune magicien jugea plus prudent de les transporter dans le coffre, dont la taille modérée permettait de réduire son poids et de l'emporter jusqu'aux docks, avec l'aide de son camarade, toujours posté à la porte du laboratoire.

La distribution des potions de vitalité rassembla immédiatement la plupart des ouvriers, lorsque Garvin posa le coffre en face du navire de guerre et lança l'appel. Les femmes et les hommes qui s'activaient déjà depuis des heures accueillirent avec joie la nouvelle de la guérison de leur mage, et l'arrivée des fioles tant attendues. Quarante volontaires se présentèrent tour et tour et reprirent les travaux ; si au départ, rien ne donnait l'air d'avoir changé, la forme des charpentiers s'améliora progressivement, sous le regard observateur de Garvin. Lasro lui adressa un geste de la main tandis que lui et ses amis terminaient la réparation d'un ponton. Les coups de marteau résonnaient dans tout le port, pendant que Garvin se tenait prêt à apporter son aide au moment décisif. Les matériaux nécessaires continuèrent d'affluer depuis l'intérieur de la ville d'Elarro, y compris une grande poutre de sapin, soutenue par six porteurs, qui allait servir à remplacer la partie haute du mât brisé. C'est là que le jeune magicien entra en action : voyant plusieurs ouvriers postés en altitude, à l'endroit où le grand tronc devait être fixé, Garvin se précipita vers les porteurs qui s'apprêtaient à monter à bord du vaisseau.

— Attendez, posez ça par terre, je m'en occupe.

Surpris et incrédules, les dockers temporisèrent, puis acceptèrent sa requête lorsque Lasro vint les en convaincre.

— Écartez-vous, s'il vous plait, demanda t-il poliment, tandis que les regards se posaient sur lui.

La lourde poutre allongée au sol devant lui, et le champ libre, Garvin put tendre les bras et commencer à utiliser sa magie. Le bois de sapin pivota doucement sur quelques centimètres, ce qui suffit à faire monter l'émotion de la foule, chacun se demandant ce qui allait suivre. Le jeune homme poursuivit son effort et le morceau de mât décolla des pavés, puis des exclamations se firent entendre alentours, suivis par des applaudissements. La poutre continua son ascension, et Garvin la pilota en direction du navire de guerre, puis la redressa pour qu'elle vienne se positionner à l'endroit prévu. Les charpentiers en hauteur se dépêchèrent de passer de l'ajuster dans l'espace d'insertion et attachèrent solidement la dernière partie du mât à l'extrémité du segment inférieur. Les acclamations retentirent à nouveau, puis Garvin se plia en deux rapidement, tel un artiste en fin de représentation, qui riait de cette première parfaitement réussie. Les derniers travaux purent ensuite se dérouler, car ils devaient encore réparer la voilure du vaisseau, mais suffisamment de personnel du port put se libérer pour décharger la cargaison de Lasro, au milieu de l'après-midi. Deux heures plus tard, les caisses et tonneaux empilés sur les quais furent acheminés vers des entrepôts, laissant le capitaine et ses amis prêts à partir. Le contact de Lasro, que ce dernier avait abordé à leur arrivée, vint en personne féliciter Garvin.

— Sans vous, nous y serions encore !

— C'est ce qu'on me dit à chaque escale ! Répliqua le jeune homme avec humour. Je suis ravi d'avoir pu régler ces difficultés, et je suis sûr que la vie va reprendre une allure normale maintenant.

— Vous êtes l'ambassadeur idéal pour les Mille Collines, reprit l'homme du port. Nous sommes fiers d'être vos alliés, vraiment. Je pense pouvoir parler au nom de tout Elarro en vous disant que vous pourrez compter sur nous à l'avenir.

Garvin lui fit un signe positif de la tête en retour, puis il retourna auprès de Lasro. Il ne leur restait plus qu'à se ravitailler avant de repartir sur l'Olono. En échange de l'aide précieuse apportée au cours des réparations, les dockers se proposèrent pour aller leur chercher les vivres de leur choix, et les rapportèrent au navire. C'est dans la bonne humeur et la gratitude que l'équipage de Lasro et les gens de la cité se dirent au-revoir, et que le vaisseau de commerce reprit son trajet fluvial.

Garvin se réjouissait, car malgré les heures supplémentaires imprévues, passées à terre pour la bonne cause, la dernière partie du voyage débutait, et devait les amener très bientôt au fameux Lac Létare.

— En réalité, il s'agit davantage d'une mer intérieure, expliqua le capitaine, tandis qu'ils dînaient sur le pont. Pendant un long moment, nous aurons de l'eau à perte de vue, dans toutes les directions !

Curieux d'y être pour le vérifier par lui-même, Garvin sourit et termina son repas. Se rapprocher de la cité des magiciens l'emplissait de joie, et si les actions qu'il avait menées à Sohar et Elarro l'avaient tenu concentré sur ces objectifs ponctuels, désormais, il pensait de nouveau pleinement à Ciela, le coeur de plus en plus agité. L'impatience de la revoir le troublait, mais il appréciait comme depuis le début de ce périple regarder le paysage qui défilait de chaque côté du navire, avec des forêts denses et peu d'habitations. Le fleuve s'élargissait encore, atteignant une amplitude impressionnante, les berges se faisant comme plus lointaines à chaque nouveau kilomètre parcouru. Il partit se coucher de bonne heure, par un temps plus frais qu'à l'ordinaire dans cette partie du monde.

Enfin, le lendemain matin, vers dix heures, alors que le brouillard venait de se dissiper, la vue de dégagea sur les berges qui s'éloignaient rapidement l'une de l'autre, comme à l'embouchure d'un fleuve, pour laisser place à une immensité d'eau, tandis que devant le vaisseau se présentait la mer intérieure dont avait parlé Lasro.

Les petites vagues se succédaient tandis que des oiseaux blancs survolaient les lieux, et que l'air se chargeait d'une humidité encore plus grande qu'auparavant.

— C'est magnifique, n'est-ce pas ? Fit Lasro, à gauche de lui, souriant. Et ce sera encore plus beau une fois de l'autre côté : Létare est la plus belle ville du monde, ça, c'est certain. Nous ne sommes pas prêts à en voir une autre aussi splendide émerger aux Mille Collines, pas de cette taille en tous cas.

Garvin, qui observait le cours de l'eau, nota ce que venait de dire le capitaine, et tremblait plus que jamais d'envie de découvrir la cité des magiciens d'autant plus qu'elle se tenait presque à un jour de navigation désormais. Il entendait ainsi parler de Létare depuis des années : il fallait bien qu'elle soit la plus magnifique cité d'entre toutes par accueillir une femme comme Ciela. Elle devait être devenue plus sublime encore avec ces années passées au loin, à développer ses facultés gigantesques, et il se sentait de plus en plus passionné au fil des heures, heureux et troublé d'être sur le point de la retrouver. Il soupirait d'émotion, son coeur débordant de sentiments merveilleux, tout en espérant ne pas avoir trop attendu avant de se rendre dans le Nord, dès fois que le temps aurait affaibli leurs sentiments d'autrefois. Il se disait qu'au vu de la force de leur force, à l'époque de leur rencontre, il y avait de grandes chances pour qu'elle se souvienne de lui sept ans plus tard. Pour sa part, son attachement demeurait le même, malgré tout ce qu'il avait accompli aux Mille Collines et à Felden, des centaines d'actions qui auraient pu le détourner de sa première idole : il n'en était rien.

Un climat doux planait sur le lac Létare et ses environs, et rendait le voyage fort appréciable, avec une petite brise venue du nord, qui apporta des nuages dans le ciel. L'environnement se fit grisâtre l'après-midi, et une averse obligea la plupart des matelots à se mettre à l'abri pendant une demi-heure. Ces cumulus denses laissèrent ensuite place à des rayons de soleils intermittents, puis à une soirée davantage lumineuse, avec des colorations rouges à gauche du navire, qui imprégnaient les nuages bas. L'arrivée à Létare se précisait, et au réveil, Garvin savait qu'il ne resterait presque plus à attendre. Tout comme les jours précédents, il pensa allongé dans son lit à ce qui allait se produire. Outre Ciela, il reverrait Ivelda, la vieille magicienne, qui était finalement partie rejoindre la jeune blonde un an et demi après son départ pour la cité du Nord. Pendant son long séjour dans le village en bordure de Felden, Garvin avait appris qu'Ivelda occupait autrefois un poste d'enseignante à l'Académie de Létare : c'était là qu'il devait se rendre en premier, d'autant plus que les personnes aptes à déchiffrer le message de l'avant-poste s'y trouvaient également. Ses exploits personnels à Felden lui offriraient peut-être une place dans la cité, qu'il estimait comme le centre le plus important de la magie, au-delà même du château de la Compagnie des Masques. C'est sur ce futur possible qu'il s'endormit enfin, le navire achevant la dernière partie du trajet dans l'obscurité du grand lac, en défilant sur l'eau calme et sous de nombreuses étoiles.

Le soleil fit son retour dans un ciel entièrement bleu et une relative fraîcheur. Garvin apparut sur le pont avec une grande énergie, un moral exceptionnel qui le portait en avant. Il salua les marins et vint trouver Lasro, sur la droite du vaisseau, qui observait la surface scintillante de l'eau.
— Ah, monsieur Garvin ! s'exclama t-il, surpris de constater sa présence à côté de lui.
Vous avez bien dormi ?
— Très bien, capitaine, répondit le jeune homme jovial. J'ai hâte d'être à Létare.
— Nous y serons bientôt, ce n'est plus que l'affaire d'une bonne heure.
Garvin acquiesça, impatient, et effectua une ronde sur le navire en attendant. Il se rendit dans une pièce située à l'avant, une réserve de nourriture où il put prendre son petit-déjeuner. Un deuxième tour s'imposa ensuite, puis il s'arrêta une nouvelle fois en compagnie de Lasro, près de la barre, sur la plateforme avant, depuis laquelle ils disposaient d'un point de vue remarquable. Le capitaine, muni d'une longue-vue, regardait fréquemment au travers de l'objectif, cherchant un point de repère à terre afin de s'assurer qu'ils n'avaient pas dévié de leur trajectoire, par inadvertance au cours de la nuit. Soudain, son visage changea d'expression et un sourire s'y dessina.
— Ah, nous y voilà...

Garvin, au comble de l'excitation, regarda le capitaine, lequel lui confia son instrument avant de s'adresser à la vigie. L'homme perché en haut du premier mât reconnut le signal et mit ses mains en coupe devant sa bouche, afin de faire porter le son.
— Létare en vue ! Létare en vue !

Le jeune magicien pivota la lunette, cherchant à apercevoir la ville, et finit par distinguer une série de bâtiments, étalés au loin, le long du rivage, face à lui, mais la distance demeurait trop grande pour relever des détails. Une inclinaison du terrain au loin donnait l'impression d'une hauteur en arrière-plan, sur laquelle reposaient des édifices imposants. Alors qu'il rabaissait la longue-vue, les matelots préparaient la manœuvre d'approche sans se précipiter ; au cours des instants qui suivirent, plusieurs voiles furent repliées afin de relentir le vaisseau. Garvin décida de ne plus utiliser la lunette et de voir par lui-même les formes se préciser, en conservant le regard orienté vers l'avant. Lasro restait à sa droite, attentif à la procédure que suivait son équipage. Peu à peu, le tableau lointain de Létare se fit plus détaillé, dévoilant son importante largeur, étalée sur la rive nord du lac, dans un environnement magnifique, avec une forêt sur la gauche et une étendue dégagée à l'opposé. Sur l'eau, devant les quais quasiment rectilignes, des dizaines de navires à voiles élancées s'alignaient, de plus ou moins grande taille, avec la présence de plusieurs vaisseaux de guerre, un peu plus petits que celui d'Elarro, qui composaient une flotte redoutable, largement supérieure à celles des trois villes traversées dans les jours précédents, et qui confirmaient l'importance de la cité des mages également en tant que grande cité portuaire.

Les maisons du port, face à cette puissance navale, suivaient la même ligne, impeccables, avec leur construction de bois et de pierre. Le minéral semblait s'imposer dans l'intérieur de Létare, et avec quelques minutes de navigation supplémentaires, Garvin eut la confirmation visuelle que la ville s'organisait en étages, au moins trois à ce qu'il pouvait distinguer depuis le pont. Tandis que le navire s'avançait vers les docks, les immenses bâtiments à l'arrière, certains dotés de coupoles, sortirent progressivement du paysage, dissimulés par les édifices plus proches du rivage, et Garvin, d'abord saisi par l'esthétisme de la cité, commençait à imaginer quel pouvait être son itinéraire, qui allait logiquement l'amener vers les hauteurs, là où il serait le plus à même de trouver l'Académie de magie, qu'il devinait être l'un de ces grands édifices surplombant Létare. Lasro donna les dernières instructions habituelles, puis les matelots dirigèrent la marche du vaisseau pour qu'il vienne se positionner le long d'un solide ponton. Le soleil brillait toujours, donnant à la cité un aspect particulièrement lumineux, une énergie que Garvin commença véritablement à ressentir pendant la manœuvre amarrage. Rempli d'une émotion intense en s'apprêtant à partir, Garvin se tourna vers Lasro, toujours à ses côtés.

— Bien... nous y voilà enfin... Merci pour tout, capitaine.

Ils se serrèrent la main amicalement après ces jours entiers à bord, à sympathiser dans la droite lignée de leur rencontre à Grovd.

— Cher monsieur Garvin, c'est à nous de vous remercier, pour vos actions à Sohar et à Elarro. Nous garderons un excellent souvenir de ce voyage et de vos pouvoirs. Nous resterons quelques jours ici, au port : dites-nous si vous avez encore besoin de notre aide.

Garvin abaissa la tête, reconnaissant, puis descendit récupérer ses affaires, reparut ensuite sur le pont et s'orienta vers la droite. Une rampe installée par les marins lui permit de descendre jusqu'au ponton ; lorsqu'il se tourna, cette grande ville inconnue et jusqu'à présent hors d'atteinte se dressait devant lui. Il inspira l'air revigorant, chargé de l'humidité tiède du lac, et s'élança, bien décidé à trouver sa route vers l'Académie. Sans demander aux habitants qui évoluaient le long des quais, il se dirigea vers une large rue légèrement montante, le long de laquelle il apercevait des boutiques diverses. Garvin poursuivit alors tout droit, admirant au passage les articles des vitrines, des vêtements élégants et parfois bouffants, des armes classiques, mais aussi des objets magiques, plus rares et qui attirèrent son attention. Des épées longues enchantées, à en croire les étiquettes, se distinguaient au-delà de la baie vitrée d'un établissement à droite, présentées dans un râtelier large, la pointe dirigée vers le sol. Des magasins de potions un peu plus loin à gauche le fascinèrent par les rangées de fioles colorées placées en démonstration, accessibles aux regards des citoyens. Désormais, Garvin n'apercevait plus la moindre construction qui comprenne du bois dans sa façade, et une fois arrivé au bout de l'avenue, à une intersection importante, des bâtiments officiels se dressaient de manière régulière, comme cette guilde d'alchimistes au croisement des rues, à gauche, étroite et élancée, avec un fronton gravé qui surmontait une entrée encadrée par des colonnes, après quelques marches de pierre blanche. L'avenue se prolongeait en ligne droite, toujours montante, en direction de la haute ville. Il prit garde au cheminement d'une charrette et d'habitants de Létare avant de continuer. À en juger par ce qu'il voyait, Létare devait être de même superficie que Gernevan, au centre d'un territoire que Lasro lui avait décrit comme étant de taille inférieure. Contrairement aux Mille Collines, toute l'activité de Létare se concentrait autour de la cité, et c'est exactement ce qu'il ressentait en évoluant le long de la voie principale. La densité d'édifices à vocation magique l'impressionnait, de même que les successions de réverbères sur le rebord des trottoirs qu'il empruntait. La largeur de la route laissait le soleil entrer dans la ville et la sublimer, et cette traversée n'en finissait plus de le rendre admiratif de l'architecture Létarienne. Enfin, une grande place boisée annonçait l'arrivée dans le niveau supérieur de la cité, un espace entouré de ses bâtiments les plus emblématiques, et une vue directe sur son imposante Académie. De dimensions comparables à celles d'une forteresse, elle s'étendait sur des dizaines de mètres de long, affichant sa façade pâle aux lignes droites. Des rangées de colonnes et un vaste escalier indiquaient son entrée, où circulaient de nombreuses personnes habillées de pantalons et de vestes bleu ciel, qui leur conférait l'allure d'une corporation. Garvin s'arrêta au moment d'arriver sur la place, et, sachant qu'il pouvait y croiser la jeune femme qui occupait son coeur, il respira un grand coup avant de continuer. En s'approchant, il remarqua la sobriété de ces personnes, des jeunes gens à l'air sérieux qui défilaient sans un mot, dans et hors de l'Académie. Levant les yeux, Garvin nota la hauteur exceptionnelle du bâtiment, coiffé d'un dôme, qui rivalisait ici avec les tours du château de la Compagnie des Masques. Avant de s'engager dans la série de marches, il constata que les colonnes étaient réparties par duos sur toute la longueur de la façade, formant un couloir rectiligne. Par cette belle journée d'été, la grande porte de bois rectangulaire se trouvait grande ouverte, révélant un intérieur

luxueux dans lequel Garvin ne tarda pas à faire son entrée. Il s'agissait d'une sorte de hall, dont le plafond culminait à plus de dix mètres du carrelage d'un blanc bleuté luisant, qui renvoyait les formes à la manière d'un miroir quelque peu opaque. Cette pièce reliait les ailes latérales de l'Académie, tandis qu'en face, un deuxième escalier bordé de colonnes sculptées menait vers un autre palier ainsi qu'une partie qui semblait réservée aux maîtres. Garvin stationnait toujours à trois mètres de la porte, à laquelle il tournait le dos, pendant que les étudiants allaient et venaient autour de lui. Alors qu'il gardait son regard levé vers le plafond, une belle et grande blonde se présenta dans l'encadrement de la grande porte, immobile, frappée par la vue de ce jeune homme debout devant elle, dont elle reconnaissait la silhouette et le visage qu'il venait de tourner légèrement au cours de son observation des lieux.
— Garvin, est-ce que c'est toi ? Demanda t-elle d'une voix douce et surprise.
Le jeune magicien jusqu'alors concentré fut étonné à son tour d'entendre une voix qui lui semblait familière, et il entreprit de se retourner avec le coeur soudain palpitant. Il laissa échapper un soupir lorsqu'il aperçut Ciela, radieuse dans cette veste bleue qui mettait ses yeux et sa chevelure d'or tant en valeur.
— Ciela ! s'exclama t-il, ému et fou de joie, son voeu le plus cher enfin réalisé.
Il fut immédiatement frappé par sa splendeur et par quelques détails qui avaient changé depuis leur première rencontre : elle semblait plus forte que jamais, son corps de jeune femme robuste étoffé par les années lui conférait un port encore plus solide et affirmé qu'à l'époque. Son visage avait légèrement mûri, ce qui ne la rendait que plus belle, et elle disposait toujours de ce regard tendre et intense. Garvin savait que c'était elle, sans aucun doute, plus admirable encore, et son imagination se voyait là dépassée par cette vision splendide. Ciela diffusait une lumière unique, une puissance plus grande qu'il ressentait et qui le mettait en confiance : il se tenait de nouveau auprès de son héroïne.
— Te voilà... dit Ciela avec un sourire de bonheur.
Elle fit un premier pas, écarta peu à peu les bras, puis Garvin osa avancer vers elle. Une étreinte chaleureuse les rassembla, leurs coeurs s'accélérant tout en légèreté, puis Ciela le relâcha, impatiente de tout connaître de sa nouvelle vie.

— Comment est-ce que tu vas ?
— Oh… si bien maintenant que je te vois… répondit sincèrement Garvin, toujours aussi troublé.
— Je suis très contente que tu sois venu. Que deviens-tu ?
— Un magicien !
— Ivelda m'a raconté que tu avais beaucoup progressé. Mes félicitations. Tu dois être si fort aujourd'hui.
— Ah, j'ai fait de mon mieux… répondit Garvin en haussant les épaules modestement.
— Et Felden, qu'en est-il à présent ? Demanda Ciela avec empressement.
— Je l'ai libéré ! Annonça fièrement le jeune homme en levant le poing.
— C'est vrai ? s'exclama Ciela, dont les yeux bleus s'ouvrirent à l'entente de cette nouvelle excellente. Il faut que tu me racontes tout ça, je veux tout savoir !
— Ce sera avec plaisir. Mais je dois d'abord installer mes affaires.
— Bien sûr, nous avons le temps, reprit Ciela, après avoir jeté un rapide regard aux valises de Garvin.
— Je suis venu pour te rencontrer à nouveau, et aussi pour remettre un objet très spécial aux responsables de Létare, de la part de la Compagnie des Masques. Il s'agit d'un document codé.
— Ah, dans ce cas, je connais la personne qu'il te faut. Suis-moi, je t'amène à lui.
Elle le dirigea vers l'escalier situé en face, se plaçant à gauche de Garvin, et continua de discuter tout en marchant.
— Et toi, que fais-tu aujourd'hui ? Demanda le jeune homme curieux.
— J'entraîne des jeunes dans l'Académie. En réalité, c'est ce que je fais depuis mon arrivée, ou presque. Je n'ai pas eu le temps de devenir étudiante, les dirigeants de Létare ont estimé que j'avais suffisamment d'expérience et de pouvoirs. Je me suis tout de même entraînée à leurs côtés, et je suis maintenant l'une d'entre eux.
— Oh ! s'exclama Garvin. Et Ivelda, est-elle toujours ici ?
— Oui ! Elle a repris son poste d'autrefois, elle entraîne des jeunes elle aussi, et elle se porte extrêmement bien.
— J'en suis ravi.

Ils arrivèrent dans une deuxième salle, moins spacieuse que le hall d'entrée, suite à quoi Ciela l'orienta vers la droite, en direction d'un escalier étroit montant. La jeune femme blonde passa en premier et ils parvinrent bientôt en vue d'une grande pièce d'où sortait l'assistant d'un maître, présent plus loin près d'une table en bois lourde. Des étagères couvraient les murs, et deux établis latéraux servaient de laboratoires miniatures, avec tout le matériel nécessaire à la fabrication de potions. Une porte à gauche reliait la salle aux autres parties de l'étage en question. Le maître magicien, brun, robuste, d'assez grande taille, s'activait autour de la table, brassant des papiers, à priori à la recherche d'un document précis. Une veste brune aux manches retournées sur le dos, ce barbu d'environ quarante-cinq ans et au grand nez paraissait on ne peut plus sérieux dans son attitude comme dans son travail.
— Commandant Gador, l'interpella Ciela, faisant sortir le mage de sa concentration avec un léger sursaut.
— Bonjour Ciela, je ne m'attendais pas à votre visite dans l'immédiat.
— Ce n'était pas prévu. Commandant, je vous présente un ami, Garvin.
— Enchanté. Ah, vous n'avez pas l'air d'un nouvel étudiant…
— Non, effectivement, répondit Garvin avec un petit sourire. En réalité, je suis un magicien des Mille Collines. Je travaille en collaboration avec la Compagnie des Masques ; ce nom vous est sans doute familier.
— Oui, c'est le cas, dit Gador, l'air soudainement un peu sombre. J'en ai entendu parler, beaucoup je dois dire. Que nous vaut votre visite ?
Garvin plia les genoux et déposa ses bagages sur le sol, puis il commença à fouiller dans la valise de droite.
— Je suis venu vous remettre ceci, dit-il en faisant émerger un papier, puis en s'avançant tout en gardant le bras tendu.
Le magicien saisit le bord du document et prit quelques secondes pour le lire, suite à quoi il afficha un air vaguement incrédule.
— Où avez-vous trouvé ça ?
— La Compagnie a récemment entrepris de creuser une mine dans les souterrains du mont Hodnar, à l'ouest des Mille Collines. Au cours des opérations, ils ont découvert

une grande caverne, avec une vieille forteresse au milieu. À l'intérieur, il existait une bibliothèque à l'abandon, dans laquelle nous avons trouvé ceci. Mais apparemment, le message est codé, il nous a été impossible de le traduire.

— L'avant poste perdu… dit Gador, songeur et ébahi. Voilà vingt ans qu'ils ne répondaient plus… Il ne doit pas en rester grand chose aujourd'hui.

— Les lieux ont connu de bien meilleurs jours, confirma Garvin. Des créatures des tunnels avaient investi le fort depuis un certain temps, il nous a fallu les déloger avant d'accéder à la bibliothèque. Nous n'en sommes pas certains, mais il semblerait qu'une partie des documents évoque un portail de téléportation, lui aussi présent dans la bibliothèque.

Ciela, fascinée par ce qu'elle entendait, n'en manquait pas un mot, et restait attentive au moindre détail, prête à apporter son aide à la première occasion.

— Très intriguant, oui, approuva Gador. Il va falloir que j'aille aux archives, retrouver la pierre de décodage. Voyez-vous, nous avons plusieurs avant-postes, et chacun utilise un code différent, par mesure de sécurité. Le plus difficile va sans doute être de les retrouver après tout ce temps, mais la pierre est quelque part, je le sais. Mais avant cela, je voudrais m'entretenir avec vous, étranger. Les Mille Collines sont un territoire plutôt inconnu et lointain pour nous, il est parfois difficile de disposer d'une connaissance valable dans de telles circonstances : on m'a raconté et rapporté bien des choses, y compris sur les Masques, et j'aimerais avoir votre avis, vos informations sur eux, parce que je suis curieux et désireux d'en savoir plus sur eux, ainsi que sur leur chef, Envar. Que pouvez-vous me dire à son sujet ?

— Hé bien, moi-même je ne sais pas tout à propos d'Envar, mais je sais que ses plus proches collaborateurs affirment qu'il aurait deux cents ans, et qu'il n'a pas vieilli depuis un demi-siècle. Pour avoir travaillé avec lui pendant cinq ans, de loin comme de près, je puis vous assurer qu'il mène une vie tout à fait hors du commun, exceptionnelle. Comme vous le savez peut-être, la Compagnie des Masques est très intéressée par le progrès magique et les objets aux propriétés bénéfiques, capables d'améliorer leurs pouvoirs.

Le mage acquiesça fermement.

— Oui, dites m'en plus, cela m'intéresse...
— Envar dispose depuis un bon moment déjà d'une chambre de régénération, dans le château qui abrite le siège de la Compagnie, à Gernevan, reprit Garvin, qui obtenait une écoute minutieuse de la part de Gador et Ciela. Je sais qu'il y passe plusieurs heures par jour. Cette chambre, en réalité plus proche d'une cabine, le met en stase et lui permet de se reposer. Ainsi, avec huit heures passées à l'intérieur, ses pouvoirs ainsi que sa forme sont entièrement restaurés. Pour ses déplacements, la Compagnie dispose de caissons plus petits, efficaces pour une durée de trois à quatre semaines, et dans lesquels les membres peuvent à tout moment venir s'allonger. Envar est quelqu'un de très travailleur : il gère la Compagnie jour après jour, pendant des heures, reçoit ses associés, envisage de nouveaux progrès, objets, dispositifs et inventions, des installations supplémentaires. C'est ce qu'il fait lorsqu'il ne se trouve pas dans son caisson de régénération. Pour ce qui est des autres membres, ils utilisent les mêmes appareils, et essayent de fabriquer des masques de pouvoirs plus puissants. La Compagnie se concentre en ce moment sur un projet de réseau de portail de téléportation, mais je n'en sais pas plus pour l'instant.
— Ce que vous me dites m'en apprend davantage et confirme ce que je savais, merci.
— Je le dis souvent, mais la participation des Masques à la campagne de Felden a été décisive, ajouta Garvin. Ils ont apporté des centaines de combattants et des magiciens qui ont fait la différence. Pour l'assaut final contre le château du roi Harvold, j'ai vu une vingtaine d'entre eux se rassembler pour contrer une armée ennemie. Tous en armures complètes et avec leur équipement lourd, ils ont réussi à eux seuls à l'emporter, à un contre trente. Je n'avais jamais vu cela.
— Vous savez, ici aussi, nous avons des magiciens compétents, Ciela par exemple, dit Gador en tendant sa main vers la jeune blonde, souriante, qui abaissa la tête en signe de remerciement. Ici, à Létare, nous misons avant tout sur les facultés naturelles de nos jeunes talents. Mais j'entends ce que vous dites, et je saurai le mettre dans un rapport. L'information, lorsqu'elle est aussi utile, rapportée par une personne comme vous, ne peut être que notre meilleure alliée. Je vous remercie

encore. Bien, je vais me rendre aux archives. Donnez moi une heure ou deux, d'ici là j'aurai avancé dans mes recherches et peut-être retrouvé la clef de code.

Il leva le papier tout en s'en allant vers la porte à gauche de la salle, laissant les deux jeunes gens seuls.

— Ce que tu as raconté était formidable ! Dit Ciela. J'ai tant appris en quelques minutes.

— Moi aussi il me reste beaucoup de choses à savoir, tempéra Garvin. Je ne sais pratiquement rien à propos de cette superbe cité dans laquelle tu vis depuis sept ans.

— Alors, est-ce que tu voudrais que je te la fasse visiter, au moins la partie haute ? Proposa la jeune blonde, qui reçut immédiatement une réponse positive de sa part. Dans ce cas, allons y maintenant, nous reviendrons voir le commandant Gador plus tard.

Ils redescendirent dans le hall de l'Académie, puis Ciela l'invita à sortir sur la place. De là, elle proposa d'aller vers l'ouest, voir la fabrique des golems, un haut lieu de Létare, où des magiciens et ouvriers spécialisés façonnaient la première ligne de l'armée de la cité. La manufacture en question, située à cinquante mètres seulement de l'aile gauche de l'Académie, présentait elle aussi un hall élancé, mais sa structure se distinguait des autres édifices par ses grandes baies vitrées, ainsi que des arches de renfort et d'ornement aux angles. Demeurant à l'extérieur, les deux jeunes gens s'arrêtèrent, laissant le temps à Ciela d'expliquer ce qu'il s'y passait.

— Les sculpteurs de golems commencent par tailler la forme massive du soldat dans la pierre, puis les magiciens enchantent un glyphe qui sera ensuite inséré comme un coeur dans le golem. Il devient alors possible pour un mage de contrôler la créature. J'ai suivi une formation ici, comme presque tout le personnel de l'Académie.

Le soleil frappait fort sur les hauteurs de la ville, tout en pénétrant à travers le verre de la manufacture, pleine de lumière. Ciela entraîna Garvin à l'ombre des arbres de la place, tout en continuant à converser avec lui.

— Dis-moi, comment s'est passé la libération de Felden ? Demanda t-elle au jeune homme. Ivelda m'a dit qu'avant son départ, tu t'étais rendu dans la Fédération des

Mille Collines pour parler à leurs dirigeants et les alerter sur ce qui se passait dans ton pays.

— Oui, j'ai rencontré le bourgmestre de Gernevan, la capitale. C'est lui qui m'a dirigé vers la Compagnie des Masques, et j'ai fait la connaissance de leur chef, Envar. En accord avec eux, je suis retourné à Felden quelques mois plus tard, alors que mes pouvoirs étaient déjà assez solides, et j'ai commencé à rassembler des résistants, dans les villes du nord. Petit à petit, une armée clandestine s'est formée, et nous avons pu à terme enclencher la campagne de libération. Et c'est là que les soldats de Milles Collines et de la Compagnie sont intervenus. Il a fallu du temps, mais il y a à peine plus de deux mois de cela, nous avons pris la dernière forteresse, celle du roi Harvold, vaincu en duel par Envar. Ciela s'exclama à voix basse tandis qu'ils avançaient lentement sous le feuillage d'un immense frêne.

— Ce que tu as fait est exceptionnel, Felden et les Mille Collines peuvent te féliciter. J'ai su tout de suite que tu ferais de grandes choses, et je suis heureuse d'apprendre tout ce que tu a réussi.

— Je te remercie. Dans le sud, je suis devenu quelqu'un de célèbre, les journaux ont parlé de mes succès, mais il ne faut pas oublier tous ceux qui ont rendu possible cette victoire.

— Ici, nos dirigeants ne se préoccupent pas beaucoup de ce qu'il se passe au dehors de notre territoire, confia Ciela avec regret. J'avais entendu parler d'événements se déroulant à Felden, et je me doutais que tu devais être informé de tout cela, voire même être en train d'y participer. Ce que tu m'apprends me ravit ! J'aurais aimé être envoyée en renfort avec une délégation.

— Ce n'est pas grave, lui assura Garvin. Il y avait déjà beaucoup de combattants dans les forêts, et nous avons triomphé sans grandes pertes, grâce aux Masques et à la ruse, en luttant depuis les profondeurs des bois. Létare est bien loin de Felden, il aurait été difficile d'y agir efficacement.

— Tu as raison, Garvin. Mais je regrette souvent que notre cité soit aussi isolée, alors que nous disposons de grandes forces. Ah, nous y voilà.

Elle pointa du doigt un autre bâtiment alors qu'ils finissaient leur traversée de la place. Cette fois-ci, il s'agissait d'une grande demeure accolée à un stand de tir, le tout disposé en longueur, de l'autre côté de l'Académie. Le stand, en intérieur, était partiellement visible au travers des vitres vertes qui laissaient deviner la silhouette d'archers en plein exercice.

— C'est ici que s'entraînent les archers-mages, dit Ciela. Des jeteurs de sorts capables de donner des pouvoirs à leurs flèches, comme le feu, la foudre, et bien d'autres encore. Ils font partie de l'élite militaire de Létare, des troupes précieuses présentes à l'arrière et pour des missions spéciales.

Garvin regarda une rangée d'entre eux décocher, le bruit de l'impact des projectiles inaudible à cette distance. Après quelques instants, Ciela lui proposa de retourner sur la place et de poursuivre leurs retrouvailles. En revenant à l'ombre, Garvin eut l'envie d'en savoir plus sur la vie de son amie dans le cadre de la cité des magiciens.

— Excuse-moi, je n'ai pas bien compris quelle place tu occupes à l'Académie ; est-tu officiellement une enseignante ?

— En fait, je suis sur plusieurs postes à la fois. J'encadre de jeunes recrues, mais je suis avant tout membre associée du Grand Conseil de Létare. Je ne sais pas si tu le sais, mais c'est ce conseil qui dirige la ville, avec le Grand Mage à sa direction. C'est lui qui prend les décisions finales concernant l'avenir et les actions de Létare.

— Alors, tu fais partie des personnes les plus importantes de Létare ? Demanda Garvin, impressionné.

— Non, pour cela, il faudrait que je sois membre à part entière du Grand Conseil, et ceux qui s'y trouvent doivent penser que je manque encore un peu d'expérience. Pour le moment, je peux présenter des rapports, proposer des suggestions, mais je ne décide pas. Je sais qu'un jour, je serai admise dans le Conseil, et que je pourrais agir.

Garvin acquiesça et ils arrivèrent au centre de la place, où Ciela indiqua un banc où leur discussion pourrait continuer, au frais et confortablement assis, près d'un grand arbre. Ils se posèrent chacun de nombreuses questions, désireux de rattraper ces sept années passées loin l'un de l'autre. Garvin confia quelques idées personnelles qu'il avait eu la concernant.

— Je m'étais dit qu'après tout ce temps, je ne sais pas, tu m'avais peut-être oublié...

— Il est impossible pour moi de t'oublier, lui assura t-elle avec certitude. Nous n'avons passé que quelques jours ensemble, mais je me souviens de chaque moment.

— Oui, moi aussi. Tu sais, lorsque tu disais que tu regrettes de ne pas avoir agi pour la campagne de Felden, hé bien, le jour où tu m'as sauvé dans la forêt, il y a sept ans, tu as rendu service à mon pays. Sans toi, je pense que Felden serait toujours sous la coupe des barons et du roi. D'une certaine façon, tu es l'héroïne de Felden.

Ciela, émue par ce qu'il venait de dire, posa brièvement sa main sur son bras gauche, en dessous de son épaule.

— Je suis si heureux de te revoir, dit Garvin, plus serein qu'à son arrivée et mis en confiance par ces échanges qu'il venait d'avoir avec elle.

— Nous nous sommes enfin retrouvés ! Dit Ciela, douce, avec un sourire éclatant de bonheur. Bien, je pense qu'il est temps de retourner auprès de Gador. Cela fait plus d'une heure je dirais que nous sommes dehors, et il doit avoir avancé.

— Sinon, nous pourrons l'aider... suggéra Garvin, approuvé par son amie.

— Gador est très gentil, même s'il donne l'air un peu rude pour ceux qui ne le connaissent pas, dit-elle. Il est l'un des membres les plus actifs du Conseil, et n'est pas un prétentieux, comme certains peuvent apparaître. Allons le rejoindre !

Elle donna une petite tape sur le genou de Garvin, un geste qu'il apprécia, suite à quoi ils se levèrent et marchèrent en direction de l'Académie, à la façade éclatante, où une activité soutenue continuait de se dérouler.

Chapitre 4 : Lendra la Grande

Alchimiste

Lorsqu'ils revinrent dans la salle attitrée du commandant Gador, à l'intérieur de bois luisant, le maître magicien était encore absent. Les deux jeunes gens s'arrêtèrent donc devant le bureau et n'eurent finalement à patienter qu'une minute avant que Gador ne revienne d'un pas pressé par la porte située à gauche : il leur adressa un « Ah ! » qui ne leur laissa pas présumer une bonne nouvelle.
— Que se passe t-il, commandant ? Anticipa Ciela avec inquiétude.
— Je reviens tout juste des archives, et il se trouve que plusieurs objets manquent à l'appel, y compris la pierre nécessaire au décodage du papier que vous m'avez apporté, les informa t-il.
— Comment, on vous a volé ? Demanda Garvin, surpris d'apprendre une telle chose.
— Oui, confirma Gador, avant de se tourner vers sa jeune associée. Dites lui, Ciela.
— Il y a une semaine, des voleurs sont entrés dans l'Académie et ont dérobé des biens de valeur, des objets enchantés, pas un très grand nombre, expliqua la jeune femme blonde.

— Jusqu'à présent, nous pensions avoir fait l'inventaire de tous les éléments manquants, reprit Gador. Mais sans savoir que les archives avaient elles aussi été touchées. Sans cette pierre, il est impossible de comprendre le message.
— Vous avez des suspects ? Enchaîna Garvin.
— Oui, une petite liste, dit Gador, en abaissant la tête de manière positive. Il va falloir que j'avertisse le Conseil.
— S'il faut partir à la recherche des voleurs, je me porte volontaire, se proposa Ciela avec fermeté.
— Je vais faire en sorte de vous mettre en avant, lui assura Gador. Restez ici, je reviendrai vous chercher. Cela prendra une demi-heure, peut-être une heure. Attendez mon retour, j'essayerai de faire au plus vite.
Il se retira sans perdre de temps et repassa la porte latérale sous leur regard. Le silence s'imposa pendant quelques secondes, suite à quoi Ciela reprit la parole.
— J'espère que je pourrai aider à retrouver cette pierre, et t'aider dans ta mission. — Tu sais, tu l'as déjà fait, rien qu'en m'adressant à Gador, dit Garvin avec tendresse, suite à quoi elle ferma les yeux et acquiesça. Et puis, avec tout ton talent, je suis certain qu'ils te soutiendront.
— Ce n'est pas si évident, avoua Ciela, d'un ton méfiant. Comme je te l'ai raconté, Létare est dirigée par un groupe de hauts magiciens, où siège le Grand Mage. Je ne t'ai pas encore tout expliqué. Le Grand Mage aura la parole dans la requête du commandant Gador. Voilà, cela fait presque cent ans qu'il dirige la cité, et il aura bientôt trois cents ans. Ici, la magie fait vivre longtemps les citoyens, les magiciens encore plus, et cette situation s'améliore de plus en plus. Le Grand Mage n'est pas pressé. Contrairement au chef de la Compagnie des Masques, que tu nous as décrit, le Grand Mage ne se déplace jamais et n'intervient jamais en personne. Il ne le ferait qu'en cas de conflit avec une puissance étrangère ; il ne fait que superviser les actions du Conseil. À ce que j'en sais, il passe ses journées à étudier des rapports, à lire des livres, et on le voit souvent dans les édifices publics de la ville. Je l'ai rencontré à chaque séance du Conseil et observé en dehors : c'est une personne froide, très distante, qui évolue au milieu d'un petit groupe d'amis et de connaissances

de longue date. Il collabore essentiellement avec les membres les plus anciens du Conseil, des personnes qu'il connaît depuis un siècle, voire plus. Son ancienneté n'est pas un souci, mais il fait toujours passer l'expérience avant le talent, et il est très long pour un jeune d'acquérir cette expérience. Je n'ai pour l'instant effectué que quelques missions de terrain, des patrouilles, des visites de routine. Le commandant Gador, malgré son apparence, vient d'avoir soixante-dix ans, et même si cela fait vingt ans qu'il est entré au Conseil, il reste l'un des plus jeunes membres, sans doute le plus ouvert d'entre tous à l'ascension des nouveaux magiciens. Ce n'est que grâce à lui que j'ai obtenu la confiance du Conseil. Celui-ci est très fermé, comme tout le pays d'ailleurs, et je sais que certains pensent qu'il est temps que Létare aille de l'avant. Si j'ai beaucoup appris et augmenté mes pouvoirs ici, je n'ai pratiquement pas parcouru le monde depuis mon entrée à Létare. Je pense que tu as fait des choses plus intéressantes, et aujourd'hui, j'ai envie moi aussi de partir à l'aventure.

Garvin l'écouta sans dire un mot, de la même manière qu'elle l'avait attentivement suivi lors de son discours sur Envar et la Compagnie. Il ne fut qu'à moitié étonné de l'entendre parler ainsi, et désolé pour son amie que la direction de Létare soit aussi inflexible que ce qu'on lui avait rapporté sur le navire et aux Mille Collines. L'aspect hermétique de la cité des magiciens ne semblait en rien être une légende, et il se sentait désireux d'aider Ciela du mieux qu'il pouvait, si le Conseil lui accordait sa confiance.

— Pour l'instant, je dois rester à Létare, dit Ciela. Cette mission pourrait accélérer mon accréditation auprès des dirigeants.

Suite à cette discussion, elle proposa à Garvin de s'installer dans la pièce. La jeune femme s'assit sur une chaise à droite et prit un livre dans une étagère située à côté d'elle pendant que Garvin admirait le décor et le bureau du magicien. Ses affaires attirèrent son attention, et il fit lentement le tour du meuble en observant les papiers qui le recouvraient. Gador, semblait en pleine étude de dossiers au moment de leur première visite, et en fouillant un peu, sans trop chambouler l'ensemble, Garvin découvrit une carte représentant le territoire Létarien, sur laquelle il se concentra entièrement ; elle allait enfin lui permettre de se familiariser avec un espace dont il n'arrivait pour l'instant pas à déterminer les limites et l'organisation. Les frontières marquées en jaune foncé formaient un cercle irrégulier d'environ deux cents cinquante kilomètres à la ronde autour de la cité principale. La limite Sud était formé par la prolongation d'une ligne tracée horizontalement à partir de l'embouchure du fleuve Olono, à l'endroit exact où il se jetait dans le Lac. À l'ouest, un trait quasiment vertical marquait la limite avec un pays nommé Urgandarr, réputé pour être le territoire le plus sauvage de l'Ouest, là d'où on disait qu'était venue la horde de wyvernes qui avaient attaqué les Mille Collines, dix ans plus tôt. La ligne s'en allait en formant une courbe vers un lac au nord-est, presque aussi étendu que celui de Létare, et qui séparait cette dernière du Talémar, où des groupes de combattants féroces se disputaient le contrôle des terres gelées. Il s'agissait là du plus grand péril pour Létare, avec plusieurs tentatives d'invasion par le passé, la dernière en date remontant à six ans en arrière. Cette frontière comportait des notes rédigées par Gador, et Garvin comprit que la commandant étudiait de près la défense nordique du territoire, au sud du lac, où plusieurs tours de guet et quelques forts montaient la garde. Enfin, une chaîne de montagnes formait la limite orientale de Létare, un relief important disposé en bande verticale qui descendait loin au sud, dépassant largement le niveau de la ville de Sohar. Au-delà de cette frontière naturelle, une immense étendue demeurait floue, sans réelles indications, le passage vers l'est rendu extrêmement difficile par le relief. Garvin se pencha sur la géographie intérieure de Létare, y remarquant une grande densité et des distances plus courtes entre les villes que dans la Fédération des Mille Collines. Tous ces éléments lui donnèrent l'impression que Létare s'imposait comme la première puissance de l'Ouest, devant les Mille Collines, d'autant plus si l'on comptait le nombre supérieur de magiciens et de matériel enchanté présent ici. Sa lecture passionnée de la carte l'entraîna à la découverte de cette partie du monde très peu connue des habitants du Sud, et les minutes passèrent presque trop vite, lui laissant tout juste le temps d'étudier le plan en détail avant que Gador ne revienne. Garvin fit le tour du bureau et reprit sa place initiale, à droite de Ciela, qui venait de se lever de sa chaise.

L'expression légèrement enjouée sur le visage du commandant laissait cette fois de l'espoir aux deux jeunes gens, tandis qu'il se dirigeait vers la jeune femme blonde.

— J'ai réussi à vous faire accorder la confiance du Conseil, dit-il haut et fort, avec une certaine fierté. Vous dirigerez les recherches ! Et vous avez le droit de former l'équipe de votre choix, si je l'approuve.

Ciela et Garvin sourirent en choeur.

— Excellente nouvelle ! s'exclama le jeune homme ravi. Mais par où devons-nous commencer ?

— D'autres membres ont évalué la question, et le rapport concernant les différents vols commis à Létare a permis d'établir l'existence d'un marché noir, situé au sud-est d'ici. Je vais vous montrer.

Gador contourna le bureau et ajusta la carte avant de pointer du doigt un morceau du pays situé près de la frontière sud, dans les terres, à droite du Lac.

— Étant donné la distance, il nous est difficile de contrôler cet espace, expliqua le commandant penché sur le plan, Ciela et Garvin debout près de lui. Nous savons depuis des mois qu'il se trame quelque chose d'illégal de ce côté ci, et selon les éclaireurs, c'est là que vous aurez le plus de chances de retrouver la trace des voleurs.

Ciela approuva d'un signe de tête enthousiaste, puis se tourna vers Garvin.

— Je t'engage dans mon équipe ! Dit-elle, sérieuse et joyeuse à la fois.

Il se mit à sourire, se félicitant de pouvoir travailler aux côtés d'elle, et de l'aider à obtenir la reconnaissance des magiciens suprêmes de Létare.

— Je pense que deux jeunes personnes aussi compétentes que vous n'auront besoin de l'assistance de personne d'autre, appuya Gador. Si jamais vous souhaitez avoir du soutien, les garnisons des villes du sud seront là pour vous.

— Je vous remercie, commandant, dit Ciela.

— Et qu'en est-il de la liste des suspects ? Insista Garvin.

— La voici, répondit Gador en sortant un papier plié de la poche intérieure de sa veste. Le premier nom qui nous a paru juste de noter est celui d'une femme qui se fait appeler Lendra la Grande Alchimiste. Elle est une des ennemies de notre cité, et cela

fait des années qu'elle tente de révolter les habitants de notre nation contre le Conseil. Nous ignorons où elle se trouve précisément à l'heure actuelle, mais il est probable qu'elle soit mêlée à cette affaire de vol à l'Académie. D'autres individus sont également notés, voyez s'ils ont un lien avec les objets dérobés. Je vous recommande d'infiltrer discrètement le marché noir : posez des questions, faites vous passer pour des acquéreurs en quête de matériel magique de qualité. La localisation du marché n'est pas certaine, alors il vous faudra d'abord enquêter. Il est possible qu'il soit dissimulé sous terre, ce qui expliquerait pourquoi nous ne l'avons pas détecté jusqu'à présent. Mais prenez le temps d'étudier le plan.
— Nous partirons demain dans ce cas, décida Ciela. Garvin vient juste d'arriver, et il doit se reposer de son voyage avant cela.
— Passer une nuit dans une ville aussi magnifique est une idée qui me plaît, dit le jeune homme. Avant cela, je dois aller au port pour m'entretenir avec des amis. Si vous voulez bien m'excuser...
Se courbant, il recula et sortit de la pièce avec le projet de parler au capitaine Lasro, dès fois qu'il pourrait leur venir en aide en assurant leur transport vers l'est du Lac, jusqu'à un point où il leur serait facile de rejoindre le lieu présumé du marché noir.
— Nous t'attendrons, lui assura Ciela, en élevant la voix tandis qu'il les quittait.
Quelques instants après son départ, Gador, qui se tenait juste à droite de Ciela, se tourna vers elle.
— Votre ami est un étranger, et c'est une bonne idée de le prendre avec vous pour cette mission, dit-il. Les habitants du sud-est ne le reconnaîtront pas et ceux du marché noir se confieront peut-être plus facilement à lui. Venez, il faut que je vous montre l'itinéraire précis pour arriver à l'endroit où se déroule probablement le trafic d'objets volés.
Concentrés sur la mission à venir, ils revinrent vers la table ; Ciela était impatiente d'apprendre le plus d'éléments possible sur ce qui allait être sa plus grande tâche à accomplir depuis son arrivée, et peut-être sa plus grande réussite.
Pendant ce temps, Garvin descendait les escaliers pour revenir dans le hall de l'Académie, qu'il franchit sans s'arrêter, le coeur rempli de détermination en pensant à

son amie. Il retrouva bientôt la place de la haute ville et la traversa du même pas rapide. L'avenue principale, légèrement inclinée, accéléra encore son allure, et il ne prit que le temps de furtifs regards pour observer les bâtiments qui se présentaient à lui au fil de sa marche. Une fois l'intersection franchie, les boutiques aux baies vitrées réapparurent dans son champ de vision, avec de nombreux passants et des groupes de jeunes qui admiraient les articles proposés, en s'imaginant un jour en posséder de tels. Une dernière courbe le ramena sur le bord des quais, où il cessa d'avancer pour repérer le navire de Lasro, non loin, quelque peu à droite, au bout d'un ponton. Acquiesçant en solitaire, il recommença à marcher, ses chaussures résonnant contre les pavés puis contre le bois verni de la jetée, où les marins du vaisseau terminaient d'évacuer un lourd tonneau. Sous un ciel toujours aussi clair, Garvin grimpa à bord par le biais de la grande planche qui reposait contre l'extrémité du pont, au milieu du navire. Lasro, avec son costume bleu et un chapeau planté d'une plume, discutait au pied du château arrière avec un vieil homme trapu et moustachu, un habitant de Létare avec lequel il semblait être en affaires. Celui-ci salua Lasro et s'en alla au moment où Garvin se préparait à les rejoindre. Ils se croisèrent poliment, suite à quoi le capitaine l'accueillit chaleureusement, ouvrant ses bras, surpris de son retour.

— Monsieur Garvin, ça alors, je ne m'attendais pas à vous revoir déjà ! s'exclama t-il. Mais cela me fait bien plaisir.

— Moi aussi, capitaine ! Répliqua Garvin avec le visage enjoué. Qui était-ce ?

— Oh, un ami de la cité des magiciens, un ancien marin qui vit au port. Je le connais depuis des années et je m'organise avec lui lorsque nous venons ici. Alors, la ville vous plaît ?

— Oui, beaucoup. Je n'ai jamais rien vu de tel auparavant.

— C'est certain, Létare est unique.

— J'ai retrouvé une amie à l'Académie, et pour tout vous dire, je voudrais vous demander une faveur, dit Garvin.

— Que puis-je pour vous ? Demanda Lasro, prêt à lui rendre service.

— Voilà : le Conseil charge mon amie, qui est magicienne, de récupérer des objets volés à l'Académie il y peu.

— Oui, j'ai appris cela peu de temps après l'accostage, fit Lasro. Cela a fait sensation, ce genre d'événement est très rare, surtout ici. Vous avez une idée de qui a pu faire ça ? — Les mages n'en sont pas certains, mais nous devons suivre une piste vers l'est. Et c'est justement à ce propos que je demande votre aide pour nous y mener.

— Hooo... marmonna Lasro, en se frottant le menton. Nous n'avions pas prévu de quitter Létare si vite...

Constatant l'hésitation de son ami capitaine, Garvin reprit la parole pour insister.

— Un voyage par bateau nous ferait gagner du temps, et nous aurions plus de chances de rattraper les voleurs ainsi. Il vous suffit de nous déposer dans un port au sud-est, et nous ferons le retour par nous-mêmes. Mon amie a grand besoin de convaincre le Conseil, et vous savez peut-être qu'ils n'accordent que très peu de faveurs à des jeunes.

— D'accord, se décida Lasro. Il y a une ville dans laquelle nous devons déposer quelques marchandises. Au départ, nous ne devions nous y rendre avant quatre jours, mais pour vous, nous pouvons le faire.

— Formidable ! s'exclama Garvin, heureux avant tout pour Ciela. Nous n'aurons besoin de partir que demain matin.

— Merci, ça nous laissera le temps de nous reposer. Au fait, votre amie, est-elle aussi douée que vous ?

Garvin lui adressa un grand sourire avant de répondre.

— Non, elle est beaucoup plus forte !

— Dans ce cas, nous serons d'autant plus en sécurité avec vous deux à bord ! Dit Lasro, en confiance. Venez nous retrouver demain matin, à huit heures. Nous serons prêts pour vous.

— Un grand merci, capitaine, dit Garvin en lui serrant la main. Je ne pense pas que les magiciens mobilisent un vaisseau pour mon amie, alors votre aide est inestimable. À demain !

Lasro leva la main droite pour le saluer en retour, et Garvin redescendit sur le ponton, puis remonta en direction de l'Académie à grande vitesse, pour aller annoncer à Ciela la bonne nouvelle.

Vingt minutes plus tard, il fit son retour dans le bureau de Gador, le maître magicien terminant de montrer les détails du plan à la jeune blonde.

— Bien, maintenant vous savez tout, termina Gador, en se redressant. Je vais vous laisser à présent, je dois de nouveau me rendre aux archives.

Il se retira par la porte de gauche, puis Ciela avança vers Garvin en faisant le tour de l'imposante table.

— Un de mes amis est d'accord pour nous transporter vers l'est à bord de son navire, dit fièrement le jeune homme.

— Celui qui t'a amené jusqu'ici ?

— Oui, celui là, confirma Garvin. Il s'appelle le capitaine Lasro, il est très sympathique. Il nous prendra demain matin à huit heures.

— Ah, je serai ravie de voyager avec toi sur le Lac. Je n'ai pas pris de bateau depuis mon voyage à Létare, il y a sept ans. Cette fois, j'ai la chance de pouvoir montrer ma valeur au Conseil.

— C'est pour ça que je suis parti si vite. Je voulais faire gagner du temps.

— Tu as très bien fait, le complimenta Ciela, qui le regardait de ses yeux bleus et intenses. Ensemble, nous réussirons cette mission, je le sais.

Garvin abaissa la tête en signe de soutien et d'approbation.

— Viens, dit-elle en lui prenant soudainement la main et en partant vers l'entrée du bureau. Je vais t'amener jusqu'à ma maison, dans l'avenue centrale. Ce n'est pas très loin d'ici, elle fait partie des résidences réservées aux associés du Conseil. J'ai tant de pièces de libres, et c'est là que je te propose de passer la nuit.

Garvin haussa les sourcils en entendant cela, aussi hébété que fou de joie.

— Attends, il faut que je prenne mes valises !

Il ramassa ses bagages, qui étaient restés à l'endroit où il les avait posées plus tôt dans la journée, puis suivit la magnifique blonde vers sa nouvelle résidence. En sortant de l'Académie, elle prit la valise de la main droite de Garvin et la porta aisément, pliant son bras trois fois.

— Tu vois, j'ai pris de la force ! Dit-elle en lui montrant, après quoi il approuva en souriant. Ils filèrent tout droit à travers la place et se présentèrent à l'entrée du boulevard principal. À peine dix mètres plus loin, la jeune femme pointa du doigt le trottoir à leur gauche, un peu plus loin en avant, désignant un numéro dans l'alignement des hautes façades grises.

— C'est ici.

Avec ses dix mètres de hauteur et son aspect à la fois terne et chic, la demeure s'insérait parfaitement dans ce paysage de ville. Elle possédait un toit incliné, et seule une poutre extérieure marquant la séparation entre le niveau du rez-de-chaussée et du premier étage se distinguait dans la structure de pierre caractéristique de la haute Létare. Ils suivirent une trajectoire diagonale et arrivèrent au pied de la maison. Ciela posa la valise de Garvin et s'empara d'une clef qui reposait dans une poche intérieure de sa veste bleue, et dont la tête en partie creuse formait des motifs courbes. Elle ouvrit la porte et la poussa, puis elle laissa passer Garvin. Ils entrèrent tour à tour dans la cuisine, puis Ciela lui montra un escalier à gauche qui les mena à l'étage. Le décor des pièces de la demeure, contrairement aux murs, étaient en bois lasuré, à la teinte marron éclatante. Une fois la vingtaine de marches gravies, trois portes se présentèrent à eux, tandis qu'un deuxième escalier à côté du premier grimpait jusqu'à un vaste grenier. La jeune femme désigna alors la porte de gauche.

— Voilà, c'est ta chambre ! Annonça t-elle joyeusement.

Elle tourna la poignée de bois ronde et s'avança pour déposer la valise au pied du lit, en face de la porte. Une grande armoire à droite, aux multiples gravures et aux bords sculptés, allaient abriter ses vêtements, tandis que le petit bureau à l'opposé pouvait servir d'espace de travail. Le doublage des murs et les surfaces de pin retenaient la chaleur tout en diffusant une odeur agréable.

— Mais c'est parfait ! Dit Garvin. Il y a longtemps que tu habites ici ?

— Depuis le début en réalité. Cette maison était libre, et Gador a proposé que je m'y installe. Il a dit qu'en tant que la plus grande des nouveaux talents de Létare, je devais obtenir une demeure particulière.

— Ah, il est gentil, nota Garvin, en faisant errer son regard dans la pièce. En fait, il est seulement juste, tu mérites ce qu'il y a de mieux. Et un jour, tu seras assise dans la chaise du Grand Mage, au Conseil.

Ciela sourit, touchée par la perspective qu'il envisageait mais aussi par ce rêve qu'elle savait intouchable pendant encore bien des années.

— Il faut d'abord que j'entre au Conseil en tant que membre à part entière, et cette mission pourra accélérer les choses, dit-elle. Mais d'abord, installe-toi, je vais voir ce qu'on m'a rapporté à manger. C'est que maintenant, je passe mes commandes auprès d'un personnel spécial au service de l'élite de l'Académie !

Elle termina sa phrase en passant la porte ; Garvin, impressionné par son nouveau mode de vie, ouvrit sa première valise après l'avoir déposée sur le lit. Il passa la demi-heure qui suivit à faire du rangement, puis Ciela revint le chercher et ils descendirent dans la cuisine pour manger, en milieu d'après-midi. Leurs retrouvailles continuaient dans la bonne humeur, et la jeune femme lui assura qu'il y aurait toujours une chambre de libre pour lui dès lors qu'il voudrait passer une nuit à Létare. Au fil des discussions et des nouvelles, il apprit qu'Ivelda vivait tout près de là et qu'elles se rendaient souvent visite, en plus de se rencontrer un jour sur deux à l'Académie. La conversation les amena jusqu'au soir et à un vrai repas, après quoi ils décidèrent de monter se coucher assez tôt, afin de se reposer avant le voyage du lendemain. En haut de l'escalier, ils s'embrassèrent sur la joue, comme autrefois, lors de leur première cohabitation, et partirent chacun de leur côté, dans leurs chambres respectives. Allongés, tous deux eurent l'impression de planer dans les airs, habités par l'immense bonheur de s'être de nouveau rencontrés, et de savoir leur avenir plus beau que jamais.

Le soleil se leva une fois de plus dans un ciel pur, sans le moindre nuage pour venir intercepter ses rayons d'or. Ces derniers éclairaient les pavés du port au moment où Garvin et Ciela arrivèrent en provenance de la haute ville, quelques minutes avant huit heures. Le navire du capitaine Lasro, fin prêt au départ, n'attendait plus qu'eux ; Lasro lui-même patrouillait sur le pont en observant les environs, et tout particulièrement l'avenue centrale de la ville. C'est avec enthousiasme qu'il les aperçut au loin et leur fit signe de se rapprocher. Au sommet de son élégance, avec sa veste et son chapeau à la plume unique, il les reçut avec dignité.

— Bienvenue à bord, mes amis, dit-il en s'inclinant, les bras écartés. Madame, c'est une joie.

Ciela pencha la tête par côté en gage de politesse.

— Ciela, voici mon ami le capitaine Lasro, présenta Garvin. Lasro, voici Ciela, membre associée du Conseil et sans aucun doute la personne la plus incroyable que je connaisse.

Honorée par cette introduction, Ciela se montrait souriante, et Garvin lui fit rencontrer quelques uns des matelots qui passaient à proximité d'eux, pendant que Lasro donnait les instructions pour le départ. Dix minutes plus tard, le navire prenait de la vitesse en quittant le ponton, pour revenir vers le large, en décrivant une boucle dans une trajectoire presque artistique.

— Nous nous rendons à Kavir, une ville portuaire à l'est, expliqua le capitaine tandis que lui et les deux jeunes magiciens se tenaient du côté droit du vaisseau, près de la rambarde.

— Kavir, oui, j'y suis allé une fois, pour inspecter la garnison, raconta Ciela. Une fois débarqués, je saurai me diriger.

— Bien, il vaut mieux savoir exactement où s'orienter, commenta Lasro. Pour ce qui est des routes terrestres, je ne vous serai d'aucune utilité : je ne connais que les itinéraires maritimes.

— Ce n'est rien, vous nous aidez déjà tant, reprit Garvin. Quand y serons-nous ?

— Dès ce soir en principe, répondit le capitaine. Le lac ne s'étend pas aussi loin à l'est, là bas, et Kavir est relativement au nord par rapport à l'Olono. Mais il ne devrait plus faire bien jour à ce moment là, il vous faudra sans doute passer la nuit sur place.

— Ne vous en faites pas, nous avons prévu tout cela, dit Ciela.

Ils se dispersèrent pour un temps suite à cette mise au point, Lasro allant auprès de ses marins pendant que les deux jeunes demeuraient à regarder la surface dansante de l'eau. Le capitaine revint à eux un quart d'heure après, et commença à raconter les périples de leur aller.

— Jamais je n'avais vu autant de dangers sur la route du fleuve !

Il expliqua à Ciela les actions menées par son ami, qui avait coup sur coup vaincu une horde de bandits, soigné un vieil alchimiste, dont il avait empêché le laboratoire d'exploser, et tant revigoré les travailleurs d'Elarro qu'ils avaient pu réparer l'intégralité des dégâts en à peine plus d'une demi-journée.
— Hé bien, tu n'avais pas menti... fit-elle à Garvin, admirative de ses exploits et de son utilité aux gens de l'Olono.
— Je l'ai vu de mes propres yeux, j'en suis témoin ! Assura Lasro, l'index levé.
Le voyage se poursuivit dans cette ambiance de croisière, par une belle journée où les températures s'élevèrent rapidement, et où le soleil se reflétait comme à l'infini sur le miroir du lac. À peine une legère brise soufflait dans les voiles du deux-mâts, augmentant très légèrement sa vitesse. Les marins se sentaient fiers de transporter à la fois leur camarade magicien au si grand prestige, et son amie du Conseil, cette jeune femme qui leur semblait bien différente des autres membres de l'élite Létarienne. Les heures et les kilomètres parcourus filèrent en direction de l'est, et le littoral redevint visible alors que le soleil déclinait dans le ciel, désormais derrière eux. La ville de Kavir, plus grande que Grovd, apparut au loin, avec ses quais semblables à ceux de Létare, mais sa silhouette générale paraissait sans aucun doute bien moins massive. Quelques navires de combat montaient la garde dans l'alignement des pontons vers lesquels ils voguaient. Lorsqu'ils s'amarrèrent le long d'un embarcadère libre, le soleil atteignait l'horizon pour sembler se poser au loin, comme au fil de l'eau, dessinant lun tableau que Garvin et Ciela admirèrent un instant depuis le pont, avant de descendre sur les docks, à la recherche d'une auberge pour s'y reposer.
Ils réservèrent deux chambres voisines, de l'autre côté d'une rue située derrière la rangée d'habitations du port, à l'étage d'un magnifique établissement aux proportions égales de pierre et de bois. Suite à une bonne nuit dans cette cité portuaire plus calme que la capitale, ils allaient pouvoir préparer sereinement la deuxième partie de leur voyage.

Le jour suivant, alors que Lasro et ses amis restaient à Kavir pour livrer une partie de leur cargaison et pour se reposer de l'escale imprévue, Ciela montra à Garvin la carte du sud-est suite à leur petit-déjeuner, dans la salle commune de l'auberge. Pour atteindre le haut lieu du commerce clandestin de Létare, il leur faudrait d'abord deux jours de diligence à travers le pays, en diagonale depuis Kavir jusqu'à la bordure de la frontière, après laquelle s'étendaient des terres indépendantes, à la direction floue. Gador suspectait les bandits auteurs du vol à l'Académie d'être alliés avec des groupes de hors-la-loi étrangers, qui venaient probablement de cette direction. Et à discuter, ils commençaient à se demander si la troupe qui tyrannisait la ville de Sohar ne faisait pas partie d'un tel réseau, décidé à étendre son action dans tous les espaces qui échappaient à un pouvoir fort comme celui des magiciens ou des Mille Collines. Mais pour l'instant, il leur fallait suivre le plan : ils prirent la diligence indiquée par Gador dans ses notes, écrites dans le coin de la carte. À dix heures, ils quittèrent ainsi Kavir et s'enfoncèrent dans les terres, s'éloignant définitivement du Lac. Le paysage vert, à l'humidité atténuée par la saison chaude, offrait une vue agréable, Garvin y retrouvant le plaisir de son déplacement à l'avant-poste des Masques, mais cette fois-ci, avec un relief peu prononcé. À ce qu'il en savait désormais, après sa courte étude de Létare dans le bureau de Gador, les sommets se faisaient plus hauts dans l'est, mais leur présente trajectoire évitait les obstacles naturels. Les routes, mieux entretenues que dans la Fédération, rendaient le parcours plus doux, et les ponts réalisés avec soin enjambaient aisément les rivières rencontrées au fur et à mesure des kilomètres. Ciela découvrait en même temps que lui ces contrées qu'elle n'avait encore jamais exploré, heureuse de quitter pour un temps la capitale, ne serait-ce que pour la beauté de cette aventure.

Le lendemain, une deuxième diligence leur servit de relais en direction de la dernière ville importante de Létare, Bardinn, à cette extrémité du territoire. Après la traversée d'une forêt et de plusieurs grands champs, Garvin et Ciela parvinrent dans cette petite cité de deux mille habitants, l'une des plus éloignées de Létare. À leur arrivée classique sur la place centrale, ils se mirent en quête de renseignements sur les activités marginales des environs, questionnant quelques individus de passage tout en demeurant vagues. Ciela prenait le plus souvent l'initiative de les aborder, sans succès les premières fois. Puis, un vieil homme assis sur une chaise près de la fontaine, sur la place, leur avoua qu'il ne savait rien personnellement, mais il leur conseilla tout de même de se rendre dans une auberge un peu plus loin, ajoutant que des personnes un peu louches s'y réunissaient parfois. Ciela le remercia puis partit en compagnie de son ami jusqu'à l'enseigne indiquée. Le serveur au comptoir, en face de la porte d'entrée entrouverte, lui sembla être le meilleur point de départ possible, et Garvin approuva son idée, confirmant que le personnel des tavernes et autres lieux de restauration était bien souvent très à même de connaître des informations de ce genre. Il s'agissait d'un homme d'environ quarante ans, brun et costaud, avec une tête imposante, qui donnait l'air malin à sa façon d'observer la salle par intermittence, tout en essuyant des verres.

— Excusez-moi, mon bon monsieur, commença Ciela, lui faisant relever la tête. Mon ami et moi sommes des marchands itinérants, et nous recherchons des objets insolites, des trouvailles si possible rares. Nous venons ici à Bardinn car on nous a fait entendre qu'il y aurait, disons, un peu plus de ces objets que d'ordinaire dans cette partie de Létare.

— Ha ! s'exclama le serveur en reprenant son activité. Celui ou celle qui vous l'a dit n'a pas menti. Peu importe qui d'ailleurs. Vous semblez bien sympathiques, les jeunes, alors je vais vous dire une chose : faites donc un tour du côté de la vieille mine, au sud-est. On raconte que c'est de ce côté là que l'on fait les meilleures découvertes. Mais surtout ne dites pas que c'est moi qui vous en ai fait part !

— Aucun risque, répliqua Garvin d'un ton grave, qui convenait bien au rôle qu'ils endossaient.

— Vous avez intérêt à savoir négocier, reprit le serveur, après avoir rangé un verre sur l'étagère située derrière lui. Et à ne pas faire de vagues. Une sortie de piste peut vite arriver, dans ces vieilles carrières...

— Merci de nous avoir prévenu, dit Ciela.

— Oh, mais de rien ! Bonne excursion à vous !

La jeune blonde souriante se retourna, imité dans l'instant par Garvin, et ils sortirent tous deux de l'auberge pour revenir sur la place et demander leur chemin vers la mine au vieil homme près de la fontaine.

— Vous allez voir, c'est pas très compliqué : vous prenez cette rue, là, et vous continuez tout droit, à travers les champs. Dans deux-trois kilomètres, vous arriverez en vue d'une colline. En allant toujours tout droit, vous tomberez sur une carrière abandonnée. Le terrain est un peu irrégulier, mais droit devant, il y aura l'entrée de la vieille mine. Faites attention, on raconte par ici qu'il y a des gens étranges qui trainent autour de cet endroit. Je n'y suis jamais allé vérifier, mais soyez prudents. Il doit s'y tramer quelque chose de pas bien net...

Ciela le remercia et elle s'en alla avec Garvin dans la direction qu'on venait de leur montrer. Après avoir cheminé entre des habitations à étages, dans une rue pavée assez large et légèrement en pente, ils débouchèrent effectivement sur un paysage de campagne, dégagé et vert, avec au-dessus d'eux un soleil masqué la moitié du temps par des nuages blancs cernés de gris. Un chemin partait vers le sud-est entre les champs de blé, sous une chaleur modérée, parcourus par des travailleurs de Bardinn. En bordure des grandes parcelles, des palisses de hauts arbres s'alignaient, coupant les étendues agricoles. Tout en marchant le long de la route de terre tassée par les allées et venues, les deux jeunes gens échangèrent plusieurs regards. Le soleil se découvrant resplendissait dans les cheveux longs de Ciela, et Garvin se retenait de la complimenter, trop heureux d'être à ses côtés.

— Si jamais les bandits du marché noir comprennent que nous venons pour enquêter, ils vont très certainement nous attaquer, supposa Ciela. Pour l'instant, nous avons réussi.

— Oui, je crois que le serveur tout à l'heure ne se doutait de rien, appuya Garvin. Il nous reste plus qu'à suivre le plan du commandant Gador.

— J'ai confiance en nous, et en nos pouvoirs, reprit Ciela. À deux, nous pourrons repousser et arrêter les bandits, même s'ils sont une trentaine à l'intérieur de la mine. Mais il nous faudra seulement les neutraliser, pour ensuite les livrer aux autorités de Bardinn. Mais avant tout, tâchons de découvrir ce que sont devenus les objets volés. La pierre de code est notre priorité, mais d'autres biens de valeur manquent à l'appel. Nous ferons en sorte de tous les récupérer.

— Bien. Voyons ce que nous allons trouver au bout de la piste...

— Probablement des dizaines de brigands et de marchands clandestins, dit Ciela, en continuant d'avancer. Nous pouvons reprendre les objets dérobés et mettre fin à ce marché dès aujourd'hui, si tout se passe comme prévu.

Peu après, ils parvinrent en face de la fameuse colline rocheuse, comme l'avait dit le vieil homme. Le chemin envahi d'herbes continuait vers une terrasse de pierre qui donnait une vue large sur d'anciennes installations, de multiples crevasses et falaises taillées au fil des ans par les premiers habitants de Bardinn. Il demeurait des planches, de vieux outils comme des pioches au manche brisé, ainsi que des marches découpées dans la roche, qui leur permirent de descendre plusieurs mètres en contrebas, vers une sorte de grande fosse autour de laquelle s'étaient déroulées les excavations principales. En direction de la colline, dans l'alignement de la route qu'ils venaient de quitter, une galerie aux angles quasiment droits s'enfonçait dans l'imposant monticule couvert d'arbustes qui s'élevait au dessus du site. Garvin et Ciela s'approchèrent lentement de l'ouverture en s'éloignant momentanément l'un de l'autre, puis se réunirent à l'entrée du sombre tunnel. En parvenant dans l'encadrement de la galerie, ils distinguèrent une lueur lointaine, à plus de vingt mètres, une lanterne qui éclairait partiellement un homme en armure, qui traversait la largeur de la voie de droite à gauche, tel un mystérieux gardien.

Après un temps d'arrêt, les deux jeunes gens décidèrent d'aller à sa rencontre, alors qu'il semblait se concentrer sur quelque chose au niveau du sol, à en croire sa posture courbée. Alors que Garvin et Ciela avançaient dans le tunnel, le garde se redressa, se tourna vers eux, distants de quelques mètres.

— Halte ! Dit-il, tendant la main en avant, sa voix retentissant contre les parois. Cet endroit n'est pas ouvert au public.

Désormais à proximité, la lueur de la lanterne à gauche éclairait leur champ de vision, faisant sortir de l'obscurité une table à droite, sur laquelle s'alignaient plusieurs épées courtes, mais également une porte au fond, comprise dans une sorte de mur artificiel monté grâce à un empilement de pierres recouvertes de terre, le tout apparaissant comme une fin de tunnel convaincante. La sentinelle quant à lui s'imposait comme un rempart, autant par sa protection militaire qui par son attitude.

— Nous venons voir les « articles spéciaux », dit Ciela, en modifiant sensiblement le ton de sa voix à la fin de sa phrase.
— Ah, je vois que vous êtes informés, releva le gardien en armure, un brun assez corpulent et au visage ferme, avant de désigner la table à droite. Si vous avez des armes, déposez les ici. Alors seulement vous serez autorisés à aller plus loin.
— Nous sommes venus désarmés, l'informa Ciela.
— C'est encore mieux, dit le garde d'une voix forte, avant de prendre un trousseau de clefs suspendu à sa ceinture, à côté du fourreau de son épée longue. Je vais vous ouvrir. Mais je vous préviens : un faux pas, et mes collègues à l'intérieur s'occuperont de vous.
— Nous connaissons les règles, fit Garvin, pour jouer l'aventurier averti.

L'homme en armure, suivi des deux jeunes, se rendit au fond, se courba, inséra la clef et l'actionna, puis tourna la poignée, poussa la porte de bois et s'écarta pour laisser le champ libre à Ciela et Garvin. Ces derniers s'engagèrent dans un deuxième tunnel, plus court, au bout duquel brillait une lumière. À peine passés la porte, le gardien referma sur leur passage, le bruit de la serrure se faisant entendre. Sans trop s'inquiéter, les deux jeunes poursuivirent vers une grande salle qui s'offrit à leur vision : des lanternes accrochées au plafond sur plusieurs rangées espacées permettaient de tout distinguer de l'ancienne pièce commune des mineurs, réaménagée en espace de commerce souterrain. Des dizaines de stands disposés sur une grande ligne à gauche ainsi qu'en demi-cercle à droite attiraient des visiteurs nombreux dont les discussions emplissaient l'atmosphère. D'autres bandits en armures surveillaient les lieux depuis la gauche, postés dos à la grande paroi. Ciela et Garvin firent une pause afin d'observer la salle et de repérer des individus enclins à leur adresser la parole. La jeune blonde chercha un moment les objets mentionnés sur la liste de Gador, mais elle se trouvait trop loin des stands pour clairement identifier quoi que ce soit. Elle posa sa main sur le bras droit de Garvin, et lui fit signe d'avancer vers les stands à gauche avant que les gardes ne les soupçonnent. Ils se mêlèrent à la foule, examinant les étals très divers, qui proposaient aussi bien des armes et équipements que des sculptures sur bois de luxe. Après plusieurs stands, Ciela s'arrêta et montra une sphère qui luisait d'un éclat bleu pâle. Elle fit discrètement comprendre à Garvin par des gestes de s'éloigner vers la droite, au centre de la pièce, où la circulation se faisait moins dense.

— Cette lampe vient de Létare, dit-elle à voix basse. Interrogeons le vendeur, il doit savoir quelque chose.

Elle se retourna et cibla le marchand, au ventre rebondi, au visage jovial relevé par une moustache à bouts courbes.

— Bonjour monsieur, l'aborda t-elle. Je suis intéressée par cet article.

— Ah, une belle trouvaille, hein ! Un petit groupe est arrivé il y a trois jours avec un tas d'objets de ce genre. Si vous voulez mon avis, ils devaient venir de la capitale. Mais bon, moi, je ne m'intéresse pas à leur provenance.

— Ils vous ont vendu autre chose ? Demanda Ciela, qui tenait une piste sérieuse.

— Oh non, juste cette lampe, là. Par contre, l'homme au fond, là-bas, a fait de bien meilleures affaires avec ces gens.

Ciela et Garvin se retournèrent brièvement pour apercevoir un individu dégarni bien qu'encore jeune, et à l'allure plus que louche, qui regardait autour de lui avec une certaine avidité.

— Bien, mon ami et moi allons faire un tour, dit Ciela. Nous reviendrons vers vous.

Le marchand leur adressa un signe de tête, puis ils partirent le long des stands, pour ne pas donner l'air trop directs. Après une minute passée au milieu des clients, ils changèrent de direction et traversèrent la salle. Par chance, le vendeur suspect se trouvait à droite de son stand, dans l'un des recoins les plus isolés et mal éclairés de la pièce : Ciela marcha vers lui d'un pas assuré, avec une grande détermination.

— Ah, jeunes gens, approchez… les interpela le marchand fourbe. J'ai sans doute ce qu'il vous faut !

— Je l'espère vraiment, dit Ciela, presque menaçante. Je cherche une pierre de taille moyenne et gravée. On dit qu'elle aurait été volée à Létare, et je suis acquéreuse de tout ce qui l'est.

— Ah, je regrette, chère madame, d'autres sont déjà passés, dit-il d'une voix traînante. Mais je peux vous proposer autre chose.

— Non, je veux vraiment cette pierre, insista Ciela. On raconte qu'elle aurait des pouvoirs très particuliers, et il me la faut.

— Vraiment, je regrette, madame.

— Dites-moi au moins qui vous l'a acheté, j'irai lui faire une meilleure offre.

— Je ne peux pas vous révéler son identité, ma politique me l'interdit, refusa le marchand.

— Très bien, reprit Ciela, venant agripper la chemise brune de l'homme dégarni. Surpris par sa force au moment où elle le secoua un grand coup, il finit par se rendre lorsque la jeune blonde lui présenta sa main gauche, dans laquelle elle fit circuler de petits éclairs magiques.

— Si vous nous dites tout, on ne détruira pas cet endroit, dit-elle, en se tenant prête à frapper.

— D'accord, d'accord... répondit hâtivement le négociant devenu craintif. Il y a trois jours, un jeune homme est venu me voir. Il a dit représenter Lendra, la Grande Alchimiste.

— Où peut-on la trouver ? Demanda Ciela d'une voix menaçante.

— Elle vit tout à l'est de Létare, au pied des montagnes. Je ne sais pas où exactement. Les gens de là-bas doivent le savoir, demandez leur. S'il vous plaît, relâchez-moi...

Ciela desserra son emprise, ce qui lui permit de soupirer en se touchant le col. En s'éloignant en compagnie de Garvin, elle fit rapidement le tour de la salle du regard. Pour l'instant, les clients, les gardes et les autres vendeurs ne se doutaient de rien, mais elle sentait que la situation pouvait vite dégénérer. Alors qu'ils se dirigeaient à allure normale vers le début de la rangée de stands, le marchand qu'ils venaient d'interroger porta plainte auprès d'une des sentinelles du fond, qui s'élança pour intercepter les deux jeunes.

— Un moment, dit-il. Cet homme dit que vous l'avez importuné.

— Il raconte des histoires, protesta Garvin.

— Peut-être, mais je dois m'en assurer. Attendez ici, je vais le faire venir pour vous expliquer.

Le garde repartit vers le fond, laissant à Ciela et Garvin le temps d'élaborer un plan.

— Nous allons créer une dispute, dit-elle à voix basse. Puis je frapperai le marchand et nous attirerons les autres gardes. Ensemble, nous allons les neutraliser, puis nous enfermerons le plus de personnes à l'intérieur de la vieille mine.

— C'est une excellente idée, approuva Garvin, admiratif de son initiative inspirée. Je prendrai les gardes de gauche.

— Et moi ceux du fond, c'est entendu, conclut Ciela, tandis que le surveillant revenait en escortant le vendeur.

— Ce sont eux, les désigna t-il, survolté. Ils m'ont menacé et obligé à révéler l'identité d'un de mes acheteurs. Je suis sûr que ce sont des espions !

— Non, mais qu'est-ce que c'est que ça ! s'indigna Garvin. Personne n'a le droit de nous accuser, surtout pas quelqu'un dans votre genre.

— Qu'est-ce que ça veut dire... fit le marchand, fou de rage, retenu par le bras du gardien, décidé à s'interposer et à garder l'ordre. On ne me parle pas comme ça !

— Silence, pas un mot de plus ! Cria Ciela.

Garvin et le marchand haussèrent le ton, se répondant l'un à l'autre, pendant que le gardien tentait de calmer la situation, et que l'attention publique se portait sur eux. Puis subitement, Ciela porta un violent coup de poing au visage du négociant, qui fut repoussé en arrière et tomba à la renverse sur le dos. Le gardien tira alors son épée.

— Ça suffit, arrêtez.

Ciela déplia la main et lui lança un éclair en pleine poitrine, le faisant chuter au sol : dès lors, ses collègues dégainèrent et s'élancèrent vers eux, les clients du marché faisant le choix de s'écarter ou de filer vers la sortie. Garvin, voyant venir à lui une rangée de bandits lourdement armés, fit un bond en avant.

— Arrière ! Dit-il en se penchant puis ouvrant les bras, une vague d'énergie éjectant plusieurs d'entre eux contre la paroi de gauche.

Ciela projeta plusieurs petites sphères bleues électrifiées sur les gardes du fond qui venaient vers eux en courant. Chaque impact les stoppa net dans leur progression, et ils s'effondrèrent les uns après les autres en se convulsant sous l'effet de la magie incapacitante de la jeune femme. À partir de là, les visiteurs du marché s'enfuirent en masse, imités par les vendeurs, qui prirent le temps d'emporter avec eux certaines de leurs affaires. Garvin envoya une deuxième vague sur ses derniers adversaires, complétée par quelques petits éclairs. Ciela en termina grâce à ses sphères, puis Garvin électrocuta le garde de la porte, venu en renfort. Les deux magiciens bloquèrent la route aux derniers clients, les maintenant à distance, puis ils reculèrent dans le tunnel, passèrent l'entrée, après quoi Ciela fit s'effondrer une partie du plafond de la galerie intermédiaire grâce à une boule d'énergie similaire à celle qu'elle venait d'utiliser pendant le combat.

— Voilà, maintenant, ils sont piégés. Cela nous laisse le temps de retourner à Bardinn informer les autorités, comme prévu.

Garvin, fier de ce qu'ils avaient accompli, acquiesça puis suivit la jeune femme au dehors. Le soleil brillait sur les carrières, entre deux nuages gris et blancs, lorsqu'ils sortirent de la galerie. Au loin, ils aperçurent les clients échappés du marché, désormais en fuite dans la campagne. Certains d'entre eux allaient certainement revenir en ville discrètement un peu plus tard, ainsi, les deux jeunes gens partirent vers Bardinn en marche rapide. Un quart d'heure plus tard, ils arrivèrent en vue des premières maisons, et filèrent sur la place centrale, à partir de laquelle ils se rendirent dans la partie nord-est de Bardinn. Après une série de maisons à colombages, rangées sur la gauche d'une large route, se trouvait le poste de police du secteur, un bâtiment plus petit que ceux qui l'encadraient, mais reconnaissable à son allure de manoir miniature, au toit d'ardoises, et dont la porte était surmontée d'une enseigne de bois, peinte d'un pavois gris. Ciela entra la première à l'intérieur, puis s'avança dans le corridor qui séparait plusieurs pièces jusqu'à arriver dans la grande salle du fond, où le capitaine, un homme de taille moyenne et d'environ quarante ans, discutait avec plusieurs agents en uniforme bleu sombre. La jeune femme blonde alla sans attendre se présenter, Garvin la suivant de près.

— Salutations, capitaine, dit-elle. Je suis Ciela, envoyée par le Conseil de Létare afin de récupérer les objets récemment volés à l'Académie.

— Ah, bien le bonjour, dit l'officier, en reposant un dossier sur le bureau à sa droite. Nous attendions un représentant, et je dois dire que nous sommes heureux de vous voir. Nous sommes à votre service et attendons vos instructions.

— Mon associé et moi-même venons vous informer que nous nous sommes déjà occupés du marché noir, reprit Ciela, étonnant le capitaine.

— Déjà ? Fit-il, ouvrant des yeux incrédules. Mais, si vous me permettez, comment vous yêtes vous pris ?

— Nous nous sommes infiltrés à l'intérieur en nous faisant passer pour des acheteurs potentiels, expliqua Garvin. Puis madame Ciela ici présente a fait s'effondrer le tunnel d'accès.

— Nous sommes désolés, il y en a que nous n'avons pas pu arrêter, s'excusa la jeune femme.

— Ne vous en faites pas, nous voulions surtout les organisateurs et le personnel, dit le capitaine. Vous avez déjà fait plus que votre devoir. Normalement, c'était à nous de nous en charger. Je dois dire que je suis stupéfait de la rapidité de votre action. Voilà presque un an que nous surveillons la vieille mine. De nombreuses personnes figurent sur notre liste, et votre arrivée va enfin nous permettre d'en finir avec ce lieu de trafic illégal.

— Plusieurs d'entre elles sont sur le retour, l'informa Ciela. Vos agents pourront les intercepter s'ils se déploient vite .

Le capitaine acquiesça et les laissa un moment seuls, le temps de donner les ordres à ses agents. Pendant cette petite minute, Ciela dit à Garvin qu'elle trouvait agréable le titre de « madame » employé par lui pour la désigner. À Létare, il n'était pas rare qu'on parle d'elle en ces termes, mais ici, loin de la capitale, elle était inconnue, et son attitude très solennelle donnait plus de crédibilité à leur visite au poste.

— C'est bien naturel, tu es une personne importante dans cette nation, lui fit remarquer Garvin, ce à quoi elle répondit positivement en inclinant la tête.

— Bien, dit le capitaine en revenant vers eux. Des guetteurs seront en place pour identifier les citoyens impliqués dans le marché. Vous dites que des gens sont prisonniers de la mine ?

— Oui, et ce sont ceux que vous recherchez, affirma Ciela. Les gardes sont en principe neutralisés à l'heure actuelle, et il faudra déblayer les gravats pour les atteindre.

— Dans ce cas, j'enverrai le reste de nos effectifs. Vous vous joignez à nous ? L'assistance de magiciens confirmés serait pour nous une garantie appréciable. Ciela et Garvin échangèrent un regard puis acceptèrent sa proposition. Afin de terminer au mieux cette journée de travail, ils leur parut évident qu'ils devaient être présents pour l'arrestation finale des brigands frontaliers. C'est donc avec une belle troupe d'agents qu'ils regagnèrent la carrière, et qu'ils utilisèrent leur pouvoirs pour déplacer la majeure partie des pierres qui obstruaient la deuxième galerie. Les personnes enfermées dans l'ancienne salle commune se précipitèrent au dehors avant de réaliser que la police leur faisait barrage. Les marchands et leurs clients furent ensuite conduits au dehors en formant deux rangées, puis les agents s'occupèrent des gardes, encore tous à terre, en ligotant leurs mains : quatre membres des forces de l'ordre resteraient sur place en attendant leur réveil, pour ensuite les conduire au poste. Les deux magiciens prirent part à l'escorte sur le chemin du retour, et veillèrent à ce que l'opération se déroule sans accroc. Ils attendirent au quartier général que les derniers brigands arrivent pour s'entretenir une dernière fois avec l'officier en chef.

— Madame l'associée du Conseil, monsieur Garvin, je vous remercie encore une fois. La quasi-totalité des objets provenant de l'Académie ont été saisis sur les lieux, et nous émettrons des avis pour ceux encore manquants. Cette arrestation est sans aucun doute l'un des faits d'armes de l'histoire de ce poste, et je m'assurerai que votre aide soit mentionnée comme il se doit auprès du Grand Mage.

— Un artefact important manque à l'appel, précisa Ciela. Il s'agit d'une pierre de code, mais nous savons où elle se trouve : tout à l'est, en possession de Lendra, la Grande Alchimiste.

— Oooh... fit l'officier, quelque peu dérouté. La récupérer sera plus dur : Lendra a beaucoup d'alliés là-bas. Depuis quelques années, cette partie du territoire échappe de plus en plus au contrôle de nos troupes, et certains considèrent à juste titre que les villes près des montagnes sont devenues une province indépendante. Je vous conseille d'être prudents et de jouer la carte de l'infiltration : jusqu'à présent, elle vous a plutôt bien réussi !

— Nous retenons votre mise en garde, lui dit-elle avec sérieux. Mais nous devons absolument récupérer cet objet : il en va des bonnes relations futures entre Létare et la Fédération des Mille Collines, représentées ici par monsieur Garvin.

— Dans ce cas, je vais vous indiquer la route à suivre, reprit le capitaine serviable. Vous n'aurez aucune difficulté particulière pour atteindre les montagnes, si ce n'est le relief lui-même. C'est ensuite que les choses se compliqueront, car personne ici ne sait exactement où vit Lendra. Ce sera à vous de le découvrir, en vous mêlant aux populations de l'est.

Ils passèrent la fin de l'après-midi au poste, autour du bureau de l'officier, lequel leur expliqua comment se rendre au plus vite dans la région la plus orientale du pays, leur montrant l'itinéraire d'une des rares diligences, qui devait traverser une grande forêt avant de parvenir à une ligne de villages près des hautes terres. Après avoir regardé un long moment la carte du capitaine, Garvin et Ciela se retirèrent, et sur un dernier conseil du chef de la police, ils se rendirent sur la place centrale de Bardinn, où ils purent trouver une auberge, en face de celle où ils avaient obtenu les renseignements concernant le marché clandestin. Le serveur, comme un certain nombre des clients du commerce souterrain, avait été arrêté provisoirement, et placé en détention à côté des gardes et marchands, dans des cellules désormais pleines. Les autres personnes qui n'avaient fait que se rendre au marché noir et y acheter des provisions faisaient à présent partie d'une liste de suspects assignés à rester en ville, en attendant de gérer les dossiers de l'affaire. La situation en voie de résolution, les deux jeunes gens purent s'endormir dans leurs chambres respectives, en pensant au deuxième voyage qui s'annonçait.

Trois jours semblaient nécessaires pour atteindre la ville de Losk, près des montagnes, où Lendra avait été vue pour la dernière fois, selon les renseignements officiels. Ils durent tout d'abord prendre une diligence qui coupait en diagonale dans le territoire, vers le nord-est, puis en prendre une deuxième, en direction de l'orient. Pour la dernière partie du périple, ils se retrouvèrent tous les deux seuls, assis côte à côte dans la calèche qui s'engageait dans les collines boisées, jusqu'à une vieille forêt célèbre de Létare, composée de frênes centenaires espacés, qui s'élevaient vers le ciel tout en laissant passer la lumière entre leurs troncs. Soudain, après plusieurs heures de route, le cocher ralentit l'allure, tirant sur les rênes en élevant la voix. Ciela et Garvin passèrent la tête par les fenêtres latérales, puis descendirent, constatant qu'un de ces immenses arbres barrait le chemin, rendant impossible la progression de l'imposante diligence. Le tronc et les branches sèches du frêne formaient une barrière entre les deux blocs forestiers situés de chaque côté de la voie, et le cocher ne pouvait faire passer le véhicule et son attelage de chevaux entre les troncs. Par sa disposition, et en raison de la végétation environnante, le frêne couché au sol allait être très difficile à évacuer, même grâce aux pouvoirs de deux jeunes magiciens, qui firent part de la situation au conducteur de la diligence.

— Ah, voilà qui n'est pas de chance, dit-il, calme mais quelque peu dépité. Par contre, j'ai une bonne nouvelle pour vous : nous ne sommes plus qu'à deux kilomètres de Losk. Vous devrez faire le reste du trajet à pied. Demandez-leur de m'envoyer des gens pour aider à débloquer le passage.

— Entendu, nous irons, répliqua Ciela, avant de partir avec Garvin, le jeune homme restant à sa gauche.

Tout en marchant dans la forêt éclairée par les rayons de soleil, qui projetaient au sol leur lumière dorée, ils purent admirer leur environnement et ressentir l'énergie des lieux, si loin de la capitale. Il leur parut alors qu'ils entraient dans un autre pays, si différent, paisible et magnifique, même si certains à l'ouest le jugeaient sauvage. — Dis-moi, est-ce que tu sais qui est cette Lendra ? Demanda Garvin, qui se posait de temps à autre cette question depuis leur départ de Bardinn.

— J'en ai entendu parler, répondit-elle. Elle aurait été étudiante à Létare il y a une vingtaine d'années. On me l'a décrite comme rebelle et naine, légèrement difforme, et on m'a dit qu'elle aurait été renvoyée, ce qui est très rare. Mais je crois qu'elle était simplement en désaccord avec la politique du Conseil. Je n'en sais pas beaucoup plus que ce que nous a dit le capitaine, mis à part qu'elle est l'ennemie du Grand Mage et de ses collaborateurs. Nous verrons bien ce qu'il en est aujourd'hui.

Quelques mètres plus loin, avant que la route ne tourne vers la droite, Ciela reprit. — J'ai entendu dire que des soldats de Létare auraient été fait prisonniers près de Losk il y a peu, dont un officier des archers-mages, qui n'ont été libérés qu'en échange d'une plus grande considération du Conseil envers la ville. Quoi qu'il en soit, nous devrons être prudents et faire semblant d'être tous deux des voyageurs étrangers. Je dirai que je viens des Mille Collines, ainsi, ils nous feront davantage confiance.

— D'accord, et je répondrai s'ils nous demandent des précisions sur la Fédération, s'engagea Garvin. Avec un peu de chance, la pierre n'est pas encore entre les mains de Lendra.

— Je l'espère aussi. On dit qu'elle faisait partie des éléments les plus prometteurs de Létare, autrefois, et elle doit avoir de puissants pouvoirs aujourd'hui. Être deux contre elle sera un vrai atout pour cette mission, si nous devons lui reprendre en personne. Heureusement, je ne me suis jamais rendue dans cette région et je ne suis pas célèbre à Létare comme tu peux l'être aux Mille Collines. Le commandant Gador m'a dit que c'est l'une des raisons majeures pour lesquelles j'ai été choisie pour cette mission.

Au bout du chemin, la vue se dégagea sur un champ vert en pente douce, qui marquait le début d'une plaine sur laquelle s'étalait une petite ville, encadrée par des sommets de collines arrondies à gauche ainsi qu'en arrière-plan, des sapins couvrant les hauteurs. Plus loin encore, au-delà, apparaissaient des cimes de montagnes encore distantes, seulement couvertes de quelques traces de neige en ce mois de début d'été. La belle communauté semblait être bien plus qu'un simple village, et s'annonçait comme étant Losk, l'un des plus importants regroupements de cette partie de Létare. Après un temps d'observation, les deux jeunes magiciens avancèrent sur l'herbe du champ jusqu'aux premières maisons, découvrant ainsi l'agencement de la ville, et sa petite place centrale, où un jeune homme brun et robuste, vêtu d'une veste beige et d'un pantalon terreux, à peu près de leur âge, les regardait arriver, appuyé sur le manche de sa bêche retournée. Derrière s'élevait la grande salle commune, un bâtiment de près de dix mètres de haut, au toit très incliné, qui leur masquait une bonne partie du paysage. Garvin fit un signe de tête à Ciela lorsque cette dernière semblait lui indiquer qu'il fallait aller interpeler le citoyen debout droit devant eux.

— Des voyageurs, ce n'est pas très courant, dit-il, agréablement surpris de leur visite. J'espère que vous êtes des amis…

— Ne craignez rien, nous ne sommes pas de Létare, ni du Conseil ! Plaisanta Garvin avec son petit sourire.

— Je le souhaite pour nous tous, reprit le paysan. Qu'est-ce qui vous amène à Losk ?

— En réalité, nous avons voyagé jusqu'à vous pour une raison précise, répondit directement Ciela. Nous sommes des amis de Lendra, et nous venons ici pour lui rendre visite. Nous avons entendu dire qu'elle habiterait non loin de là.

— Je ne vous ai pourtant jamais aperçu dans les environs, releva t-il, étonné.
— C'est parce que nous nous sommes rencontrés aux Mille Collines, expliqua Garvin. Cela fait des années que nous ne l'avons pas vue. Et nous ne sommes jamais venus à Létare auparavant, c'est la première fois.

— Ah, des étrangers ! Fit le jeune homme avec intérêt, ainsi qu'un certain soulagement, voyant qu'il pouvait leur faire confiance. Visiblement, vous ne savez pas où vous diriger. Lendra vit au nord-est, dans une caverne aménagée. Elle est très populaire ici, c'est un peu notre Grande Mage à nous. Elle est toujours à nous rendre service, lorsque nous avons besoin de ses talents uniques, même si nous la voyons que trop rarement.

— Oui, c'est une personne exceptionnelle, et nous connaissons ses pouvoirs impressionnants, dit Ciela, évasive mais convaincante par le ton de sa voix.

— C'est certain, approuva le jeune homme. Vous la trouverez après la forêt de sapins, par là.

Sans lâcher sa bêche, il pivota à moitié et leur indiqua de son index la colline en arrière-plan, partiellement dissimulée par la salle commune, mais dont on distinguait le côté droit.

Ciela et Garvin le remercièrent et le laissèrent à son travail, qu'il était sur le point de reprendre au moment de leur arrivée. La jeune femme blonde confia à son ami qu'elle estimait que la pierre ne pouvait logiquement se trouver qu'en un seul lieu désormais : l'antre de la Grande Alchimiste. Poser des questions sur les objets récemment acquis par cette dernière attirerait vite les soupçons en ville, ce pourquoi Garvin approuva entièrement l'initiative de Ciela. Les deux jeunes gens prirent alors une demi-heure pour se ravitailler dans Losk puis entreprirent de suivre la piste des hauteurs et de la forêt de conifères qui se dessinait en surplomb de la ville. Ils s'engagèrent au milieu des sapins, suivant un vague sentier à défaut d'une vraie route, car aucune n'existait dans les parties les plus difficiles du relief oriental. Les seules voies d'importance reliaient les villages entre eux, mais ne s'aventuraient que rarement vers l'intérieur de la chaîne de montagnes, considérée comme la frontière géographique ultime du pays. Après un virage sur la droite, qui les amenait droit sur les monts, ils durent bien vite poursuivre par eux-mêmes, sans indications, dans un environnement de plus en plus obscur. Le soleil déclinait en cette fin de journée, dans leur dos désormais, laissant le chemin de l'est se couvrir d'ombres, d'autant plus que ses rayons devaient traverser un voile nuageux qui couvrait le ciel à l'ouest. L'odeur puissante des pins conjuguée à l'atmosphère chaude du sous-bois changeait radicalement des conditions rencontrées lors de la traversée de la précédente forêt, si lumineuse, et qui semblait désormais si éloignée. Les arbres anciens dressés autour d'eux, bien que relativement espacés les uns des autres, formaient un ensemble dense, pendant que l'inclinaison du terrain ne laissait pour l'instant entrevoir aucune sortie imminente. Après un replat, la lumière revint quelque peu, et après une trentaine de mètres de plus, ils émergèrent de la forêt.

Une falaise raide grimpait à la verticale jusqu'à un balcon rocheux recouvert de quelques petits sapins, bien au-dessus de la bande de terrain dégagée, allongée à son pied. Les jeunes magiciens repérèrent une entrée de grotte droit devant eux, en contrebas, après une légère descente, ainsi que le bruit de l'écoulement de l'eau, tout à gauche, même s'ils n'apercevaient pour l'instant qu'un vieil escalier de pierre un peu incurvé, qui montait jusqu'à une façade de roche retaillée, en avant de la falaise.

— Prends les escaliers, je vais par là, dit Ciela à voix basse, en désignant la caverne.

— Très bien, à tout à l'heure, peut-être... approuva Garvin sur le même ton, tandis qu'ils se séparaient.

Ciela, les jambes légèrement pliées, descendit la pente qui menait à la grotte, puis disparut dans l'ouverture béante que seule une lumière atténuée par le soir et la forêt en arrière-plan arrivait à éclairer. Une fois à l'entrée, elle fit apparaître une petite sphère lumineuse dans sa main droite qui lui révéla un tunnel droit devant, lequel s'en allait en montant progressivement vers la gauche. Dehors, Garvin commençait à monter les marches usées, aux arêtes courbes, qui présentaient de multiples lézardes, au fil de l'ascension. Tout en portant une grande attention à ses pas, Garvin levait de temps à autre le regard : un palier l'attendait plus haut, et il ne lui resterait plus qu'à aller sur la droite pour atteindre une porte noire insérée dans la façade de roche. Le bruit de l'eau se faisait de plus en plus perceptible, tandis que la vue se dégageait à gauche, Garvin parvenant au niveau du sommet des pins. Quelques marches de plus et il put observer la continuité des cimes, sur des kilomètres, en parallèle de ce qui semblait être une interminable falaise, à droite. En arrivant au palier, Garvin distingua une cascade qui tombait du rebord de pierre pour arriver en pas de la muraille naturelle, pour y former un cours d'eau qui s'en allait vers la forêt. Droit devant, la falaise s'avançait en s'incurvant, arrivant presque à la hauteur du bloc qui comprenait la porte noire, à laquelle s'intéressa alors Garvin. Il fit quelques pas et tourna la poignée de bois ronde, puis poussa lentement, décidé à s'introduire discrètement dans ce qui semblait être la demeure de Lendra. Tout en ouvrant la porte, il repensa au plan et à la magicienne naine qu'il était susceptible de rencontrer, s'avertissant lui-même de ne pas négliger cet adversaire dont il ignorait au final pratiquement tout.

À sa grande surprise, lorsque la porte pivota sans un bruit, il vit apparaître devant lui un morceau d'intérieur orangé, un plafond coloré et des plantes grimpantes de part et d'autre. Il put observer les lieux depuis le point de vue surélevé où il se trouvait, celui d'un balcon dont le rebord de bois verni et brillant se situait à quelques mètres devant lui. Ébahi, il voulut prendre le temps d'agir prudemment, d'abord en refermant derrière lui avec précaution, puis en s'avançant accroupi vers la rambarde du balcon. En contrebas, un sol de pierre gris marqué de lignes courbes faisait office de plancher à une pièce allongée, rectangulaire, à partir de laquelle s'étendait toute la base, avec au moins deux portes latérales et une autre pièce au loin, ainsi qu'un deuxième balcon, en face de celui sur lequel il se tenait. Il repéra deux escaliers parallèles en colimaçon qui descendaient dans la grande salle, alors il se dirigea vers la droite du balcon, et s'engagea dans les marches en essayant de faire le moins de bruit possible. Une chaleur inattendue régnait dans l'air, la température interne dépassant aisément celle du dehors. Pour le moment, son intrusion passait inaperçue, et il comptait bien continuer ainsi, trouver au plus vite l'endroit où la pierre pouvait reposer, et s'enfuir avec. Ciela pouvait également arriver par un autre chemin, par exemple via cette porte ouverte à droite.

Mais alors qu'il faisait ses premiers déplacements sur le sol, des bruits de pas parvinrent de plus loin, droit devant lui. Cherchant autour de lui un lieu où se cacher si besoin, il laissa passer deux secondes, le temps nécessaire à la personne qui venait vers lui de prendre place dans son champ de vision. Garvin cligna des yeux, plus qu'étonné de voir en face de lui, à quelques mètres seulement, une gigantesque femme aux longs cheveux noirs, au teint clair, et dont la carrure exceptionnelle le laissa sans voix plusieurs instants. Dans sa démarche mesurée et autoritaire, elle affichait une confiance à toute épreuve, à la manière de Ciela, mais avec un physique extrêmement massif, que le jeune homme n'avait jamais vu chez quiconque : ses bottes sombres et son pantalon court laissaient voir des jambes sculptées, aux formes fabuleuses, tandis que sa tunique noire suivait les courbes de son torse. On devinait une taille relativement épaisse, puis le profil d'une cage thoracique d'une ampleur jusqu'alors inconnue, à l'image de son buste, qui la surplombait. Ses épaules incroyablement larges se mouvaient avec une grâce insolite, de même que ses bras aux muscles bombés. Grande d'un peu plus d'un mètre quatre-vingt, elle dégageait une immense puissance, et Garvin se sentit soudainement petit lorsqu'elle se rapprocha suffisamment de lui. Il put distinguer les traits doux de son visage fin et élégant, ses yeux noirs, qui lui donnaient l'air d'une femme d'environ vingt-cinq ans, une femme de son âge.

— Bonjour, dit-elle d'une voix chaude de séductrice, en s'immobilisant devant lui. Je n'attendais personne aujourd'hui. Mais ce n'est pas grave... Bienvenue, jeune homme.
— Qui êtes vous ? Demanda Garvin, les sourcils froncés, autant méfiant que plongé dans une complète incertitude.
— Je suis la Grande Alchimiste, mais pour vous, ce sera seulement Lendra, répondit-elle sur le même ton qu'auparavant.
— Comment, mais, c'est vous Lendra ? Fit Garvin, qui ne savait que penser.
— Bel et bien moi, confirma t-elle. D'où venez vous, jeune homme ?
— De... des Milles Collines, pour vous rencontrer, reprit Garvin, au départ un peu hésitant. — Un magnifique pays, que je connais un peu. Vous pouvez peut-être rester ici et m'en apprendre plus ?
Elle parlait avec une lueur dans les yeux et un sourire charmeur qui commençait à troubler son hôte.
— Mais je ne comprends, pas, on m'a décrit une personne... différente de vous, reprit Garvin.
— Vous devez venir de très loin. Il y a bien des années maintenant, j'ai utilisé une magie très spéciale, et mon apparence s'est entièrement modifiée. Je vous en dirai plus tout à l'heure. Autrefois, j'étais si laide, et aujourd'hui... Les gens disent par centaines que je suis la plus belle femme qu'ils aient jamais vu. Les garçons n'ont généralement que deux réactions : soit ils sont sages et n'osent pas me regarder, de peur que ma beauté les ensorcelle, et ceux qui sont moins sages ne peuvent plus s'empêcher de m'admirer. Et vous, cela vous tenterait de rester auprès de moi ?
— Je regrette, mais j'ai déjà... une amie dont je suis très proche... répondit Garvin, baissant le regard.
— Ah, ce n'est pas grave, dit Lendra avec un sourire. Elle est très belle, j'imagine ? Et le fait que vous refusiez prouve que votre amour est authentique. Jeune homme, faites-en votre reine, et n'oubliez jamais de la vénérer.
Garvin, ému par ce qu'elle venait de lui dire, se promit avec force, encore une fois, d'accomplir ce rêve qu'il faisait depuis sept ans. Alors qu'un silence venait de débuter,

d'autres bruits de pas se firent entendre, sur la droite. Le temps que Garvin et Lendra tournent la tête, Ciela se présenta dans l'ouverture de la porte latérale, affichant un air suspicieux, ainsi qu'une certaine inquiétude dans sa voix, à la vue de cette femme au physique de guerrière suprême.

— Qui êtes vous ?

— Ciela, voici celle que nous cherchions : Lendra la Grande Alchimiste. Lendra, voici mon amie, Ciela.

— C'est elle ? Fit Ciela, aussi étonnée que lui au moment où il l'avait appris.

— Oui, répondit Lendra avec simplicité. Je suis heureuse de recevoir des invités, même imprévus. Peu de gens viennent me rendre visite, alors soyez les bienvenus. Venez, suivez-moi.

La grande dame leur fit signe d'avancer vers le fond de la pièce ; après un rapide regard l'un envers l'autre, Garvin et Ciela la suivirent. La jeune magicienne comprit que son camarade avait pu convaincre Lendra qu'ils étaient des alliés étrangers.

— Vous êtes des Milles Collines également ?

— Oui, affirma Ciela, tandis que Garvin admirait en marchant les pots de terre dans lesquels poussaient les plantes exotiques de la base, qui s'élevaient jusqu'au plafond légèrement voûté, avec leurs larges feuilles d'un vert sombre, certaines couvertes de rainures. De Gernevan, pour être précis. Mon ami et moi-même sommes ici pour faire un rapport sur Létare, et aussi pour acquérir divers objets magiques. On nous a dit que de tels objets seraient entrés en votre possession il y a peu. Et plus particulièrement une pierre gravée Létarienne.

Ils s'arrêtèrent devant un deuxième encadrement de porte, qui ouvrait sur une pièce comprenant un laboratoire : les deux jeunes magiciens et Lendra se retrouvèrent juste en contrebas du balcon aperçu par Garvin lors de son entrée dans l'installation. Une table ronde, à proximité sur leur droite, près d'un mur, semblait être l'endroit idéal pour converser, sous l'éclairage artificiel produit par le plafond coloré. Lendra leur fit signe de prendre place, puis elle s'assit en face d'eux.

— J'ai l'objet que vous recherchez, leur confirma t-elle, avec cette fois-ci une voix plus ferme. Mais je ne sais pas encore si je vais vous la céder. Dites-moi pourquoi je devrais le faire.

— Nous sommes en mission pour la Compagnie des Masques, dit Garvin. Avec cette pierre, nous pourrons déchiffrer un message trouvé dans un vieil avant-poste de Létare, grâce ensuite auquel la Compagnie sera à même de mettre au point une série de portails de téléportation dans toute la Fédération des Mille Collines.

Voyant que son explication éclairée obtenait une attention particulière de la part de la Grande Alchimiste, Garvin se sentit inspiré.

— Ces portails changeront la vie de milliers de personnes. Ils permettront aussi de transporter instantanément nos troupes dans les différentes parties du territoire afin de faire face à toute invasion possible.

— Dans ce cas, cela change tout, dit Lendra, concernée par ces enjeux. J'irai vous chercher la pierre.

Souriants, Garvin et Ciela se regardèrent un court instant.

— Merci, Grande Alchimiste, dit le jeune homme. Les Mille Collines vous remercieront cent fois !

Se levant, Lendra insista pour qu'ils demeurent dans son repaire, décidée à leur en dire davantage. Ciela approuva, pensant qu'il s'agissait là de la manière la plus simple de récupérer à terme la pierre de code, d'autant plus qu'elle s'intéressait à cette personne hors du commun, qui faisait preuve d'une grande sympathie envers eux. La jeune magicienne, intriguée, lui demanda ce qu'il s'était passé il y a des décennies, lorsqu'elle était encore à Létare en tant qu'espoir de la nation. Lendra expliqua ses désaccords permanents avec la direction de la cité, son aspiration à utiliser la magie pour le bien et la santé du plus grand nombre, jusqu'à sa décision définitive de quitter l'Académie, où elle aurait pu enseigner, mais pas sans renoncer à son ambition altruiste. Elle leur parla ensuite d'une voix forte et fière de ce qu'elle avait pu accomplir au cours des deux dernières décennies.

— Après mon départ, j'ai passé près de quinze ans à voyager. Je me suis rendue en Urgandarr, où une gentille sorcière des marais m'a appris à faire quelques unes des meilleures potions qui soient. J'ai visité les Mille Collines et rencontré des gens de la Compagnie des Masques. J'ai entendu parler d'Envar : c'est la première personne à m'avoir inspiré autant de respect. À partir de là, je me suis aventurée dans des pays qui ne figurent sur aucune carte. Loin à l'ouest, j'ai découvert des magiciens capables de changer leur corps grâce à leurs pouvoirs. C'est là que j'ai compris que je pouvais le faire moi aussi, et que tout a changé. Je suis revenue avec mon nouveau physique, puis j'ai voyagé jusqu'au Talémar, à l'ouest du pays, où j'ai défié et vaincu une cheffe de clan en duel. Nous sommes devenues amies, et je suis retournée à Létare, pour m'installer à l'endroit où nous nous trouvons actuellement. D'ici, j'ai mené des opérations, je me tiens informée grâce aux gens des villes les plus proches, et je leur fabrique des potions de soins et de beauté. J'ai fait d'autres voyages en Urgandarr, d'où j'ai ramené les plantes que vous voyez ici. J'y ai des amis, comme au Talémar : j'ai tout prévu pour le jour où je serai grande. Qui aurait cru qu'une naine parviendrait à faire tout ça ? Mais je sais que cela ne fait que commencer. Chaque jour, je me prépare pour un avenir dans lequel je pourrai jouer un rôle plus grand, un futur où je pourrai apporter le bien dans toute cette partie du monde, et aider des milliers de personnes à vivre toujours mieux. Je me considère comme une justicière.

Fascinés par son histoire et son caractère unique, Garvin et Ciela se sentaient submergés par la force humaniste de Lendra, qui leur confia encore des informations sur les terres situées à l'ouest de Létare.

— Tout le monde croit que le Grand Mage de Létare est le plus vieux magicien de l'ouest. Moi, je connais une sorcière en Urgandarr qui a plus de quatre cents ans. Je ne suis pas retournée en Urgandarr depuis sept ans, car je me suis surtout occupée de mes potions, d'aider les gens de la région. Mais je sais qu'il y a eu un conflit là bas, avec des clans du Talémar. Et vous êtes bien originaires de Gernevan, tous les deux ?

— Moi, je viens de Felden, précisa Garvin, apportant une touche de sincérité dans sa mission.

— Je n'y suis jamais allé, confia Lendra. Il y a beaucoup d'endroits qu'il me reste à découvrir. Je n'ai que très peu visité le Talémar. Et je ne connais pas l'est des montagnes. C'est un territoire dangereux, dans lequel mes amis Talémarins m'ont déconseillé de me rendre. J'ai écouté les rapports de quelques aventuriers qui ont franchi les montagnes. On parle de pays plongés dans l'obscurité, d'armées sorties de terre, de magiciens obscurs... La plupart de ceux qui y sont allés n'en sont jamais revenu, et ceux qui ont pu en revenir n'ont presque rien vu. Mais une chose est sûre : une menace existe, loin à l'est, dans ces pays inconnus, recouverts par la nuit. Et c'est là que je devrai me rendre lors de mon prochain voyage.

Cette révélation fit son effet sur les deux jeunes invités de Lendra, préoccupés par ce qu'ils venaient d'apprendre. Ciela avait parfois entendu parler des collègues à propos des pays orientaux, mais sans véritable information valable. Les paroles de la Grande Alchimiste lui confirmèrent une fois de plus que les dirigeants de Létare, isolés du reste du monde, ne s'intéressaient que très peu à ce qui se produisait en dehors de leurs frontières, excepté peut-être en cas d'invasion imminente.

— Comme vous êtes des amis d'Envar et des Masques, que j'ai en très haute estime, je suis fière de vous apporter mon aide, déclara Lendra, à la posture digne. Je sais que cette innovation des portails de transport bénéficiera au peuple des Mille Collines, et pas à un groupe de privilégiés que je combats depuis tant d'années. Je dois vous dire une chose : j'ai mis au point des fioles alchimiques explosives suffisamment puissantes pour vaincre une armée entière, si jamais le Grand Conseil envoyait des troupes jusqu'ici pour m'arrêter. Mais maintenant, laissez moi quelques minutes : je vais vous apporter la pierre de Létare.

Elle se leva de la table et monta l'escalier en colimaçon qui grimpait jusqu'au proche balcon. Une fois sortie de leur ligne de mire, Ciela se pencha vers Garvin et lui parla à voix basse. — La Grande Alchimiste n'est pas comme on me l'a décrite, elle est une bonne personne, juste, dit-elle. Je crois que nous devrions mentir au Conseil, leur dire que nous avons repris la pierre en chemin.

Garvin approuva d'un signe de tête, encore un peu dépassé par cette situation inattendue, tout comme son amie. Lendra redescendit bientôt, tenant un coffret de bois sombre dans sa puissante et féminine main droite, pour venir le déposer en face d'eux.

— La voici, dit Lendra en ouvrant le coffret, qui contenait un cube gravé de lettres bleutées disposées en colonnes.

Ciela tira vers elle l'ensemble, l'observa un instant pour s'assurer de son authenticité, puis acquiesça, trop heureuse de recevoir l'objet de leur quête sans avoir eu à combattre une femme aussi valeureuse. Après plusieurs minutes de discussion, la jeune magicienne leur fit comprendre qu'il était temps de regagner leur pays, suite à quoi Lendra les raccompagna jusqu'au pied de l'escalier qui donnait sur la sortie en hauteur, sur le devant de la falaise. Dans la bonne humeur et sur le point de se quitter, la gigantesque alchimiste au sourire éclatant tint à les remercier de leur visite.

— Vous faites désormais partie de mes amis. Si un jour vous avez besoin de mon aide, n'hésitez pas à venir me trouver. Faites bonne route jusqu'aux Mille Collines.

Ciela se courba respectueusement, tout en serrant le coffret refermé contre elle, puis Lendra adressa un clin d'oeil à Garvin, une dernière fois troublé par sa présence, mais attaché plus que jamais à son amie, en compagnie de laquelle il monta jusqu'au balcon et la porte noire. La franchissant sans se retourner, ils prirent ensuite le large d'un pas pressé, se félicitant chacun de leur côté d'avoir pu réaliser leur objectif d'une façon si improbable. Avant de s'engager dans la forêt, ils se serrèrent la main, se souriant dans un moment qui leur parut invraisemblable, puis se dirigèrent vers Losk, à partir d'où ils allaient tenter de rallier Létare au plus vite.

Chapitre 5 : Le péril oriental

Une jeune femme avançait dans un souterrain obscur où les traits des passants ne pouvaient pas être distingués d'une manière précise. Elle marchait avec détermination en direction d'une porte de pierre rectangulaire, au-dessus de laquelle une sphère faiblement lumineuse révélait les environs immédiats. Deux femmes grandes et robustes gardaient l'entrée d'un tunnel, tenant dans leurs mains des lances aux fers étirés, qui ressemblaient à des feuilles découpées. La jeune dame, habillée avec des vêtements moulants à l'aspect proche du cuir, passa les gardiennes, un peu plus grandes qu'elle, puis s'engagea dans le tunnel. Les murs, le sol et le plafond s'étendaient en formant des angles droits, et la galerie rectiligne, composée d'une roche polie, s'enfonçait dans l'obscurité. Des demi-sphères ovales au plafond dégageaient une lumière bleue et diffuse, trois mètres au dessus du sol, pour proposer un relais d'espaces éclairés, cinq au total, le long des vingt mètres du tunnel. En passant sous elles, le visage pâle de la jeune femme devenait parfaitement visible : la lueur bleutée révélait alors ses cheveux noirs, fins et lisses, de même que ses yeux bleus et son regard sombre, sa démarche assurée, ainsi que sa silhouette plutôt étroite, avec de belles épaules, droites et larges.

Deux autres gardes encadraient la prochaine porte, des sentinelles de pierre noire, hauts de deux mètres cinquante, de petits colosses équipés d'hallebardes sombres, à peine visibles dans les recoins de la galerie. Immobiles, ils laissèrent passer la jeune femme conquérante dans la grande salle à l'arrière. Là, une seule sphère bleue, plus puissante que les autres, suffisait à en éclairer le fond, droit dans l'axe de l'ouverture, au-dessus d'un trône en pierre sombre aux rayures turquoises, les mêmes couleurs que le lourd manteau que portait l'individu qui s'y tenait assis. Grand, avec son visage au relief marqué, mais aux traits lisses et grisâtres d'un homme de quarante ans rajeuni par la magie, en vérité bien plus âgé, il portait un bandeau élargi à l'avant qui semblait fait de basalte, une matière assortie à la teinte de ses cheveux. D'autres personnes, debout à droite, restaient à moitié cachées dans l'ombre, à la limite des rayons qui émanaient de la sphère du trône, et de celle suspendue à un mètre au-dessus d'une porte, située tout à droite de la pièce. La jeune femme aux yeux bleus intenses se présenta à une certaine distance du siège de pierre, et s'arrêta, les bras le long de son corps élancé.

— Elesra Blackheart, vainqueure de la Guerre des Factions, je vous reçois aujourd'hui, dit l'individu assis en face d'elle, d'une voix grave et sérieuse. Vos exploits sont parvenus jusqu'ici. Vous êtes d'entre toutes et tous les vassaux de ma couronne celle qui mérite le plus de devenir notre Championne, dans le conflit qui nous opposera bientôt aux peuples de l'Ouest.

— Grand roi Rodish des Vesnaer, je suis à votre service, répondit Elesra, droite et digne, d'une voix également puissante. Je suis honorée de la confiance placée en moi. Mes gens préparent dès à présent l'invasion de l'Ouest, et nous voulions d'abord être reçus par votre Couronne avant de décider de l'action.

— Je vous confie les pleins pouvoirs, dit le roi, qui n'effectuait pas le moindre mouvement depuis le début de leur conversation. Je sais votre clan suffisamement puissant pour triompher seul, mais en vertu de cette confiance envers vous, je vous offre le soutien de mon Héraut.

Son bras gauche se tendit vers la droite de la pièce, puis un jeune homme aux caractéristiques physiques proches des leurs, bien que davantage massif, et au visage pâle comme Elesra, sortit de la pénombre pour s'approcher silencieusement dans la lumière aux reflets bleutés. Il portait une armure légère sur lui, dont les manches courtes laissaient voir des bras épais et lisses à la fois.

— Il me représentera, en tant que mon guerrier le plus puissant, poursuivit le roi. Il restera à votre disposition, avec sa compagnie d'élite, en attendant que son aide soit requise. Elesra Blackheart, préparez l'assaut contre l'Ouest. Il est temps que les Vesnaer repoussent leurs frontières, pour s'en aller conquérir le monde. C'est notre avenir.

— Je serai celle qui le réalisera, annonça Elesra avec certitude. Dans peu de temps, nous marcherons sur nos adversaires. Grand roi Rodish, je retourne auprès de mes gens. Honneur et gloire aux Vesnaer.

— Je vous salue, Elesra Blackheart, et je sais que vous serez victorieuse, lui assura le monarque sombre.

S'inclinant mécaniquement d'un rapide et léger hochement de tête vers l'avant, la jeune femme se retourna et sortit de la salle du trône d'une démarche plus certaine encore qu'à son arrivée, prête à accomplir le plus grand projet de son peuple.

***

Quatre jours après leur sortie de l'antre de Lendra, en fin de matinée, Ciela et Garvin firent leur retour à Létare, dans le bureau du commandant Gador. Fou de joie en apprenant ce deuxième succès, après celui du marché noir, dont la nouvelle avait déjà atteint la capitale, le maître magicien souriait tout en observant la pierre qu'il tenait dans sa main gauche.

— Formidable, je m'y mets de suite ! s'exclama t-il en venant s'asseoir dans son fauteuil. Vous aurez la traduction d'ici une petite heure. Faites donc une promenade en attendant, il fait beau aujourd'hui.

Sur son conseil, les deux jeunes gens quittèrent momentanément la pièce. Ciela entraîna son ami vers les échoppes de la basse ville, car elle voulait lui montrer en détail quels articles de choix un Létarien pouvait rêver de détenir. Pendant la visite d'un atelier qui fournissait les archers-mages de la cité en flèches enchantées et en arcs spéciaux de précision, aux courbes et à l'éclat marron magnifiques, ils purent admirer le travail de jeunes ébénistes de grand talent, dans l'arrière boutique, invisibles depuis la rue, même au travers de la vitrine qui permettait de jeter un regard curieux dans le bâtiment. Ciela savait se servir des arcs magiques, même si elle avouait que ce n'était pas sa spécialité, et qu'elle ne se sentait pas réellement douée dans ce domaine. Elle préférait utiliser ses puissants sorts, et comptait sur une épée de cristal tout à fait particulière, fabriquée il y a peu à Létare pour le combat rapproché, un point que Garvin appréciait. Suite à cette découverte, ils regagnèrent ensemble l'Académie, après deux heures passées loin de Gador, qui devait avoir terminé son travail.

En haut de l'escalier de droite, ils retrouvèrent le magicien barbu qui faisait des aller retours devant son bureau, l'air préoccupé, une feuille à la main, comme impatient.

— Ah ! Fit-il précipitamment, en les voyant revenir. Je dois absolument vous prévenir.
— Qu'y a t-il ? Demanda Ciela d'une voix douce et inquiète à la fois, troublée de l'attitude inhabituelle de son ami. Avez-vous pu traduire le message ?
— Oui, c'est de cela qu'il est question justement, insista Gador. Le document que j'estimais être le plus important de l'avant-poste perdu a révélé une information de la plus haute importance. C'est même plus que cela. Il fait état d'une menace, d'un péril à l'est, dont l'avant-poste était sur le point de nous prévenir, il y a déjà vingt ans.
— Comment, que dit le message ? s'empressa de demander Ciela, désireuse d'en connaître les détails.
— Nous savions qu'il existe un peuple, au-delà des montagnes de l'est. Celui-ci se nomme les Vesnaer, comme le confirme le code. À l'époque de l'avant-poste, ces derniers étaient plongés dans une guerre interne, entre plusieurs clans. Le message ne donne pas de précisions, mais lance clairement un avertissement : « **Tant que cette guerre durera, les nations de l'Ouest ne craindront aucun danger. Mais dès lors qu'un vainqueur en sortira, le monde devra se tenir prêt à se battre** ». Je pense qu'il est de notre devoir d'en découvrir plus. Personne ne sait combien de temps il reste avant que ces Vesnaer nous attaquent. Le danger à l'est est connu depuis des décennies, mais il semble que les mages de l'avant-poste en aient appris plus que quiconque.

— C'est très inquiétant, commenta Garvin, qui reçut l'approbation de Gador.

— Oui, c'est pour cette raison que le Conseil va tenir une réunion exceptionnelle, dans quelques minutes. Ses membres n'attendent plus que nous.

— Alors vas-y, dit le jeune homme à Ciela.

— Vous pouvez venir vous aussi, l'informa Gador. Cette nouvelle nous concerne tous, et il est préférable qu'un représentant des Mille Collines aussi important que vous assiste également à la réunion.

Touché par le compliment, Garvin se courba légèrement et suivit Gador vers la droite de la pièce, puis en direction d'un corridor, se tenant un peu en retrait par rapport à Ciela, qui marchait à sa gauche. En arrivant à un large escalier de pierre, ils tournèrent à droite pour parvenir dans les niveaux supérieurs de l'Académie. Une grande porte de bois en face, formait une arche à l'extrémité pointue, et semblait donner sur une salle primordiale de l'édifice, et même de Létare tout entière, et c'était vers elle que Gador les entraînait, Ciela avançant sans hésitation. Garvin devina que le fameux Conseil se tenait de l'autre côté, et il en eut la confirmation lorsque le magicien ouvrit l'importante porte en poussant de ses deux mains, pour révéler une vaste pièce occupée par une table semi-circulaire derrière laquelle étaient assis des hommes et des femmes aux vestes élégantes, de chaque côté d'un grand siège pour l'instant encore vide. Un deuxième siège sans occupant, celui de Gador, se trouvait à l'avant dernière place, tout à droite. La grande table, montée sur une haute estrade, permettait aux membres du Conseil de se tenir en surplomb. Après un rapide regard, Garvin constata la justesse de ce que Ciela lui avait dit : seuls deux des dirigeants assis en face de lui affichaient l'illusion d'une certaine jeunesse, tout du moins de la quarantaine, à l'image de Gador, et les deux personnes qui encadraient le grand siège vide paraissaient être les plus âgés. Le jeune magicien devina qu'il devait s'agir des collaborateurs proches du Grand Mage, que tous attendaient.

Gador s'avança jusqu'à se tenir à quatre mètres environ de la table, tandis que les deux jeunes restaient un peu en retrait. Quelques secondes silencieuses passèrent, puis une porte au fond de la salle s'ouvrit, laissant apparaître un homme âgé, recouvert d'une cape rouge à col jaune, et qui portait une couronne aux couleurs assorties, en or, sertie de rubis. Il se dirigea vers son siège personnel et s'assit, puis regarda Gador.

— Nous sommes réunis, la séance peut commencer, déclara t-il, selon le protocole, d'un ton plutôt conventionnel et froid. Commandant, nous vous remercions de votre action et de la rapidité avec laquelle vous avez prévenu le Conseil. Celui-ci est prêt à vous faire connaître, ainsi qu'à madame Ciela et notre allié étranger, la décision que nous avons prise, et à laquelle, commandant, vous avez adhéré. Le message traduit par vos soins est à présent notre priorité. Sans oublier notre frontière Nord, il nous est indispensable de surveiller l'Est et d'obtenir des renseignements. Je vous informe que nous attendons depuis deux semaines le rapport de l'Observateur du sud-est, qui comme vous le savez, est tenu de nous contacter tous les six mois. Pour la première fois, il est en retard : Létare a besoin de s'informer de ce qu'il se passe là-bas, en bordure de la Plaine des Cendres. Peut-être que ceci est en lien avec le péril oriental dont parle le document. La prudence et la discrétion seront les qualités requises de la part de l'expédition qui va y être envoyée. Le commandant Gador ici présent a suggéré que madame Ciela fasse partie de cette expédition, au vu de ses récents résultats, jugés plus que satisfaisants.

La jeune femme blonde abaissa sensiblement la tête, reconnaissante de cette marque de confiance du Conseil, si rare, qui la rendait si fière de son travail.

— Les membres, à la quasi unanimité, ont accepté cette proposition, de même que le concours de notre allié de la Fédération. Un navire de guerre national vous attend au port de Létare : la plus grande rapidité est exigée dans le cadre de cette mission. Des militaires officiels superviseront le déroulement et la direction du voyage. Il doit être précisé que les contacts avec les habitants du fleuve devront être évités le plus possible, surtout avec la province soutenue par les Mille Collines, Elarro, à l'ouest de l'Olono. Vous avez ordre de ne pas vous arrêter dans l'une de leurs villes, sauf cas exceptionnel, pour mesure de sécurité diplomatique. Nous ne devons prendre aucun risque d'incident, mais vous êtes autorisés à vous ravitailler dans les villes neutres, notamment celles de l'Est. Les consignes données, cette réunion prend fin.

Quelques minutes seulement après son arrivée, le Grand Mage à l'attitude distante se leva et repartit vers la porte du fond, tandis que les membres semblaient sur le point de quitter à leur tour la table. Garvin, très surpris, se tourna vers la gauche, où Ciela se tenait, pendant que le bruit des chaises bougées par le mouvement des conseillers masquait celui de sa voix.

— Tout s'est passé très vite, dit-il d'un ton faible, pour garder leur conversation confidentielle.

— C'est bien souvent comme ça. Le Grand Mage ne s'attarde presque jamais dans ses réunions.

Gador s'avança pour échanger quelques mots avec certains de ses collègues, puis revint vers les deux jeunes, qu'il invita à quitter la pièce. Ils se retrouvèrent bientôt en face du large escalier, la porte demeurant ouverte presque en continu pour laisser passer les membres du Conseil, en pleine dispersion de part et d'autres de l'Académie.

— Voilà, les instructions vous ont été communiquées, résuma Gador. Un long voyage vous attend maintenant.

— On dirait, fit Garvin. Mais qui est cet Observateur dont le Grand Mage a parlé ?

— Un magicien solitaire, qui vit dans une tour à la limite des terres habitées, répondit le conseiller barbu. Il se trouve dans la Plaine des Cendres, un désert situé au sud de la chaîne de montagnes dont vous revenez juste. Cela fait presque vingt ans qu'il surveille cette frontière officieuse de l'Ouest. C'est un élément très important pour Létare, même si nous entendons parler de lui que deux fois par an. Vous allez devoir le retrouver, enfin, s'il est encore dans sa tour. Je vous demande d'être extrêmement prudents : si l'Observateur ne répond plus, il y a des chances pour que l'ennemi ne soit plus très loin. Venez dans mon bureau, où nous finirons cette discussion.

Garvin et Ciela le suivirent pour le trajet inverse de l'aller, puis Gador referma la porte de sa salle attitrée et alla chercher des papiers dans le tiroir du lourd meuble au centre de la pièce. — Voici ce que j'ai pu traduire des documents de l'avant-poste du mont Hodnar, en ce qui concerne le portail de téléportation. Le Conseil a jugé votre action convaincante, et en échange de votre aide dans la récupération des objets volés, j'ai été autorisé à titre exceptionnel à vous remettre ces papiers, en gage du respect de Létare envers la Fédération. Garvin prit les feuilles tout en abaissant la tête, reconnaissant de ce geste, qui au vu de l'isolationnisme de la cité des magiciens, relevait quasiment du cadeau.

— Je vous remercie, commandant Gador. Je transmettrai ces documents et cette salutation à Envar.

— Il ne s'agit que d'une copie, l'original reste ici, précisa Gador. Mais j'espère que cela vous sera utile à l'avenir. Le capitaine du navire qui vous attend au port est un officier des plus sérieux, à la tête d'une compagnie d'archers-mages et de quelques soldats. Ils vous fourniront une escorte de grande valeur jusqu'au rivage sud-est de l'Olono. Vous serez entre de bonnes mains. Je ne vous accompagnerai pas au port, car du travail m'attend ici. Et je pense, Ciela, que vous avez suffisamment acquis de prestige pour vous passer de l'appui d'un conseiller comme moi. Votre talent est reconnu par le Conseil, soyez-en certaine, sans quoi ils ne vous auraient jamais choisie pour cette mission. À la suite de cette quête, je reparlerai aux autres de votre nomination à un poste à part entière.

Ciela acquiesça avec un petit sourire.

— Merci, Gador. Je ferai... nous ferons ce qu'il faut pour retrouver l'Observateur.

— J'ai confiance en vous, et ce depuis toujours, je ne cesserai de le dire, insista le commandant mage. Faites bon voyage sur l'Olono, et utilisez le transmetteur qui se trouve à bord du navire pour nous communiquer au plus vite ce que vous aurez appris. Si jamais l'Observateur répondait pendant le trajet, nous vous en tiendrons informés en temps réel.

Les deux jeunes amis lui dire au revoir puis sortirent de l'Académie, Garvin emportant avec lui la valise qui contenait ses quelques affaires personnelles. Un léger vent soufflait sur la place de la haute ville tandis qu'ils la traversaient, des nuages bloquant alors les rayons du soleil. Ils descendirent l'avenue en direction du littoral, et s'engagèrent dans la rue aux nombreuses boutiques.

— À peine sommes nous revenus à Létare qu'il nous faut déjà repartir... dit Garvin. Mais il y a une chose très positive : c'est un voyage de plus ensemble...

Ciela, touchée, mit sa main sur son bras et sourit, heureuse elle aussi de cette nouvelle mission en sa compagnie. Ils arrivèrent sur les docks, et commencèrent immédiatement à chercher du regard le navire de guerre qui devait les conduire au-delà des frontières de Létare et en bordure des Mille Collines. Après trente secondes d'attention, ils repérèrent un marin en uniforme bleu sombre qui agitait son bras tendu en l'air, et qui paraissait leur faire signe, depuis le pont d'un imposant vaisseau à trois mâts, aux voiles élancées, rangé le long du rivage artificiel. Garvin et Ciela firent un geste interrogateur, suite à quoi le marin leur adressa un hochement de tête positif puis un mouvement de la main vers lui-même. Les jeunes magiciens traversèrent la large voie pavée et s'approchèrent du bateau à la belle teinte marron clair. Ils se présentèrent devant une rampe d'accès en bois qui montait jusqu'au pont, au pied du petit château arrière, une simple plateforme pour ce bâtiment long et bas, construit pour atteindre de grandes vitesses. Là, le marin leva à nouveau la main, à l'attention de son capitaine, vêtu d'une tenue verte magnifique, et dont la veste équipée d'épaulettes donnait l'impression visuelle d'une certaine carrure à un homme de quarante ans pourtant peu massif. — Madame Ciela, dit-il d'un ton digne. Je suis le commandant de ce navire. Mon nom est Veresh. J'ai ordre de vous conduire au plus près de votre destination.

— Oui, mon ami et moi revenons à l'instant d'une réunion du Conseil, qui nous a informés de la procédure à suivre. Nous sommes prêts à partir.

— Dans ce cas, bienvenue à bord, répliqua t-il d'une voix quelque peu enjouée, avant de se retourner vers l'avant du navire, paré à diriger son équipage pour la manœuvre à venir. Pendant que celle-ci se déroulait, une petite dizaine d'archers-mages, à l'uniforme vert recouvert d'une tunique sans manches, fine et dorée, saluèrent la venue de Ciela ainsi que de l'étranger des Mille Collines. Leurs longs arcs recourbés, attachés dans leur dos, ainsi que leurs carquois fixés sur leur jambière gauche, leur permettait de faire face à n'importe quel danger, même imminent, qui se placerait sur la route de l'expédition. Le long des rambardes de protection, des lanciers en tenues officielles patrouillaient en tenant vers le ciel leur armes au fer ondulé, semblable en certains points à une feuille de houx. Garvin et Ciela, se constatant être bien entourés, suivirent du regard le départ du navire vers le Sud.

Trois heures plus tard, le Lac Létare entourait le vaisseau sous un ciel chargé de nuages blancs. Le léger vent qui soufflait du nord gonflait les voiles enchantées, augmentant leur vitesse, tandis qu'un sortilège lancé sur le bois de l'avant de la coque permettait à celle-ci de fendre les flots presque sans rencontrer de résistance. C'est ce que venait d'expliquer le commandant Veresh aux deux jeunes magiciens, à l'avant du navire, près du mât incliné qui pointait leur destination, laquelle devait être atteinte en seulement trois jours. À la fin de l'après-midi, l'embouchure de l'Olono apparut au loin, et parut à Garvin encore plus imposante dans ce sens du voyage, comme une ouverture qui peu à peu occupa la quasi-totalité de leur champ de vision. L'eau, rendue sombre par la faiblesse de la luminosité, ne présentait pas d'agitation importante, seules quelques vagues plus fortes qu'à l'ordinaire défilant à la surface du Lac. Le vent favorable leur permit de conserver une allure appréciable même à contre-courant du fleuve, qui bien que large, ne se distinguait pas des autres grandes rivières de l'ouest par un débit massif. La soirée, raccourcie par les nuages qui couvraient le ciel, amena bien vite de l'obscurité sur les berges qui commençaient à défiler de chaque côté, observée par Garvin et Ciela avant que la nuit ne vienne les occulter pour de bon. Ils se rendirent à l'arrière du navire, vers le petit château, et descendirent un escalier interne pour retrouver leurs chambres, dans lesquelles leurs affaires les attendaient. Le long d'un couloir de bois, situé sous le niveau du pont, ils se séparèrent pour entrer dans les pièces qui leur étaient réservées, l'une à côté de l'autre. Une fois dans son lit, Garvin souffla un grand coup sous l'effet d'enchantement que lui faisait la jeune femme blonde, et, allongé, il se mit à penser à elle, à peine quelques minutes après l'avoir quittée. Il tremblait de l'envie de lui déclarer ouvertement sa flamme, et non plus seulement par le biais de phrases au travers desquelles il témoignait sa joie de leurs retrouvailles. Cette fois ci, il lui faudrait aller plus loin, et il s'imaginait dans des poses classiques et romantiques, peut-être

agenouillé en face d'elle, touché par sa grâce et sa puissance, pour enfin tout lui avouer de ses émotions intenses.
— Non, pas pour l'instant, rectifia t-il. Pas tout de suite... Lorsque toute cette affaire sera terminée...
Sur ce, il souffla la flamme de la bougie posée sur la table basse à sa gauche et trouva le sommeil au bout de quelques minutes.

Le soleil fit son retour le jour suivant, dès le milieu de la matinée, calme et idéale pour profiter de la croisière. Alors que Garvin se retrouvait seul un moment à admirer les bois lumineux sur la berge, Veresh, le commandant du navire, vint le rejoindre sur le côté droit du bâtiment. L'officier aux pas silencieux se posta à sa gauche, et Garvin se tourna vers lui.
— Monsieur, je voudrais m'entretenir avec vous, commença t-il avec une grande politesse. Comme vous le savez, nous, Létariens, ne nous aventurons que très peu en dehors de nos frontières, et j'avoue ne pas réellement connaître les lieux à venir, mis à part au travers des cartes. Je vous demande votre avis concernant les villes les plus accueillantes pour un vaisseau étranger comme le nôtre.
— Il y a une ville neutre, Sohar, sur la rive est, où nous pouvons nous arrêter, lui indiqua Garvin. Les habitants ont été confrontés à des brigands récemment, et je voudrais me tenir informé de la situation sur place.
— Vous vous y êtes déjà rendu ? Demanda le commandant par curiosité.
— Oui, et c'est même plus que ça : je les ai aidé contre les bandits en question. Je pense qu'ils seraient favorables à l'idée de vous recevoir, d'autant plus si je suis avec vous.
— Dans ce cas, nous pouvons vous laisser une heure, concéda Veresh. Ce sera l'occasion pour nous de nous assurer que nos futurs adversaires ne sont pas encore rendus aussi loin à l'ouest.
— Je vous remercie, dit Garvin.
Le commandant Veresh lui adressa un signe de tête puis revint vers le centre du vaisseau, où il passa l'information à des membres de l'équipage passant près de lui :

ils feraient une halte imprévue. Ciela, qui parlait à des archers-mages, retrouva ensuite Garvin et ils discutèrent de l'épisode d'Elarro, le jeune homme prenant le temps de lui raconter les détails de cette aventure. Une fois l'heure du déjeuner venue, le navire se trouvait non loin de Sohar, et les deux jeunes gens allèrent se poster sur la plateforme à l'avant du navire, afin de guetter l'horizon. Enfin, dix minutes plus tard, Garvin eut le plaisir de retrouver cette vue de la belle cité au bord du fleuve, avec son grand château perché sur le rocher en surplomb, une ville apaisée dont il distinguait les habitants en train de vaquer à leurs occupations habituelles. Souriant, Garvin fit signe au commandant Veresh, qui approcha du bord pour constater leur arrivée imminente, puis l'officier enclencha la procédure d'arrimage qui devait avoir lieu sur un ponton libre de Sohar, tandis que la vigie agitait un drapeau blanc en signe de paix à l'adresse des gens présents sur les docks.
— Je viens avec toi, se proposa Ciela, partante pour la découverte, ravissant ainsi Garvin, heureux de lui montrer la route et de lui présenter les lieux.
Le navire approcha les quais sous le regard vigilent de dizaines de citoyens, encore un peu inquiets de l'arrivée de cet imposant vaisseau de guerre identifié par certains comme étant de
Létare. La réputation de la cité des magiciens étant celle d'isolationnistes, un peu à l'image de Sohar, suffisait à garder la population confiante, ou du moins dans une neutralité bienveillante. Mais lorsque Garvin descendit sur les docks en compagnie de Ciela, un homme de Sohar le reconnut et cria son nom, puis une acclamation monta de la petite foule dispersée le long du littoral.
— Tu es très populaire, constata Ciela avec un sourire et en parlant d'une voix douce. Garvin, réjoui de cet accueil, leva le bras droit pour saluer les habitants, tout en continuant d'avancer vers la place du port. Ils défilèrent ensemble devant les gens de Sohar, et Garvin saisit les remarques de certains et certaines autour d'eux.
— Ils te trouvent belle, et ils ont raison ! Souffla t-il joyeusement à son amie.
Ciela ferma les yeux un instant et inclina la tête, une nouvelle fois flattée. Garvin la guida vers la maison du bourgmestre, qui, prévenu de la visite du magicien des Mille Collines, sortit pour aller à sa rencontre.

— Mon cher Garvin ! s'exclama t-il, les bras ouverts, rempli de joie. Ah, je vois que vous n'êtes pas seul... On m'a parlé d'un navire de Létare.

— Oui, mais ne craignez rien, ce sont des amis, comme cette dame qui m'accompagne.

— Enchanté, madame.

— Moi de même, répliqua Ciela, tandis qu'ils se saluaient mutuellement.

— Nous nous arrêtons pour prendre de vos nouvelles, expliqua Garvin. Est-ce que tout va bien ?

— Très bien, je dirais même mieux que jamais ! Répondit jovialement le bourgmestre. Jusqu'à présent, nous avions quelques gardes seulement, mais depuis l'affaire des bandits, nous en avons formé d'autres, et engagé quelques mercenaires. À présent, avec quarante soldats, nous sommes tranquilles, et plus un seul de ces hors-la-loi n'osera nous attaquer maintenant. Surtout depuis une semaine.

— Que s'est-il passé ? Demanda un Garvin intrigué.

— Le chef de bande, que vous avez vaincu, eh bien il a été abattu par la garde alors qu'il s'échappait de la prison du château. Tout le monde en a parlé, par ici et aux environs. — Voilà une bonne nouvelle, conclut Garvin. Nous n'allons malheureusement pas pouvoir rester à Sohar très longtemps, le devoir nous appelle.

— J'imagine, j'imagine ! Mais bon, nous ne nous attendions pas à vous revoir de si tôt, alors cela nous fait grand plaisir malgré tout.

Garvin abaissa la tête, puis le bourgmestre les raccompagna jusqu'aux docks, leur parlant des derniers faits au cours de leur lente marche de retour.

— Non, vraiment, il n'y a semble t-il plus aucun danger, grâce à vous d'abord, disait-il. Mais je n'oublierai pas de vous en informer si jamais cela change.

Sur cette dernière phrase, ils se saluèrent, puis les deux jeunes magiciens remontèrent à bord du navire, suite à cette visite éclair, qui avait eu le mérite de les renseigner et de donner un aperçu plus positif de Létare dans cette partie de l'Ouest. Le commandant Veresh se réjouit d'entendre leur rapport et ordonna la reprise du voyage, avec comme prochaine étape le dépassement de Grovd, qui marquerait officiellement l'entrée dans la partie de l'Olono sous contrôle des Mille Collines.

Toujours portés par une légère brise dans les voiles enchantées, il ne leur fallut que huit heures pour arriver à proximité du port de la Fédération, une simple forme au loin, le navire demeurant proche de la rive est du fleuve tandis qu'ils passaient au large des eaux étrangères. Garvin et Ciela demeurèrent sur le pont afin d'observer à la longue-vue le port actif de Grovd, en fin de journée. Le jeune homme descendait autant au Sud de l'Olono pour la première fois : son amie lui raconta alors son départ d'une petite ville fluviale à la limite méridionale des Mille Collines, lors de son voyage vers le Nord.

— L'Olono reste très large, même en allant plus loin encore dans cette direction ; ce n'est qu'à l'approche de sa source, au pied des montagnes du sud-est, qu'il se resserre vraiment.

Intéressé par sa connaissance géographique, Garvin put compter sur elle pour lui rappeler l'aspect des terres à venir, qu'il avait autrefois étudié sans s'y attarder, car concentré sur les forêts de Felden. Ils se rendaient à Valtor, la seule vraie cité de l'est de la Fédération, de l'autre côté du fleuve, là où se situait l'annexe la plus orientale de la Compagnie des Masques, à ce qu'il savait. Une garnison importante y résidait, pour sécuriser le secteur et les autres petites communautés éparpillées le long de cette berge relativement rectiligne, à un endroit où l'Olono filait quasiment plein Nord, avec une légère inclinaison vers l'ouest. Selon le commandant Veresh, ils allaient s'engager le lendemain dans cette partie du cours d'eau, après un long coude qui débutait tout juste après Grovd. La nuit tomba bientôt sur leur parcours, par un temps serein qui leur garantissait une navigation sûre, loin des risques des bancs de sables qu'ils venaient de croiser pendant de nombreux kilomètres. Juste avant d'aller se coucher, Garvin confia à Ciela qu'il semblait intelligent de confier les documents Létariens traduits aux autorités de Valtor, afin qu'ils puissent le faire parvenir à Envar le plus vite possible.

— Oui, tu as raison, approuva la jeune femme blonde. Il vaut mieux que nous ne prenions pas de risques en les emportant avec nous jusqu'à l'Observateur.

Sur un dernier hochement de tête qui fit office de salutation, Garvin se retira dans sa chambre, quittant encore à regrets l'incroyable Ciela, à laquelle il allait à nouveau penser un long moment avant de s'endormir.

Seuls quelques nuages blancs planaient dans le ciel bleu au-dessus de l'Olono, parcouru avec rapidité par le navire de guerre venu du Nord. Le soleil, présent une fois de plus, réchauffait l'atmosphère humide du fleuve en ce début de matinée d'été. Les deux jeunes magiciens et une partie des matelots observaient des maisons sur pilotis, des propriétés de pêcheurs locaux, alignées sur chaque rive, leurs frêles embarcations attachées à des poutres émergeant de la vase. Les barques de sortie évitaient d'entraver la progression du vaisseau de Létare, au milieu de l'eau, qui s'en vint avec la neutralité ordonnée par son Conseil. Alors qu'ils se retrouvaient seuls sur l'Olono, un peu plus loin, à deux cents kilomètres environ de Valtor, leur vitesse décrut, un vent soufflant de l'est contraignant les marins à la barre à naviguer légèrement de côté. Des nuages gris foncé, bien qu'épars, obscurcirent le ciel en bloquant les rayons du soleil, même si l'air ambiant restait chaud. Mais en l'espace d'une dizaine de minutes, la brise orientale s'évanouit d'une manière presque surprenante. Le commandant et ses troupes, de même que Garvin et Ciela, debout sur le pont, guettaient les abords, à peine plus concentrés qu'à l'ordinaire, lorsque le jeune magicien repéra une forme dans le ciel à l'est, et leva le bras dans sa direction.
— Regardez, dit-il sans élever la voix, attirant l'attention de l'équipage.
Une sorte d'oiseau à la teinte grise volait vers eux, à moitié camouflé par les cumulus en arrière-plan. Sa trajectoire allait à terme couper celle du navire, mais il demeurait encore loin. Veresh demanda une lunette à l'un des marins, cependant, avant qu'il n'ait pu commencer à regarder au travers, l'oiseau accéléra, devenant menaçant. En se rapprochant, ses détails se précisèrent, et tous constatèrent qu'il s'agissait en réalité d'une statue de pierre, une gargouille de grandes dimensions, peut-être de dix mètres d'envergure, aux imposantes griffes, et dont le cri grave retentit jusqu'à eux. Garvin et Ciela se regardèrent, hésitants et interrogatifs, la créature ayant l'air dangereuse.

— Attention, dit le commandant Veresh, sans affolement. Préparez-vous à tirer... À son ordre, les dix archers-mages à gauche de l'assistance prirent une flèche tandis que les matelots désertaient le pont pour s'abriter au niveau inférieur. Plusieurs lanciers de la troupe militaire arrivèrent à la course et se postèrent près des archers, leurs armes bien en main. La gargouille avançait plus vite encore et fit une première attaque pour déchirer la voile du grand mât, esquivant les flèches décochées sur elle au moment de son passage. Elle fit une rotation sur la droite et reprit sa position initiale, se préparant à un deuxième assaut. Garvin envoya un éclair bleu foncé droit sur le coeur de la créature, mais sans autre effet qu'un sursaut dans son vol, suite à quoi cinq archers-mages tirèrent chacun une flèche enveloppée d'une vapeur verte, lesquelles ne provoquèrent qu'un effritement superficiel de la roche de la gargouille. Elle fondit sur le pont, obligeant les archers à se jeter sur le plancher : l'un des lanciers fit face mais fut percuté de plein fouet et éjecté violemment en arrière. La gargouille répéta son mouvement circulaire et regagna le niveau de la rive est, prête à un troisième raid contre le vaisseau. Ciela avança vers la rambarde du navire et tendit subitement les bras, en avant vers le ciel : un rayon de lumière jaune sortit de ses mains et toucha la créature au même endroit que le sort de Garvin. Elle tourna vers la droite pour éviter la magie de la jeune blonde, qui se concentrait au maximum afin de garder son énergie dirigée sur la gargouille. Le visage ferme, suivant du regard son adversaire, Ciela pivotait sur elle-même, ses bras et mains propulsant cet implacable rayon d'or qu'elle dirigeait dans les airs directement sur le coeur de la créature, laquelle finit par s'arrêter en arrière du vaisseau, pour disparaître dans une explosion noire et dense, dont les étincelles s'amenuirent avant d'avoir eu le temps de retomber. Garvin, qui avait suivi la scène avec implication, sentit son admiration pour Ciela atteindre des sommets.

— Merci, madame la conseillère, dit le commandant Veresh, resté près d'elle, en retrait. Nos armes semblaient inefficaces contre cette chose.

— Ciela, c'était magnifique ! s'exclama Garvin. L'éclair que j'ai lancé n'était pas grand chose à côté...

— Ne t'en fais pas, je t'apprendrai ce sort, je te le promets, répliqua la jeune femme blonde avec un petit sourire.

Le commandant s'approcha du côté droit du vaisseau, l'air préoccupé, alors que les archers relevaient et soignaient le lancier blessé par la gargouille.

— Elle arrivait de l'est, et sans doute y en a-t-il encore d'autres là-bas, dit-il en regardant au loin, avant de se retourner vers les deux jeunes magiciens. Ce n'était visiblement qu'un éclaireur. Je ne sais si le temps presse, mais il faut que vous trouviez l'Observateur le plus rapidement possible. Nous resterons près de Valtor : vous êtes capables de repousser et de vaincre ces créatures, mieux que nous semble t-il, et deux personnes passeront davantage inaperçu qu'une compagnie entière dans la Plaine des Cendres. L'Observateur ne se trouve pas si loin de Valtor. Nous y serons dans deux heures, et avec de la chance, vous le retrouverez avant la fin de cette journée.

— Nous ferons tout pour que ce plan réussisse, lui assura Ciela.

— Mais d'abord, nous devrons compter sur le soutien et les indications des autorités de Valtor, enchaîna Garvin. Laissez-moi l'initiative, commandant.

— Bien entendu. Vous êtes d'une assistance précieuse à cette expédition et je suis sûr qu'établir un contact local servira les intérêts de notre mission. Une fois à terre, vous aurez mon entière approbation pour la conduite des opérations. Veuillez m'excusez, je dois contacter le Conseil.

Il recula d'un pas en direction de l'avant du navire, puis se retourna et partit en marche rapide jusqu'à sa cabine, dans laquelle se trouvait le dispositif de communication le reliant à Létare. Garvin et Ciela se consultèrent et décidèrent de surveiller la rive droite de l'Olono pour prévenir toute nouvelle attaque. Les kilomètres défilèrent sans qu'une autre menace ne se présente, et le flot de nuages orientaux sembla diminuer. Cependant, l'horizon demeurait bien sombre dans le champ visuel des deux jeunes magiciens, avec une concentration de cumulonimbus quasiment noirs, immobiles pour l'instant et encore loin de là. La cité de Valtor finit par se présenter sur leur gauche, sur fond de ciel obscur, son port presque un peu trop calme et trop terne, le soleil étant toujours masqué. Le commandant Veresh rejoignit

Garvin et Ciela près de la rambarde pour observer la ville, puis ordonna la mise à l'eau d'une petite barque, stockée à bord du vaisseau en cas de naufrage ou de nécessité.

— Il vaut mieux que vous y alliez ainsi, dans un navire inoffensif, leur expliqua l'officier. Nous resterons là jusqu'à votre retour.

Il affecta deux matelots à la conduite de la barque, qui descendirent par une échelle de cordes installée sur le bord du pont. Ciela, puis Garvin les imitèrent, et se placèrent entre les marins, ces derniers disposés l'un à la barre, l'autre à l'avant avec les rames. Seuls deux cents mètres les séparaient des docks de la ville, peu élevés par rapport au fleuve, le port étant étendu sur un rivage plat. À Valtor, ville éloignée de la capitale des Mille Collines, les grands pontons de bois sortaient d'une plage à l'important dénivelé, vers laquelle ils se dirigeaient à présent. Ils passèrent entre des deux-mâts affectés à la pêche pour venir fendre la terre, en contrebas du port. Garvin et Ciela remercièrent les marins de leur service puis gravirent la pente jusqu'à un espace dégagé, observés par les passants, et se retrouvèrent face à une rue large menant vers l'intérieur de la ville, une configuration classique à laquelle les deux jeunes s'habituaient désormais.

— Nous devons rencontrer les responsables, dit Garvin. Nous devrions trouver le bourgmestre en allant tout droit, et peut-être aussi le poste de la Compagnie des Masques.

Ciela et lui commencèrent à marcher dans cette direction, et au fil des mètres, ils aperçurent une petite place au bout de laquelle se dressait une sorte de manoir aux tuiles grises, de dimensions modestes, qui leur parut être l'édifice qu'ils cherchaient. Un passant leur donna la confirmation qu'il s'agissait bien de la résidence de leur bourgmestre, qu'ils rencontrèrent trois minutes plus tard. Cette femme de trente-cinq ans, grande et élancée, aux cheveux châtain, les reçut dans son bureau au rez-de-chaussée.

— Venez, nous serons mieux ici, leur dit-elle en les entraînant un peu plus loin dans le bâtiment.

Garvin sortit une page de journal de sa poche de pantalon et la présenta à l'élue de Valtor. C'était la une d'une revue de Gernevan, qui le représentait comme un héros des Mille Collines, illustré pendant la libération de Felden.

— Ah, c'est donc vous ! s'exclama la bourgmestre, surprise. J'en avais entendu parler. Je suis heureuse de recevoir une personne de votre valeur et d'un si grand héroïsme. Vous me dites donc qu'un navire de guerre venu de Létare vous a amené jusqu'à Valtor et qu'il a jeté l'ancre en face du port ?

— Voilà, confirma Garvin en avançant une main. Les Létariens sont ici en paix et attendent que nous accomplissions une mission. Mais cette dame vous en parlera mieux que moi. — Nous sommes venus pour contacter un agent de Létare, que l'on appelle l'Observateur, poursuivit Ciela sur un ton sérieux.

— Oui, nous savons qu'il réside à une centaine de kilomètres à l'est, dit la bourgmestre. Nous avons été informés dès le départ que nous devions respecter son espace de travail, et d'ailleurs aucun des habitants de cette cité n'a réellement l'envie de s'aventurer dans la Plaine des Cendres. Depuis plusieurs jours, des nuages menaçants sont visibles, au dessus de la Plaine : le membre des Masques de la ville et moi-même hésitions justement à envoyer une lettre à Gernevan pour les en informer.

— Il y a peu, sur le fleuve, une créature volante nous a attaqué, raconta Garvin. Une gargouille. Il semble que seule la magie puisse en venir à bout.

— Ce que vous me rapportez est inquiétant, fit constater l'élue. Il faut que vous alliez voir notre Masque. Il habite plus loin dans Valtor, à l'est. Quant à l'Observateur, j'espère que vous le trouverez, car sa tour se trouve vraisemblablement sous les nuages que nous apercevons au loin.

La femme les raccompagna jusqu'à l'entrée, leur recommandant, tout comme le Conseil de Létare avant elle, d'être prudents et aussi furtifs qu'ils le pouvaient.

— Ah, une dernière chose : il y a une écurie, non loin de la demeure de notre Masque. Dites-leur que je vous envoie et qu'ils doivent vous prêter deux chevaux pour un trajet. Ne leur dites pas lequel.

— Entendu, approuva Garvin, abaissant la tête avant de passer la porte du bâtiment. Ciela prit les devants et ouvrit la marche vers l'est. Les deux jeunes suivirent une rue plutôt large qui les amena jusqu'à une maison étroite, isolée au milieu d'habitations hautes à colombages. L'espace au dessus de sa porte marron foncé leur indiqua le lieu qu'ils recherchaient. Ils frappèrent, puis une voix les autorisa à entrer. Dans cet intérieur aux murs de bois simples, ils firent la connaissance d'un homme brun à la petite quarantaine, habillé d'un pantalon et d'une veste noirs, et qui s'activait autour d'un alambic installé dans un petit laboratoire, proche du corridor d'entrée.

— C'est bien moi, dit-il à ses visiteurs, qui venaient de lui demander s'il était l'agent des Masques de Valtor. Que puis-je pour vous ?

— Nous venons de voir la bourgmestre, et la situation est grave, résuma Garvin. Nous n'avons pas le temps de tout vous expliquer en détail, mais nous pensons qu'un ennemi à l'est va bientôt passer à l'offensive.

Préoccupé par ses dires, le magicien de la Compagnie posa la fiole pyramidale qu'il tenait sur le rebord de la table centrale et se tourna vers eux.

— Il faut prévenir Envar, décida t-il sans hésitation, d'une voix forte et énergique. Si un conflit nous menace, c'est la première chose à faire.

— Nous sommes d'accord, dit Garvin.

— Létare vous assure de son soutien, ajouta Ciela, ce à quoi le Masque répondit d'un hochement de tête réservé mais respectueux, en comprenant alors quelle était la nationalité de la jeune femme blonde.

— J'écrirai une lettre à Envar, pour lui raconter tout ce qui se passe. Ce dont vous m'informez ne m'étonne pas entièrement : je sens que depuis une semaine, l'atmosphère a changé ici. Le ciel est de plus en plus obscur, et j'étais prêt à parier que quelque chose d'inhabituel se passait dans la Plaine des Cendres. J'ignore quoi exactement, mais je serai curieux de le savoir.

— À ce propos, nous allons nous y rendre, en éclaireur, pour rencontrer l'Observateur, dit Garvin. À notre retour, nous enverrons notre rapport à Gernevan.

— C'est d'accord. De mon côté, j'adresserai ma lettre dès aujourd'hui. Vous êtes bien Garvin, n'est-ce pas ?

— Oui, confirma le jeune homme avec un petit sourire. Je pense que si vous mentionnez mon nom, la Compagnie prendra plus au sérieux la menace qui se profile.

— C'est ce que j'estimais.

— Vous lui transmettrez ceci, reprit Garvin en sortant un document plié de la poche intérieure de sa veste.

— Qu'est-ce que c'est ? Fit le Masque, intrigué, avant de saisir le papier.

— La traduction d'un message codé qui provient d'un avant-poste Létarien abandonné, expliqua Garvin. C'était ma mission avant de venir ici en association avec la conseillère Ciela.

Ce message est notamment lié à l'utilisation d'un portail de téléportation à grande distance.

— Notre plus grand projet ! s'exclama le magicien de la Compagnie, dont le regard s'illumina. Il y a quelques années, j'étais dans la première équipe qui a travaillé sur les portails, et j'en suis fier, je peux le dire ! Envar et tous mes collègues seront plus qu'intéressés par ce message. Les intérêts civils, et encore plus militaires, sont immenses.

— Nous devons nous rendre jusqu'à une écurie proche, pouvez-vous nous l'indiquer ? Demanda poliment Ciela, de sa voix douce et assurée.

— Juste à droite, en sortant de ma maison, répondit le Masque. Il n'est pas encore midi ; si vous faites vite, vous serez ce soir à la tour de l'Observateur, s'il en reste quelque chose. Je vous souhaite bonne chance.

Les deux jeunes gens saluèrent le magicien et sortirent dans la rue. Une minute après, ils se tenaient devant l'enseigne de l'écurie, précédemment dissimulée à leurs regards par une demeure imposante. La négociation eut lieu d'une manière plaisante : les palefreniers avertirent leur supérieur de l'accord de leur bourgmestre, suite à quoi Garvin et Ciela eurent à leur disposition deux montures blanches tachetées de marron, réputées très serviables. Bien que peu habitués à ce moyen de transport, ils prirent lentement la route qui menait à la porte est de Valtor, qui leur permit de franchir la muraille de quatre mètres de haut, disposée en arc-de-cercle depuis l'est de la ville jusqu'aux bords du fleuve, aux extrémités du port. Une paysage de plaines en légère inclinaison montante s'offrait à eux, jusqu'à l'ombre lointaine d'une forêt dense, qui se tenait sur leur route.

Alors qu'ils s'engageaient dans cette étendue de plusieurs centaines de mètres, Ciela passa sa main droite près du col de sa monture, pour diffuser une énergie bleutée à courte portée, observée avec intérêt par Garvin. La jeune femme blonde rapprocha son cheval de celui du jeune homme et utilisa à nouveau cette magie pendant une demi minute. — Voilà, comme ça, ils seront plus en forme, presque infatigables aujourd'hui, expliqua t-elle, Garvin souriant en réponse, toujours admiratif des talents de son amie.

La plaine leur permit de se familiariser avec les chevaux, qui se révélaient aussi gentils que ce qu'on leur avait annoncé cinq minutes plus tôt. Côte à côte, les deux jeunes magiciens progressaient prudemment, et traversèrent la forêt à la même allure, s'aidant d'une route de terre, sans dévier de leur trajectoire, avec comme simple consigne d'avancer en ligne droite vers l'est, jusqu'à apercevoir la tour de l'Observateur. Après deux kilomètres de bois, une longue plaine au faible relief s'étendait à perte de vue, marquant la frontière entre l'Ouest et l'Est. Là, ils purent prendre de la vitesse progressivement et franchir une bonne partie de la distance qui les séparait de leur objectif. Concentrés sur leur traversée de terres presque inconnues, y compris des gens de Valtor, ils gardaient constamment leur regard porté vers l'avant. L'herbe qui au départ couvrait le sol se fit de plus en plus rare, laissant place à de la terre asséchée, avec quelques buissons en bosquets, perdus dans une atmosphère immobile, sans le moindre vent. En poursuivant leur voyage, ce type de paysage s'imposa définitivement, puis la terre devint grisâtre, conformément à l'appellation de cette étendue interminable, une impression renforcée par le voile nuageux quasi uniforme qui couvrait le ciel au dessus d'eux. Une chaleur certaine flottait dans l'air et semblait émaner du sol poussiéreux, finissant par peser sur Garvin et Ciela. Suite à des heures de chevauchée, ils décidèrent d'effectuer une pause près d'un rare étang aux abords habillés de buissons, peut-être les derniers de la journée. Mettant pied à terre, les deux magiciens soupirèrent de soulagement, et ils approchèrent leurs montures du petit point d'eau, dont la superficie ne mesurait qu'une centaine de mètres carrés.

Ils en profitèrent pour souffler et boire à leurs gourdes, qu'ils gardaient sur eux depuis leur départ du navire de guerre. Au bout d'une minute de repos, Ciela, qui se tenait devant Garvin, l'interpella tout en effectuant un mouvement de la main dans sa direction.

— Sur le navire, après l'attaque de la gargouille, on a parlé de mes pouvoirs, et je t'ai promis de te les montrer à nouveau. Est-ce que cela te dirait si on s'entraînait ?

— Ah oui ! Approuva immédiatement Garvin, enthousiaste. Vas-y, montre moi !

Ciela se rangea à sa droite, se dressa et tendit son bras. Sa main s'ouvrit et un rayon lumineux doré en jaillit, moins impressionnant que celui qu'elle avait lancé contre la créature, mais qui alla tout de même à grande vitesse pulvériser une pierre au sol, plusieurs mètres en avant. Garvin leva les sourcils tandis qu'elle se tournait vers lui avec un sourire, pour l'encourager. Il afficha un instant une expression comique puis se concentra à sa manière, levant puis ouvrant sa main, sans succès pour cette première fois. D'ordinaire, il jetait des sorts de feu et de télékinésie, mais utiliser un authentique rayon d'énergie lui parut être beaucoup plus difficile. À sa troisième tentative, il arriva à envoyer un filon étroit et bleu en direction d'un caillou qui explosa en produisant une fumée grise.

— Bravo ! s'exclama Ciela, qui était restée confiante en lui, sans rien lui dire, seulement à l'encourager par sa présence.

— Ça commence à venir... dit Garvin.

Il réessaya en respirant lourdement, en tournant son buste vers la droite et en tenant le bras en retrait avant de le déplier, puis un deuxième rayon, beaucoup plus épais, sortit de sa main pour se diriger droit vers le sol, dispersant la terre et des petites roches à l'impact.

— Voilà, cela me semble mieux, commenta le jeune homme. Je pourrai peut-être bientôt l'utiliser au combat...

Ciela acquiesça, toujours souriante, et s'éloigna de lui pour reprendre sa posture initiale.

— Je peux aussi faire ceci...

Elle leva les bras, les poings fermés, cligna lentement des yeux, puis une lumière de la même teinte que son rayon sortit de ses mains serrées pour tomber en cascade uniforme jusqu'au sol et former un halo doré autour d'elle. À la surface de ce bouclier translucide, des fioritures élégantes formaient deux chaînes ondulées, une magie que Garvin ne connaissait pas et dont il n'avait même encore jamais entendu parler.

— C'est beau, n'est-ce pas ? Fit Ciela en se tournant vers lui, dont le regard ébahi traduisait son émotion. Ce bouclier me protège des attaques, y compris magiques, et peut en absorber un grand nombre avant de s'évanouir. Je pense qu'il s'agit de mon sort de défense le plus puissant. À ton tour, essaye.

Garvin reprit son attitude sérieuse, désireux de l'imiter : il répéta les mêmes gestes qu'elle, et entreprit de déployer sa magie autour de lui-même afin de former cette protection fabuleuse. Ciela, toujours enveloppée de son bouclier, le regarda avec intensité, espérant le voir réussir. Il reprit trois fois du début cette opération et parvint avec détermination à former un halo, bien pâle et peu visible, mais qui tenait bon une fois son effort achevé.

— Ce n'est pas encore vraiment ça... commenta t-il, un peu déçu.

— Tu y arriveras, il faut de l'entraînement, dit Ciela de sa voix douce. L'avantage est de mon côté, puisque j'ai eu le temps d'augmenter mes pouvoirs pendant ces sept ans passés à Létare. Et c'est à mon avis ce que j'y ai appris de plus précieux, le meilleur de tout ce temps passé là-bas.

— Oui, tu es devenue la plus grande magicienne du monde, la complimenta Garvin.

— Je ne sais pas, répondit-elle, modeste. Mais j'ai beaucoup progressé, c'est certain. Gador pense que je pourrai être la meilleure à l'avenir. Pour l'instant, j'ai confiance en mes facultés, en aussi en les tiennes, et là encore tu prouves que tu es un formidable magicien, car tu es arrivé en quelques minutes à pouvoir jeter des sorts puissants. Très peu arriveraient à faire aussi bien en si peu de temps. Je ne sais pas quels adversaires nous risquons d'affronter, mais nous aurons besoin de toi, si jamais les Mille Collines te laissent le champ libre.

— J'ai une très grande liberté d'action, confirma Garvin. Et je pense qu'Envar a suffisamment d'agents dans la Compagnie : en tant qu'envoyé des Mille Collines, je serai plus utile en soutien logistique et diplomatique auprès de Létare.
— J'en suis très contente, dit Ciela, qui le regarda d'un air tendre.
Derrière Garvin, à l'ouest, la silhouette pâle du soleil baissait lentement en cet après-midi déjà entamé, et constatant cela, Ciela l'informa qu'il était temps de reprendre la route. Ils se remirent en selle et s'orientèrent vers l'est.
— En principe, la tour ne devrait plus être qu'à une vingtaine de kilomètres, estima Ciela.
— Oui, je dirais la même chose, en convint Garvin. Pourvu que nous trouvions l'Observateur... En s'éloignant du petit point d'eau, l'étendue grisâtre semblait plus désertique encore qu'auparavant. Seuls les grains de terre et quelques cailloux couvraient un sol dénué d'herbes, et au fil du voyage, la poussière remplaça les dernières pierres encore visibles. — C'est vraiment un endroit étrange, cette Plaine des Cendres. J'espère que les gens de Valtor ne sont pas trop inquiets, si proches de ces lieux.
— Il le sont un peu moins grâce à l'agent des Masques que nous avons vu, dit Garvin. Il est le seul membre de la Compagnie présent à l'est de l'Olono : rien que de ce fait, sa place en est particulière. Son poste exige un talent et un sérieux certains. Mais je pense que l'Observateur est encore plus spécial, seul au milieu de cette Plaine, et d'autant plus qu'il y est depuis de nombreuses années déjà.
— Je ne sais pas à quoi il ressemble exactement, mais nous le saurons vite à présent. Elle pointait du doigt une structure au loin, encore peu précise, mais qui ressemblait fort à une tour de pierre sombre, qui s'élevait à près d'une vingtaine de mètres au-dessus du sol. Comme ils arrivaient à une faible vitesse, ils purent prendre le temps d'observer l'édifice tout en s'en approchant. Relativement large, la tour ronde semblait composée d'au moins trois étages, peut-être quatre, tout en affichant un aspect extérieur lisse, les blocs noirs la constituant étant parfaitement disposés jusqu'à un toit géométrique, une sorte de coupole anguleuse surmontée d'une surface plate, dont ils ne parvenaient pas à déterminer quel matériau de construction avait été utilisé pour

sa réalisation. Deux fenêtres discrètes se signalaient aux deux premiers étages, sur la façade exposée à l'ouest, mais aucun mouvement ne pouvait être distingué à travers elles. Garvin et Ciela avançaient toujours aussi lentement, et de plus en plus prudemment, des fois qu'un piège les attendrait à proximité de la tour. Une énergie particulière entourait les lieux et ajoutait à leur méfiance légitime, tandis qu'ils maintenaient leur regard orienté vers une porte de bois rectangulaire, située à la base du bâtiment. En levant brièvement les yeux, l'édifice leur apparut dans toute sa grandeur, presque menaçant sur fond de ciel chargé de nuages gris foncé, qui défilaient au ralenti dans cette atmosphère figée.

Ciela se lança la première, pour descendre de cheval, suivie une seconde plus tard par son jeune ami, et ils décidèrent de laisser leurs montures sur place, faute de pouvoir attacher leurs rênes sur un quelque arbre, arbuste ou support quelconque. Pour le moment, elles restaient calmes, et si la situation n'évoluait pas, il n'y avait que peu de chances qu'elles décident de s'éloigner de la tour. Les deux magiciens marchèrent vers la porte de bois, plus claire que les surfaces de pierre qui l'encadraient, puis s'arrêtèrent à deux mètres de l'entrée.

— Je vais lancer un appel, dit Ciela, Garvin approuvant d'un signe de tête. Nous sommes des envoyés de Létare. Nous venons voir l'Observateur.

Alors que la jeune femme blonde commençait à peine à tendre l'oreille, une voix déformée parvint de l'autre côté de la porte, sur un ton pour le moins enjoué.

— Ah, vous voilà ! s'exclama un homme visiblement apaisé.

Quelques instants plus tard, le bruit d'une serrure actionnée se fit entendre, puis l'entrée s'ouvrit pour laisser apparaître un homme assez âgé, grand et dont le superbe manteau noir à épaulettes et orné de motifs argentés lui conférait une carrure impressionnante. Avec ses cheveux blancs frisés et son visage souriant, amical, Garvin et Ciela furent agréablement surpris, d'autant plus qu'il s'écartait pour les inviter à entrer dans un couloir.

— Venez à l'intérieur ! Leur dit-il, refermant derrière eux. Avancez vers l'escalier, au fond. Je me doutais que des envoyés ne tarderaient pas à venir, et je suis plus qu'heureux de vous voir ici...

Les deux jeunes gens jetèrent un rapide regard à deux petites pièces latérales tout en progressant vers la série de marches tournantes. L'intérieur de pierre se révélait être d'une température modérée, proche de celle du dehors, très sobre, avec un plafond haut de trois mètres cinquante environ. L'Observateur leur indiqua un nouvel escalier, au-dessus de la porte d'entrée, qui les amena dans une pièce d'habitat plus agréable, davantage décorée, avec ses murs doublés de bois, de petites bibliothèques dispersées le long des parois, et un espace central avec une table et des chaises, où l'agent spécial de Létare semblait manger habituellement. Au-delà, un rideau vert masquait un local bien mystérieux qui cachait certainement un accès vers une sorte de grenier, situé sous la coupole qu'ils avaient aperçu du dehors.

— Soyez les bienvenus dans ma tour, dit l'Observateur, en les dépassant. Je ne vous ai encore jamais rencontré à ce qu'il me semble, mais je réside là depuis si longtemps que je ne suis plus vraiment informé de l'évolution de la vie et des nouveaux venus à Létare. Mais peut importe... Si vous venez à ma rencontre, c'est pour un objectif bien précis.

— Oui, nous sommes envoyés par le Conseil pour enquêter sur la situation, reprit Ciela, sérieuse. Les dirigeants de Létare ne parviennent plus à vous contacter depuis des semaines, et nous craignions que vous ayez connu des difficultés.

— En un sens, c'est vrai, répondit l'Observateur, posté de l'autre côté de la table. Je ne suis pas non plus arrivé à joindre Létare, et cela est dû au gain de puissance de l'ennemi que je surveille, les Vesnaer.

— C'est ce que nous pensions, dit Ciela. Quel est votre rapport, monsieur ?

— La menace se précise, après toutes ces années de surveillance et de vigilance. Si je ne suis pas encore parti d'ici, c'est parce que j'ai désiré en apprendre le plus possible avant. Vous avez sans doute déjà entendu parler des Vesnaer ?

— Quelques fois seulement, confia Ciela, pendant que Garvin demeurait à sa droite, concentré sur la discussion qu'il devinait être sur le point de devenir très instructive. Nous avons récemment traduit un document que nous pensions perdu, et qui nous a révélé, ou du moins confirmé l'existence d'une guerre à l'est. Qu'en est-il aujourd'hui ?

— Celle-ci est sur le point de s'achever, et cela signifie que les Vesnaer vont bientôt passer à l'offensive contre nous et les nations de l'Ouest, répondit l'Observateur avec une voix forte et rapide. Ma vision s'est faite plus claire depuis que les nuages orientaux sont parvenus jusqu'ici : il faut croire que le sort de dissimulation lancé sur les terres au loin s'est déplacé et qu'il à présent englobé ma tour, la faisant passer de l'autre côté. Depuis des semaines, j'ai pu observer plus qu'en vingt ans, et voici ce que j'ai découvert. Le peuple des Vesnaer est composé, ou plutôt était jusqu'à il y a peu composé de plusieurs factions, dont la plus prestigieuse est celle de leur roi, qui vit à des centaines de kilomètres de l'endroit où nous sommes. Il y a des décennies déjà, le roi a enclenché un conflit entre les autres factions, de sorte à en choisir le vainqueur, celui qui aura réussi à unifier toutes les forces sous son commandement, et d'en faire le champion d'une future attaque d'ampleur sur l'Ouest. Depuis quelques temps, un nouveau nom est apparu à l'est : celui d'Elesra Blackheart. Je ne sais presque rien d'elle, mis à part qu'elle est une puissante magicienne noire, aux sorts redoutables, et une générale qui sait diriger une armée, avec l'aide de ses conseillers. C'est elle qui est devenue notre ennemie, et désormais, nous allons devoir faire face à ce péril oriental.

Bouleversés par ce qu'ils entendaient, et voyant les soupçons du Conseil de Létare plus que dépassés, Garvin et Ciela sentirent les événements s'accélérer autour d'eux, comme si désormais une action d'ampleur exceptionnelle devait être planifiée au plus vite.

— Combien de temps avons-nous ? Demanda Garvin avec précipitation.

— Difficile à dire... Cela peut être quelques mois comme quelques
semaines... Les deux jeunes gens échangèrent un long regard, décidés
à agir.

— Nous devons prévenir Létare et les Mille Collines immédiatement ! s'exclama Garvin. Ciela acquiesça et tous deux repartirent vers l'escalier avant de se retourner vers l'Observateur.

— Venez avec nous, vous serez en sécurité à Valtor, lui lança Ciela.

— Non... déclina le mage en secouant sa main gauche. Je dois rester là encore quelques jours, pour m'assurer que je ne peux plus rien apprendre d'autre sur l'ennemi. Je vous ai appris tout ce que je sais à l'heure actuelle, et mon devoir est d'essayer d'en voir plus, depuis le sommet de ma tour. Si les nuages qui arrivent de l'est interfèrent avec mon transmetteur, faisant que je peux plus contacter Létare à distance, ma tour est enveloppée d'un sort de camouflage qui me protège des Vesnaer. Ne craignez rien pour moi, ils ne me détecteront pas. Allez, nous nous reverrons d'ici peu de temps.

Ciela lui adressa un signe de tête pendant que Garvin s'engageait dans l'escalier en colimaçon. Une fois qu'ils eurent quitté la salle, l'Observateur demeura seul, immobile une minute, puis il se dirigea vers l'arrière salle, décidé à grimper une fois de plus jusqu'à la pièce en altitude d'où il guettait l'arrivée des Vesnaer depuis deux décennies, et en cet instant, avec plus d'application qu'au cours de tout son service.

***

À des centaines de kilomètres au nord-est de Valtor, Elesra Blackheart se préparait à donner un discours à ses fidèles réunis en une foule, en contrebas de la plateforme de basalte sur laquelle elle se tenait droite et fière. Derrière elle, des individus enveloppés dans des robes noires à capuchon formaient une ligne silencieuse, devant une épaisse arche de pierre, tandis que l'imposant Héraut du roi était présent à gauche de la championne des Vesnaer, en retrait pour lui laisser le champ libre. Devant elle, les milliers de combattants attendaient qu'elle prenne la parole, disposés en rangs désordonnés, et étalés sur des centaines de mètres, sous un ciel chargé de plaques de nuages sombres. L'obscurité quasi crépusculaire ne gênait en rien la vision du peuple des ombres orientales, et des collines se distinguaient au loin, de chaque côté des troupes présentes. Seuls quelques individus portaient un équipement de combat, postés autour de la masse qui attendait les paroles de leur meneuse. Perchée à des mètres au-dessus de ses sujets, Elesra éleva sa voix.

— Mes suivants, je reviens de l'est, commença t-elle d'un ton fort. La Guerre des Factions est achevée, nous en sommes les ultimes vainqueurs. Il est l'heure pour nous de nous rassembler, et de marcher vers notre objectif, écrire notre histoire. Un nouveau monde s'ouvre à l'Ouest, au-delà de la Plaine des Cendres. Nos mages ont vu une partie de ces régions, jusqu'au grand fleuve, au travers de nos gargouilles éclaireuses. L'une d'elles a été abattue. Nos adversaires sont redoutables, mais ils ne nous connaissent pas ; ils vont apprendre à craindre les Vesnaer. Jamais en cent ans nous n'avons franchi cette limite qu'est le grand fleuve : il est temps de le faire. Nous prendrons possession des territoires de l'Ouest, qui serviront la cause de notre peuple, et nous étendrons notre pouvoir aussi loin qu'il l'est possible. Le roi nous envoie le commandant de sa Garde Noire, en signe de son immense confiance.

Elle désigna le Héraut d'un geste furtif du bras gauche, puis reprit acheva son discours d'une voix engagée.

— Avec son aide, nous, les Elesrains, accomplirons la victoire des Vesnaer ! Dès demain, nous marcherons sur l'Ouest !

Suite à cette dernière phrase, un grondement émergea de la foule, plusieurs groupes désynchronisés lançaient le même appel : « Elesra ». Elle demeura debout à recevoir les acclamations pendant une trentaine de secondes, puis elle se retourna vers ses mages, auxquels elle adressa un large mouvement de la main, pour leur faire signe de descendre de la plateforme, par les marches qui rejoignaient le sol à l'arrière de l'édifice. Le Héraut fit de même par le côté gauche, retrouvant ses soldats restés immobiles pendant la performance d'Elesra.

Cette dernière se dirigea vers l'une des tentes dressées dans le champ au pied de la plateforme, et entra dans la plus grande d'entre elles, située en plein milieu des autres. La femme aux cheveux noirs, assortis à son armure, avança entre les tables chargées des cartes et des papiers de ses lieutenants, lesquels terminaient les plans de l'invasion imminente. Elle déposa une dague à la surface d'une de ces tables dont elle faisait le tour. À peine eut-elle le temps de brasser quelques documents qu'un des magiciens en robe noire fit son entrée, écartant la toile grise pour venir à sa rencontre.

— Le Héraut s'est éloigné, l'informa le Vesnaer encapuchonné.

— Bien, il ne faut pas qu'il apprenne ce que nous projetons, dit-elle. Notre faction doit remporter des victoires, se renforcer, et prendre pied à l'Ouest. Nous attaquerons comme prévu, et frapperons cette ville à l'est du fleuve. Le roi est impressionné par notre démonstration de force, par notre triomphe sur les autres factions. Il le sera bientôt encore davantage, par nos succès. Et dès que nous aurons gagné à l'Ouest, lorsque je serai suffisamment puissante et respectée, je l'éliminerai et prendrai sa place sur le trône. Les Vesnaer auront une reine d'ici quelques mois, deux ou trois ans tout au plus. Alors, il ne restera qu'une seule force : les Elesrains. Le roi n'agit plus depuis des années, dissimulé dans ses forteresses. Elles aussi seront à nous. D'ici là, seul vous et les généraux les plus fidèles seront informés de ce plan.

Bien que très étonné par ce revirement inattendu, le magicien s'inclina, reconnaissant la marque de sa supérieure ambitieuse. Il recula puis sortit dans la nuit orientale, laissant Elesra isolée, plus forte et déterminée que jamais à s'imposer au regard du monde.

Chapitre 6 : Premiers Contacts

En un début d'après-midi, Envar entra d'un pas mesuré mais déterminé dans le manoir du bourgmestre-gouverneur de Gernevan, habillé de son costume civil, comme pour tous ses déplacements dans la capitale. Il monta directement à l'étage, où l'élu le plus important des Mille Collines le reçut chaleureusement, lui serrant longuement la main tout en se réjouissant de sa présence.

— Les autres ne vont plus tarder à présent, dit-il à Envar, qui s'avança vers la table semi-circulaire, disposée en « U », en s'appuyant sur le rebord du dossier d'une des chaises. Au cours du quart d'heure suivant, les six autres représentants majeurs du pays, trois hommes et trois femmes en costumes élégants, se présentèrent un par un, conviés à une réunion historique que le bourgmestre de Gernevan allait présider, dans une ambiance on ne peut plus sérieuse. Une fois tous arrivés, il déclara la séance ouverte et ils se dirigèrent vers l'arrière de la salle, au-delà de la table incurvée, et y demeurèrent exceptionnellement debout, tant ils étaient captivés par le sujet dont il allait être question. Envar observa un instant la carte des Mille Collines et des territoires proches de ses frontières, affichée sur le mur, et acquiesça en solitaire en se disant qu'elle lui servirait à expliquer de manière claire le déroulement des opérations à venir.

— Mes chers élus, commença le bourgmestre. Je vous remercie de vous être déplacés aussi vite jusqu'à nous. Comme vous le savez par les lettres que je vous ai adressées, l'heure est décisive. Nous sommes rassemblés pour étudier les mesures qui doivent être prises et qui le seront à l'issue de cette entrevue. Votre présence est plus que nécessaire étant donné les pouvoirs dont vous êtes investis par le peuple des Mille Collines. Le commandant de la Compagnie des Masques et moi-même sommes à l'initiative de cet événement extraordinaire.

Je vais à présent lui laisser la parole, car il vous expliquera mieux que moi ce dont il retourne.

Une attention toute particulière fut portée sur Envar, sans qu'aucune remarque ou bavardage n'ait eu lieu entre les différents gouverneurs invités.

— Merci monsieur, fit un Envar poli et concentré. Il y a maintenant trois jours, j'ai reçu un message de notre agent spécial, Garvin, le libérateur de Felden, actuellement en mission auprès de Létare, et qui est entré en contact avec l'Observateur de la cité des magiciens. Celui-ci, installé à l'est de l'Olono dans la Plaine des Cendres, nous avertit de l'imminence d'un assaut organisé par le peuple oriental des Vesnaer.

Même s'il ne s'agissait que d'une récapitulation des faits exposés par le bourgmestre dans ses lettres, les élus paraissaient très inquiets dès leur entrée dans le manoir municipal de la ville, et à en juger par l'attitude d'Envar, ils commencèrent à estimer que le péril était au moins aussi grand que ce dont ils avaient été informés.

— Garvin a envoyé ce message directement depuis Valtor, poursuivit le commandant des Masques. Les informations qu'il nous communique invitent à une décision rapide de notre part. Monsieur le gouverneur…

— En raison de la situation, je propose qu'Envar soit nommé général en chef de toutes nos forces armées, proposa le bourgmestre de Gernevan d'une voix claire et confiante. Une rapide consultation des gouverneurs, d'abord entre eux, puis avec celui de la capitale du pays, fit ressortir un accord unanime auquel Envar répondit sobrement par un signe de tête.

— En tant que dirigeant de la principale puissance militaire et logistique de notre nation, et au vu de votre expérience et de vos succès, nous estimons que vous êtes le candidat le plus légitime à ce poste, lui communiqua l'une des élus invités.

— Et je vous en remercie. Bien, je pense pouvoir vous informer que depuis la réception du message de Garvin, mes associés et moi avons envisagé un plan qui prévoit d'envoyer immédiatement une armée de mille soldats à l'est de Valtor, afin de prévenir toute attaque de nos ennemis, les Vesnaer, et de former une ligne de défense mouvante en bordure de la Plaine des Cendres, jusqu'à la Tour de l'Observateur, dont la position nous a été signalée par notre agent des Masques. Tout va se passer très vite maintenant. Nous n'avons que quelques semaines tout au plus pour être prêts.

— En ma qualité de bourgmestre de la capitale, et en accord avec les autres gouverneurs, je me propose d'envoyer une lettre à Létare, signée par nous tous, afin de proposer une alliance de circonstance avec la cité-territoire.

Les initiatives des deux véritables chefs des Mille Collines furent accueillies avec une nouvelle approbation générale et quelques félicitations spontanées.

— Et, commandant, qu'en est-il de nos nouveaux alliés, à Felden ? Demanda un élu à la quarantaine, curieux de s'informer d'un possible soutien supplémentaire.

— De mieux en mieux, répondit Envar, dont la bonne nouvelle ravit l'auditoire. Le dernier grand événement en date a été le procès de cinq barons proches de feu le roi Harvold, qui ont été condamnés selon l'avis de la quasi-totalité des citoyens de Felden. Cela marque officiellement la fin du conflit. Felden va désormais pouvoir se tourner vers le monde : il s'agit de la première opportunité pour la nouvelle Fédération de jouer un rôle pour l'Ouest. Je pense que nous devrions procéder comme pour Létare et demander leur assistance.

— Voilà qui serait le bienvenu ! s'exclama le bourgmestre jovial. Bien, mes chers amis, je crois qu'il ne nous reste plus qu'à écrire et avoir confiance en la qualité de nos alliés potentiels, en plus de la compétence de notre général en chef !

— Je ne pourrai rester longtemps parmi vous, les informa t-il, car je dois me rendre vite au siège de la Compagnie ainsi que dans la forge numéro une pour superviser les actions en cours et à venir. Si vous voulez bien m'excuser...

— Bien sûr ! Répondit le bourgmestre. Vous pourrez revenir plus tard pour la signature, nous n'avons pas encore commencé à rédiger.

Envar les salua d'un mouvement de tête et sortit à une allure plus rapide qu'à sa venue, pour se diriger vers le centre de la capitale, où ses affaires l'attendaient et le laissaient dans une certaine impatience.

***

Le navire de guerre Létarien, avec Garvin et Ciela à son bord, descendait lentement le fleuve Olono vers le nord. Le commandant Veresh, présent sur le pont aux côtés des deux jeunes magiciens, fut informé par un matelot que le Conseil venait de les contacter via le transmetteur de la cabine de pilotage, et que sa présence était requise. Veresh partit alors vers l'avant du vaisseau et entra dans une pièce au bois luisant et magnifique, à l'esthétisme très proche du bureau de Gador. Sur une table positionnée au centre, reposait une plaque de pierre sombre et granuleuse, au milieu de laquelle se dressait une paroi carrée, perpendiculaire à la surface de la table. Un courant d'énergie parcourait le dispositif, signalant un contact établi depuis Létare. Le commandant du navire posa sa main sur la plaque, actionnant une touche placée devant la paroi verticale, puis cette dernière s'activa, offrant une vue partielle sur la salle du Conseil, le champ de l'image étant principalement occupé par le visage du Grand Mage.
— Commandant, nous recevez-vous ? Demanda celui-ci.
— Nous vous recevons, monsieur, répondit l'officier, en s'asseyant sur une chaise que le marin venait de mettre devant la table. Nous attendons les instructions. À vous.
— Le Conseil tient une fois encore à vous féliciter pour avoir mené votre mission malgré les... incidents rencontrés, dit le Grand Mage sur un ton neutre. Vous avez l'ordre de demeurer sur l'Olono en surveillance, et d'y jouer le rôle d'avant-poste. Vous serez dès maintenant nos observateurs, et signalerez le moindre événement dont vous serez témoins. Votre secteur est compris entre la cité des Mille Collines, Valtor, et la cité indépendante que vous avez évoqué, Sohar. Vous êtes autorisés à stationner dans cette ville.

— Entendu, monsieur. Je dois vous dire que le jeune mage de la Fédération a averti son pays de la menace par une lettre remise aux autorités de Valtor.

Un instant de silence eut lieu de l'autre côté, puis Veresh entendit les voix atténuées des conseillers, plongés dans une discussion plutôt brève, à laquelle le Grand Mage demeura ouvert, puis qu'il approuva sans dire un mot.

— Nous n'avons aucune raison de nous opposer à la divulgation de cette information, conclut-il. La force de l'ennemi restant inconnue à ce jour, Létare ne peut malheureusement pas se permettre d'assurer seule la défense des frontières orientales. Le Conseil tiendra une réunion pour décider de la posture à adopter vis-à-vis des Mille Collines. En attendant, agissez conformément aux instructions qui vous ont été données.

— Je vous l'assure, Grand Mage, dit le commandant dévoué.

Le haut responsable de Létare abaissa la tête et fit un mouvement du bras en grande partie hors champ, suite à quoi l'image disparut de la paroi de pierre verticale, qui redevint terne.

***

Revenu dans son petit bureau, situé dans la grande tour du château de la Compagnie, Envar tenait dans ses mains la lettre de Garvin, qu'il relisait en marchant dans la pièce. En face, une fenêtre donnait sur la nuit Gernevienne, les multiples lueurs des maisons alentours, et les étoiles dans le ciel assombri. Le jeune magicien racontait dans ce petit journal les étapes les plus importantes de son voyage à Létare, et tout particulièrement la rencontre avec Lendra la Grande Alchimiste, qui témoignait de son immense respect envers la Compagnie, une affinité qui faisait de l'imposante dame un soutien possible dans les semaines à venir. Tout en allant et venant, Envar faisait des signes positifs et ne cessait d'estimer qu'il avait eu raison d'écrire une lettre à l'Alchimiste, qu'il restait à lui faire parvenir discrètement, à des centaines de kilomètres de là. Mais la Compagnie regorgeait de talents certains, capables d'effectuer une telle mission. Un autre message, cette fois-ci adressé à Garvin, aurait moins de chances d'arriver à son destinataire, étant donné qu'il devait sûrement se déplacer à l'instant même. Envar pensa qu'il devait l'adresser à Valtor, mais finit par décider de le confier à un agent des Masques qui serait chargé de trouver le jeune héros de Felden et de lui remettre en mains propres.

— Oui, je dois le remercier de l'alerte qu'il a lancé à l'Ouest, dit-il à haute voix, suite à quoi il alla poser le papier sur son vieux bureau, entre lui et la fenêtre, par laquelle il jeta un rapide regard.

Il demeura immobile plusieurs secondes, au cours desquelles il réfléchit encore à la stratégie militaire à mener une fois les troupes acheminées de l'autre côté de l'Olono. Les premiers soldats devaient partir le lendemain pour Valtor, et une semaine plus tard, les mille combattants seraient en principe en poste à l'endroit voulu. Pour le moment, il ne pouvait pas envisager d'autres actions, ainsi, il se concentra sur la dernière chose qu'il lui restait à faire dans cette journée déjà bien chargée. Après un dernier instant près de la fenêtre, il entreprit de se rendre comme prévu à la forge numéro une, la première installation de la Compagnie. Il se retourna vers la porte de son bureau et sortit d'une allure conquérante, sa motivation au plus haut malgré une fatigue logique après tant de décisions prises dans les heures précédentes. Cinq minutes plus tard, il se retrouvait dans la rue nocturne et encore chaude, puis il se dirigea vers l'ouest de Gernevan, croisant plusieurs passants à peine éclairés par les lanternes des réverbères de la capitale. L'air calme lui garantit une traversée paisible, cependant, son inspection de la forge alourdissait ce voyage à pied en raison d'un enjeu bien particulier : la qualité du matériel de haute facture qui allait lui être proposé, qui se devait être irréprochable, à la hauteur des ambitions de la Compagnie. Celle-ci contrôlait en tout douze forges et dix-sept laboratoires d'alchimie, un réseau gigantesque qui faisait travailler presque deux mille personnes, en comptant les ouvriers qui fournissaient les matériaux nécessaires depuis les montagnes occidentales, ainsi que son personnel militaire. Avec une telle capacité, la Compagnie représentait la meilleure chance de victoire pour les Mille Collines, qui ajoutaient leurs forces aux siennes. Bien que confiant en leur possibilité de mener une défense efficace et de franches offensives, Envar savait qu'il ne se sentirait rassuré qu'une fois la visite de contrôle effectuée, et que si elle s'avérait une réussite.

Il s'approcha d'un hangar de bois sortant d'une petite colline, à l'extrémité ouest de la ville, surveillé par plusieurs soldats en armes et armures. Le commandant des Masques, toujours en civil, leva le bras à leur attention, alors qu'il entrait dans la lumière des lanternes accrochées aux bords de la grande porte ouverte du bâtiment. Envar passa les gardes, qui s'attendaient à le voir venir, et entra dans le hangar, où des caisses contenant les articles à expédier dans les différents centres de la Compagnie occupaient presque tous les espaces latéraux. Au milieu, une pente descendait sous le niveau du plancher jusqu'à un tunnel souterrain, dans lequel il s'engagea sans ralentir son allure. Éclairée par d'autres lanternes, la galerie longue de plus de trente mètres, légèrement inclinée, l'amena jusqu'à une ouverture rectangulaire, sans porte ni rideau. Une fois arrivé dans l'encadrement, une immense caverne se découvrit, haute de dix mètres, avec des aérations dans son plafond de pierre, prévues pour atténuer la chaleur intense qui y régnait. Dans cet espace ovale, des dizaines d'ouvriers circulaient à proximité de plusieurs fourneaux régulièrement réapprovisionnés en bois compacté. Une activité toute aussi grande que l'espace à disposition s'y déroulait, les matériaux finissant invariablement par arriver au centre de la caverne, où les pièces étaient travaillées dans le détail, près d'enclumes et de bassins de refroidissement. C'est vers là qu'Envar s'orienta sans plus attendre.

Un petit homme trapu et moustachu en chemise et tablier se tenait au milieu de cet endroit, l'un des plus préservés du chaud, en train se s'essuyer les mains avec un torchon devenu beige. Âge d'environ soixante ans, le maître-forgeron repéra la venue du commandant des Masques et attendit son arrivée dans l'espace dégagé où il se tenait seul pour l'instant.

— Ah, Envar, vous voilà ! s'exclama t-il d'une voix franche, qui surpassa le bruit ambiant. Venez voir ce que nous avons forgé pour vous !

Le chef de la Compagnie, particulièrement concentré, demeurait professionnel, et il suivit le meilleur artisan de Gernevan vers un bassin d'où s'échappait une mystérieuse fumée blanche, surveillé par deux ouvriers. Au signe du maître-forgeron, ces derniers tirèrent sur deux chaînes coulissant dans une structure légère à l'arrière du bassin, faisant ainsi émerger de l'eau une armure lourde, chargée de magie, un équipement en partie dissimulé par la vapeur claire qui l'entourait, mais dont Envar put sentir l'énergie, même à des mètres de distance. Souriant, le commandant des Masques observa la réalisation avec une grande joie, car il s'agissait d'une des trois pièces majeures de l'ensemble qu'il avait commandé à la forge. — Je crois que c'est la meilleure armure que j'ai pu fabriquer et superviser, déclara le maître-forgeron. Mais ce n'est pas tout, venez...

Il le mena un peu plus loin, en contournant le bassin par la droite, jusqu'à un chevalet sur lequel était suspendu un bouclier large, un pavois étincelant dont la surface brillait d'un éclat enchanté. À sa gauche, une imposante masse à tête anguleuse, impressionnante et plus puissante que celle qu'il possédait déjà, reposait sur un coffre rocheux de couleur noire. — Je peux vous assurer que jamais je n'ai vu autant de sortilèges être lancés sur aussi peu d'éléments, poursuivit le forgeron en chef. Nous avons mis à l'épreuve chaque pièce : l'armure, le bouclier et la masse seront parfaits pour vous.

— Parfait... commenta Envar, le regard ébloui et la voix presque troublée de tant de travail exceptionnel. Et qu'en est-il des deux épées magiques, que j'ai demandées pour un ami ? Le maître-forgeron tendit le bras vers la droite, où se tenait une femme blonde, debout devant un autre ensemble rocheux compact, qui soutenait aisément deux fourreaux desquels ne sortaient pour l'instant que le manche de deux épées. Ils vinrent se poster tout près, Envar curieux de découvrir ces pièces de grande qualité, plus évidentes que les siennes à fabriquer, mais qui demandaient un talent affirmé.

— C'est ma première assistante qui les a réalisées, l'informa t-il en désignant l'ouvrière blonde, petite et robuste, aux longs cheveux frisés. Voyez par vous même.

Envar prit le fourreau de droite et tira l'épée qu'il contenait, quasiment surpris de découvrir l'extrémité incurvée et le halo bleu qui entourait la lame jusqu'à sa courte garde.

— Fantastique... Cela n'aurait pas pu être mieux...

— Cette jeune femme est la meilleure relève possible pour moi, dit le vieil artisan, qui fit sourire la blonde humble.

Envar lui adressa un hochement de tête pour l'assurer de toute sa sympathie.

— D'ici deux jours, nous aurons achevé les améliorations pour les Masques qui vont participer aux combats sur le front oriental, l'informa le maître-forgeron. Je vous ferai envoyer le tout au château.

— Excellent, excellent... approuva Envar, admiratif et gagné par la fatigue. Je vais rentrer à présent. Continuez ainsi, nous gagnerons la guerre.

Sans attendre qu'on le raccompagne, le commandant de la Compagnie se retira, et au-delà de la nuit qui avançait, il sentait d'une manière évidente que les immenses facultés de celles et ceux qui l'entouraient se révéleraient une fois de plus comme un atout majeur du conflit qui se profilait. Désormais, il était sûr que tout se déroulerait d'une manière positive, quelle que soit la puissance de ces Vesnaer.

***

Les étoiles brillaient dans un ciel entièrement dégagé, au-dessus de l'Olono, tandis que les torches éclairaient le pont du navire Létarien. Accoudés à la rambarde et tournés vers l'est, Garvin et Ciela profitaient de cette nuit chaude tout en demeurant attentifs à leur environnement. Gagnés par le calme et le relatif silence, ils se laissaient transporter par le lent mouvement du navire qui glissait vers Sohar, où leur commandant avait jugé bon de voguer, quitte à faire des aller-retours le long du fleuve.

— On a du mal à envisager que nous allons bientôt devoir affronter des hordes entières, fit remarquer Garvin. Et pourtant, l'Observateur et maintenant les membres du Conseil sont catégoriques.

— Il reste une chance pour que le conflit n'ait pas lieu, mais elle est très mince, poursuivit Ciela, posant sur regard sur le visage de son ami, ce dernier étant toujours orienté vers l'orient. Mis à part si l'Observateur a commis une erreur et que les

Vesnaer reprennent leur guerre. Mais même si cela arrivait, nous devrions nous préparer à les attaquer.

— Oui, tu as raison, approuva Garvin. Létare est en train de rassembler ses forces, et je pense, j'espère, que les Mille Collines aussi. Nos deux nations unies, nous devrions être en mesure de l'emporter.

— Je le crois aussi, dit Ciela de sa voix confiante et forte. Garvin, je suis heureuse que nous ayons fait tout ce voyage ensemble, et le fait de savoir que nous allons continuer ainsi me remplit de joie.

Garvin pivota vers elle et fut encore plus troublé lorsque le regard de la jeune femme blonde croisa le sien.

— Je... c'était bien normal de ma part de t'apporter mon soutien, et puis je dois t'avouer que... j'ai beaucoup pensé à toi pendant toutes ces années, même pendant la campagne de Felden. Depuis que je t'ai rencontré, j'ai vu à quel point la magie peut être puissante, et tu m'as beaucoup inspiré.

— Oh... soupira Ciela, réellement étonnée, surprise par l'ampleur de ces sentiments que Garvin suggérait sans exprimer franchement. Ce que tu me dis est très beau... J'ai vu les progrès que tu as fait en si peu de temps, ne serait-ce que lors de notre traversée de la Plaine des Cendres. Nous serons capables d'apporter une aide précieuse aux forces de l'Ouest dans les mois qui viennent. Je dois à mon tour te confier quelque chose : j'ai envie depuis des années de me rendre utile, d'utiliser mes pouvoirs afin d'aider les gens, et comme tu le sais déjà, Létare ne laisse que peu de marge à ses jeunes. Mais depuis ton arrivée, depuis que tu as raconté tes aventures, comment tu as participé à la libération de Felden, mon aspiration est devenue plus grande encore. Toi aussi, tu m'as inspiré, et maintenant nous allons pouvoir agir, je le sens.

Garvin acquiesça en souriant, ému de leur entente si harmonieuse, son moral rehaussé par l'assurance de Ciela, plus puissante que jamais. Il reconnaissait là l'énergie de la jeune femme, cette force incroyable qu'elle dégageait et qui lui donnait envie d'accomplir avec elle les plus grands exploits qui soient. Et les temps prochains allaient leur permettre de faire valoir tout leur talent.

***

Sept jours plus tard, un homme d'environ quarante ans, grand, aux cheveux châtains, parvint au pied d'une grande et longue falaise, loin au nord-est de son pays d'origine. Il se déplaçait dans une armure de fer légère, en partie recouverte d'une cape couleur émeraude, furtive dans la forêt de pins qu'il venait de traverser, à flanc de colline. Désormais, un escalier de pierre incurvé l'attendait, comme on lui avait décrit dans sa lettre, porteuse des consignes qu'il suivait depuis son départ de Grovd. Bien qu'un peu dérouté par moments, comme en cet instant où il relisait le document en sa possession, il avança vers les marches et les gravit. Il parvint à un étage en extérieur et ouvrit la porte logée dans une partie avancée de la falaise, pour ensuite découvrir une belle demeure troglodyte, qui correspondait exactement aux informations laissées à son attention. Il descendit un escalier jusqu'à une grande pièce aux surfaces de pierre, puis une femme aux proportions irréelles apparut droit devant, sortant de ce qui semblait être un laboratoire d'alchimie. Après un long regard incrédule posé sur le corps massif de la dame qui venait à sa rencontre, le visiteur se redressa dignement tandis que la femme aux cheveux noirs l'interpellait d'un ton et d'une voix puissantes.
— Oui, c'est à quel sujet ?
— Êtes-vous bien Lendra, la Grande Alchimiste ?
— La seule, répondit la grande dame, légèrement provocatrice et hautaine, en souriant discrètement.
— Je suis envoyé par Envar, le commandant de la Compagnie des Masques, à laquelle j'appartiens, déclara le messager. Notre agent honoraire, Garvin, nous a indiqué l'emplacement de votre demeure.
— Ah, dommage que le jeune homme ne soit pas venu en personne… dit Lendra, à la voix plus tendre et chaude. Mais bon… Je suis contente de recevoir une personne de la Compagnie dont j'ai tant entendu parler et que je respecte immensément.
L'émissaire, prévenu de l'attitude si particulière que pouvait prendre la Grande Alchimiste, ignora la remarque initiale de Lendra et s'inclina respectueusement, en réponse au compliment de la dame à propos de son organisation.

— Je viens au nom de ma Compagnie afin de solliciter votre aide, expliqua t-il humblement, tout en se souvenant de la flatter. Garvin nous a parlé de votre pouvoir considérable et a suggéré que nous devions venir vous voir.
— Vous parlez bien, continuez. Que puis-je pour vous ?
— Voilà. On dit que vous possédez des fioles alchimiques et explosives capables de faire s'effondrer une montagne toute entière.
— C'est bien vrai, confirma Lendra, fière.
— Il y a que... nous sommes en guerre, avec un ennemi encore incertain, mais qui viendra à nous depuis l'orient, lançant peut-être une nuée de soldats. Ils se nomment les Vesnaer. — Je savais que quelque chose de dangereux existait au-delà des montagnes à l'est, et ce que vous m'apprenez me préoccupe, soyez-en sûr, dit la Grande Alchimiste, énergique, et soudain plus sérieuse. C'est pourquoi je m'engage à vous faire parvenir deux caisses de mes plus puissantes fioles.
— La Compagnie vous remercie de votre générosité, reprit le messager en se courbant plus bas encore.
— Et j'enverrai une escorte solide pour accompagner la caravane, qui partira dès demain, ou au plus tard d'ici deux jours, insista Lendra, qui voulait lui témoigner son soutien et sa détermination.
— Merci encore, Grande Alchimiste. Je voudrais vous suggérer de faire partir ce convoi d'abord vers le sud, puis en direction de la ville portuaire de Grovd, aux Mille Collines, en faisant étape à Sohar.
— Bien sûr ! Approuva Lendra. Il faut lui faire quitter l'aire d'influence de Létare le plus tôt possible. Je souhaite mettre ma puissance à disposition de la Compagnie et des Mille Collines, qui sont des justes, contrairement au Conseil qui gouverne ce pays. Enfin, presque tout ce pays. Vous êtes ici sur le terrain de mes amis, et vous êtes le bienvenu. Resterez-vous en ma... compagnie ?
— Euh, je regrette, Grande Alchimiste, je me dois de transmettre l'excellente nouvelle de votre soutien à mes collègues, déclina le messager avec un sourire, légèrement mal à l'aise.

— Ce n'est pas grave, revenez quand vous voulez… dit Lendra d'une voix de séductrice.

Ha, je vous taquine ! Transmettez mes salutations à Envar et aux Masques.

— Je n'y manquerai pas ! Conclut le messager en la saluant.

Il remonta l'escalier, gagna le balcon et sortit sans se retourner. Une fois dehors, sous un ciel nuageux, il s'arrêta un instant pour s'orienter et reprendre son souffle.

— Ah, j'ai survécu ! Soupira t-il en exagérant volontairement, avant de descendre d'un pas rapide les marches vers la forêt de pins, qu'il regagna quelques instants plus tard.

***

Une immense agitation régnait dans le château et siège de la Compagnie des Masques. Les agents et les soldats à son service parcouraient les étages inférieurs, ainsi que la cour qui séparait le donjon, la porte et les différents bâtiments alignés le long des murailles. À chaque minute, au moins un ordre était lancé d'une pièce à une autre, tandis que des hommes et des femmes entraient et sortaient du premier niveau du donjon, là où Envar réunissait ses deux lieutenants officieux, une grande blonde robuste à la quarantaine et un brun d'une carrure similaire, tous deux en armure lourde, postés de chaque côté du commandant de la Compagnie. Celui-ci qui convenait avec eux d'un plan à suivre, penché au-dessus d'une carte de l'Ouest. Celle-ci, étalée sur une table de bois ovale et massive, leur donnait une vue d'ensemble de la situation. Soudain, un Masque suivi de deux soldats entrèrent, ces derniers portant une étrange plaque de pierre sombre au milieu de laquelle se dressait une sorte de cloison fabriquée dans le même matériau.

— Ah, voilà l'appareil, commença Envar, qui se redressa en les entendant arriver. Posez le ici.

Le grand chauve déplaça la carte vers lui pour laisser le champ libre aux militaires, qui déposèrent le dispositif de communication longue-distance que lui envoyait Létare. — Bien, voyons comment cela fonctionne… dit-il avant de poser sa main devant la surface de pierre verticale.

Le courant parcourut l'objet et l'image du Conseil apparut devant Envar et ses associés. Dix des membres les plus importants de la cité des magiciens se tenaient en face, derrière une table, l'appareil correspondant posé face à eux, certainement sur un tabouret haut, de manière à pouvoir faire entendre la réponse de la direction de Létare au grand complet.

— Général Envar, nous recevez-vous ? Demanda le Grand Mage, vêtu de son habit de président du Conseil.

— Oui, je vous reçois, confirma Envar, courbé devant la pierre de communication. Je suis honoré que vous ayez répondu à notre message et fait parvenir cet objet des plus utiles. — Les situations exceptionnelles amenant des mesures qui le sont tout autant, vous pourrez compter sur notre appui d'ici peu de temps. Nous terminons de rassembler notre flotte, laquelle doit amener deux mille de nos soldats jusqu'à la cité de Valtor, si vous autorisez notre débarquement.

— En tant que général en chef des Mille Collines, je vous accorde ce droit. Nous serons heureux de recevoir vos renforts dès que possible.

— Général, où en êtes vous de votre effort de guerre ? Demanda le Grand Mage.

— Actuellement, mille combattants sont en place dans la Plaine des Cendres, annonça Envar. Nous disposons donc d'une force capable d'opposer une grande résistance, voire de neutraliser une première attaque adverse, le temps pour nous d'organiser une deuxième vague. Je viens de recevoir ce matin un message en provenance de Felden, dont les nouveaux gouverneurs m'annoncent l'envoi de cinq cents volontaires soucieux de défendre leur liberté et celle de l'Ouest.

Les membres du Conseil s'observèrent un instant, visiblement surpris de cette initiative inattendue.

— Une très bonne nouvelle, commenta le Grand Mage d'un ton toujours proche de la neutralité, aux accents positifs cette fois-ci. Je voudrais cependant revenir sur les termes de l'alliance, afin que nous soyons chacun certains de nos engagements respectifs. Létare, que nous représentons, et les Mille Collines, que vous représentez, renoncent chacun à prendre le commandement de l'ensemble des forces militaires apportées par nos deux nations. Nous combattrons ainsi ensemble, mais

séparément ; chacun est libre de sa stratégie, même si le Conseil et vous-même sommes tenus de nous informer mutuellement de nos plans pour plus d'efficacité et de chances de trouver une entente profitable à nos pays contre les Vesnaer.
Confirmez-vous les termes de l'alliance ici énoncés ?
— Je les confirme, accepta Envar en acquiesçant. Les Mille Collines, sous mon commandement et la direction de la Compagnie des Masques, respecteront l'alliance selon ces principes.

Le Grand Mage consulta ses proches collaborateurs, assis de chaque côté de lui, un homme et une femme âgés, écoutés par le reste des conseillers, puis le président du Conseil releva le visage vers l'appareil de pierre enchantée.

— Dans ce cas, nous acceptons également les termes, déclara t-il. Je propose que nous nous tenions informés chaque jour de l'avancement des opérations.

— J'approuve cette décision, reprit aussitôt Envar. Je voudrais vous demander où se trouve actuellement notre agent spécial, Garvin.

— Étant donné qu'il s'agit d'un membre de votre Compagnie et qu'il a accompli avec succès une mission commune avec l'une de nos magiciennes d'élite, nous pouvons répondre à votre requête. Il est en ce moment à bord d'un de nos navires de guerre, entre la cité de Sohar et Valtor, en tant qu'éclaireur. Le navire est équipé du même type de dispositif que nous utilisons pour nous contacter. Si vous voulez lui transmettre un message, attendez que cette communication prenne fin et appuyez une nouvelle fois sur le carré sur le devant de votre plaque. Vous entrerez ainsi en contact avec le navire. Ensuite, appuyez à nouveau pour désactiver l'appareil, et appuyez à nouveau pour nous contacter. Seuls ces trois appareils sont en service à ce jour, et ils fonctionnent donc en alternance. En raison du gain de puissance magique des Vesnaer, il est possible que le navire ne réponde pas à la première tentative, ou seulement après un temps. Il est envisagé de placer un quatrième dispositif sur le front est afin de faciliter les transmissions d'ordres et de rapports. Maintenant, vous savez tout ce qu'il y a à savoir à l'heure actuelle. Nous reviendrons vers vous dès demain.

Sur ces mots, la discussion diplomatique s'acheva, et quelques instants plus tard, alors que le Conseil se dissipait, un Létarien majoritairement hors-champ désactiva l'appareil, laissant la salle du donjon dans un moment de silence après l'agitation qui avait précédé.

— Mes amis, nous venons de traiter avec la rivalité, dit Envar, qui s'attendait à une telle chute de la conversation. À nous d'agir à présent.

***

Sous la couverture de nuages sombres qui masquait le ciel, une immense tâche irrégulière se tenait comme figée dans l'immensité poussiéreuse de la Plaine des Cendres. L'armée des Mille Collines patientait dans le silence et une concentration remarquable, avec ses rangs dispersés dans lesquels ne passaient que quelques murmures. À l'avant, un guerrier-magicien des Masques en armure lourde blanche, qui donnait l'aspect d'un trentenaire expérimenté, observait cette étendue de stratocumulus particulièrement noirs qui couvraient l'horizon, plein est. L'air parfaitement calme donnait à la situation un caractère inquiétant, tandis que le visage du membre de la Compagnie affichait une appréhension légitime, son masque dans sa main droite, orientée vers le sol. Derrière lui, ses neufs collègues présents dans les forces de la Fédération patrouillaient, des hommes et des femmes attentifs aux éventuels mouvements qui pouvaient se produire dans leur champ de vision si vaste, au milieu de ce champ plat et interminable. Une jeune brune se rapprocha du chef de la délégation des Masques, également à visage découvert, et plus sereine que lui.

— Tout va bien ? Demanda t-elle.

— Pour l'instant, oui, répondit-il sans quitter des yeux la ligne des nuages obscurs. Rien à signaler. Mais restez sur vos gardes.

La récente membre de la Compagnie acquiesça et retourna vers les autres, postés juste devant les premières lignes des Mille Collines. Comme Garvin en avait témoigné dans sa lettre, ils savaient que l'ennemi était capable d'arriver à très grande vitesse et ainsi surprendre leur défense, ce pourquoi le commandant en charge de la mission se devait de réagir aussi rapidement que possible, et se tenait prêt à lancer l'alerte dès le premier adversaire visible. L'arrière-plan noir pouvait très bien camoufler plusieurs de ces gargouilles si coriaces, à l'image de celle que les Létariens avaient affronté sur le fleuve, un épisode qui constituait l'événement marquant de ce début de conflit.

Soudain, une forme apparut droit devant, à des centaines de mètres de leur position : le trentenaire crut d'abord apercevoir un éclaireur des Vesnaer, évoluant à la limite de leur secteur, mais la silhouette se révéla fondre en solitaire droit sur eux. Quelques secondes plus tard, le Masque distingua un homme âgé, vêtu d'un manteau sombre à motifs argentés, qui semblait fuir un danger imminent : il fit donc signe à ses collègues et aux soldats dans son dos, en levant le bras gauche. Les agents de la Compagnie se rassemblèrent tandis que les militaires relevaient leurs armes, ceux qui s'étaient assis se relevant subitement pour parer toute menace en approche. L'homme, dont le manteau se mouvait sous l'effet de sa course effrénée, se présenta essoufflé devant le commandant des forces de la Fédération, bien curieux de savoir de quoi il retournait. L'arrivant fatigué se courba, les mains sur ses genoux, avant de se redresser.

— Qui êtes-vous ?

— Un agent de Létare, parvint à dire l'Observateur. Ils arrivent...

— Les Vesnaer ? Demanda aussitôt le chef des Masques. Quand arrivent-ils ?

— Maintenant, d'ici quelques minutes ! s'exclama le mage au manteau. J'ai des informations à donner sur eux.

— Bien, allez vous mettre à l'abri, traversez nos rangs, nous allons les affronter. Nous sommes là pour ça.

L'Observateur fatigué se courba et reprit sa course, remontant la légère pente sur laquelle les effectifs des Mille Collines se regroupaient pour faire face à l'ennemi qui venait à eux. Les Masques rejoignirent leur commandant à l'avant des troupes en mouvement. Les arbalétriers demeurèrent en retrait, avec leurs tenues plus légères, pendant que les combattants avançaient de quelques mètres, en armures la plupart du temps recouvertes de petites plaques. Les premiers rangs comptaient un grand nombre de soldats équipés de boucliers et de petits pavois. Le chef des Masques gardait sa main droite sur l'extrémité de son épée, pendant que ses collègues debout derrière lui, et désormais disposés en ligne, prenaient leurs boucliers et armes de contact personnelles, au cours d'une phase d'attente et de vigilance qui ne cessait de gagner en intensité. Alors que l'horizon demeurait immobile depuis cinq minutes, un point sombre se détacha de la masse de nuages, suivi de plusieurs autres, et en l'espace d'un instant, la masse noire dans le ciel se mit à avancer, prenant de plus en plus de vitesse, puis ce fut au tour d'une nuée terrestre de s'avancer sur la poussière grise.

— Ils sont là ! s'exclama le commandant en se retournant, avant de placer son masque sur son visage. Préparez-vous à vous défendre !

Lorsqu'il regarda à nouveau le ciel, il aperçut les gargouilles dont Garvin avait parlé, et qui devançaient des hordes encore informes, mais qui couvraient des centaines de mètres de largeur. Les nuages accompagnaient l'assaut des Vesnaer, couvrant leur charge à travers la Plaine des Cendres. Des lanciers et des épéistes se distinguaient dans la foule, seulement protégés par des armures simples, au matériau inconnu, mais qui ressemblait à une sorte de matelassage assorti à leurs cheveux. Leurs visages pâles et leur coiffures longues si semblables faisaient penser à une armée constituée de peut-être mille répliques du même homme et mille autres de la même femme, même si à force d'observation, le commandant remarqua quelques variations dans leurs traits respectifs.

— Voici nos premiers contacts… murmura t-il.

Au-delà des lanciers et épéistes qui formaient leur première force de frappe, des archers manoeuvraient à une moindre rapidité, sans doute pour tirer peu avant l'arrivée de leurs congénères au corps-à-corps. Lorsque le commandant des Mille Collines se retourna, son geste donna le signal aux arbalétriers de commencer à tirer, éliminant d'entrée une trentaine d'ennemis. Les Masques lancèrent des boules de feu pour provoquer des explosions à la surface de la plaine, capables de ralentir l'ennemi, ce qui se révéla efficace, du moins jusqu'à ce que les flèches des archers Vesnaer, aux pointes couvertes d'une magie d'un violet bleuté, ne survolent les soldats pour venir abattre plusieurs tireurs des Mille Collines.

Les nuages avançaient toujours, et les dix gargouilles dans les airs passèrent à l'action, forçant les Masques à abandonner les attaques au sol pour les viser avec des éclairs rapides. Les combattants partirent alors vers l'avant, dépassant leurs guerriers-magiciens, pendant que les arbalétriers devaient cesser le tir, harcelés par les raids aériens, si mobiles que les Masques ne parvenaient à les toucher qu'une fois sur trois. À force d'être visées par les sorts des Masques, deux gargouilles finirent par s'effondrer à la surface de la Plaine des Cendres, puis leurs corps de roche s'y dissipèrent. La nuée de cumulonimbus arriva au-dessus d'eux, chargés d'une énergie venue d'orient, puis des dizaines d'éclairs se mirent à tomber sur les soldats de l'Ouest, foudroyés sur place par une sombre magie. Le commandant, l'épée en main, se tourna vers l'est, où le coeur de la bataille se déroulait, ses troupes faisant pour l'instant jeu égal avec les Vesnaer.

Ces derniers continuaient d'affluer, au moins deux fois plus nombreux, et au loin, au bout d'un espace dégagé, il aperçut la présence d'individus vêtus de grands manteaux noirs, aux cheveux plus courts. Certains d'entre eux certains tenaient leurs mains levées vers les nuages, déclenchant ce tonnerre anormal qui reprit peu après. À sa gauche, un de ses collègues des Masques frappait des ennemis en approche avec sa masse, lorsque plusieurs des flèches enchantées des Vesnaer le touchèrent au buste avec une force remarquable, le faisant s'écrouler au sol, comme déjà deux autres membres de la Compagnie. Les yeux grand ouverts, le commandant se tourna et vit une sphère de magie obscure venir à grande vitesse vers lui pour exploser à cinq mètres de sa position, l'onde d'énergie le repoussant pour lui faire mettre un genou à terre.

Devant la puissance déployée par l'adversaire, il réalisa que l'affrontement tournait largement en leur faveur, et que les Vesnaer gagnaient sans cesse du terrain sur les Mille Collines. Après un instant d'hésitation, il prit une décision, se releva, et s'exprima tout haut, plaçant sa main droite près de son cou pour amplifier par enchantement sa voix.

— Abandonnez le combat, repliez-vous !

Son ordre résonna suffisamment fort pour que tous les soldats l'entendent, suite à quoi les forces de l'Ouest battirent en retraite, les combattants équipés de boucliers reculant prudemment pour parer des flèches, pendant que les sept Masques restants se réunissaient pour former un champ de force sur la pente. Les projectiles des archers Vesnaer éclatèrent contre la barrière magique bleue qu'ils tendaient devant eux, et une fois que les derniers soldats des Mille Collines en repli se retrouvèrent à une centaine de mètres à l'ouest, les magiciens en armures lourdes abandonnèrent leur poste à leur tour, pour s'élancer à la course vers Valtor, depuis laquelle ils allaient pouvoir préparer la suite du conflit.

***

Au siège de la Compagnie des Masques, l'activité demeurait intense, même si le nombre de personnes présentes avait diminué. Dans la grande salle du donjon, Envar, en vêtements civils, se tenait en face de l'appareil de transmission, prêt à communiquer avec Létare, comme il le faisait depuis deux jours à cette heure. Seul dans la pièce à ce moment là, il appuya sur la surface carrée présente devant l'écran de pierre tout en s'asseyant, puis l'image du Grand Mage apparut.
— Général Envar, nous attendons votre rapport, dit-il sans perdre de temps.
— Salutations au Conseil de Létare, répliqua le commandant des Masques. Je dois vous informer que la confrontation ne s'est pas déroulée aussi bien que nous l'avions prévu... — Vous dites que la bataille a été perdue ? s'étonna le Grand Mage, au visage pour une fois très expressif, tandis que des voix hors-champ, celles des conseillers, se faisaient entendre. Comment cela s'est-il déroulé ?
— Nos soldats se sont retrouvés face à des troupes deux fois plus nombreuses, et ont lutté dans la mesure de leur moyens, répondit Envar d'une voix assurée. La retraite, décidée par le commandant en charge du front est, a permis de sauver l'essentiel de notre armée, désormais regroupée à Valtor, et capable de faire face à nouveau.
Le Grand Mage effectua deux regards latéraux, observant les réactions de ses collègues, qui échangeaient quelques mots au sujet de la situation.

— Cela est fâcheux… reprit-il sur un ton sincère, visiblement préoccupé, ce qui surprit Envar au passage. Pensez-vous que la défaite est avant tout due à un manque d'effectif au front ? — Non, pas en premier lieu. Pendant toute la campagne de Felden, nous n'avons perdu qu'un seul Masque. Là, ils nous en ont eu trois en cinq minutes. On m'a rapporté la présence dans les rangs ennemis de tireurs aux flèches dotées de pouvoirs, renforcées par de la magie, comme celles de vos archers d'élite, ainsi que des magiciens capables de faire tomber la foudre en masse. Les Vesnaer ne doivent absolument pas être sous-estimés. Je suggère que l'on regroupe toutes nos forces principales en un seul lieu, et que nous les affrontions en une fois. L'alliance sur le terrain est la meilleure option, mais seule la ruse nous assurera de l'emporter définitivement. Mes collègues et moi avons un plan… très particulier dont nous gardons pour l'instant le secret, car il n'est pas encore prêt.
— Dites-nous au moins en quoi il consiste… s'empressa d'enchaîner le Grand Mage, intrigué. — Sans trop en révéler pour le moment, je peux vous dire qu'il faut que votre déploiement ait l'air inférieur à la puissance de leurs troupes, comme cela s'est produit hier pour nous, et dès lors, nous pourrons les prendre par surprise.
— J'ignore quelle est cette ruse dont vous parlez, mais de toute façon, avec ou sans votre aide, Létare affrontera les Vesnaer, reprit le Grand Mage avec fermeté. Nous vous attendrons donc dans la Plaine des Cendres, d'ici quatre jours. Le dernier rapport de l'Observateur nous signale le déplacement de l'essentiel des soldats Elesrains aux abords de la Forêt d'Ombre, de l'autre côté de la Plaine. Rejoignez nous à trente kilomètres au-delà de la Tour de l'Observateur, à l'est-nord-est de celle-ci. C'est là, à proximité de la forêt, que nous les combattrons, avant qu'il ne lancent une véritable offensive.
— Sans pouvoir vous révéler la manière dont nous y parviendrons, nous serons là, lui assura Envar avec un sourire malin.
— Je l'espère, Général, dit le Grand Mage d'un ton méfiant. Nous reprendrons demain. Le Conseil vous salue.
Un instant plus tard, la transmission prit fin d'une manière plutôt brutale, cependant Envar ne se laissa pas surprendre par cela.

— Il n'y a pas beaucoup de chances pour que l'ennemi attaque Valtor, estima t-il en aparté, avant de se lever de chaise. Maintenant, nous allons préparer la riposte…

***

Peu avant midi, le navire de guerre Létarien voguait sur les eaux calmes de l'Olono, redescendant vers le Nord après une patrouille qui avait amené l'équipage jusqu'aux alentours de Valtor. Au fur et à mesure qu'ils s'éloignaient de la cité des Mille Collines, le ciel redevenait plus clair, des nuages blancs morcelés venus du sud-est se détachant en direction de l'ouest au fond bleuté. Pas même une mince ligne sombre au ras de la terre orientale ne se manifestait tandis que Garvin et Ciela, une nouvelle fois debout près du rebord exposé à l'est, continuaient d'observer le rivage boueux et les champs marécageux qui s'étendaient au-delà. Le vent inexistant ainsi que la moitié des voiles repliées leur permettait d'avancer à très faible allure, aisément dépassés par des oiseaux blancs qui planaient au-dessus d'eux en piaillant parfois.
Soudain, une voix se fit entendre dans la direction inverse à celle de leur trajet : d'abord très lointaine, elle s'amplifia au fil des secondes jusqu'à attirer l'attention des deux magiciens sur le pont. Ils tournèrent la tête à droite et aperçurent un homme de leur âge, qui courait le long de la berge, vêtu d'une veste rouge et bleue, assortie à son pantalon en majeure partie tâché, à force de progresser dans la fange de l'Olono. Il levait le bras droit, les interpelant par des « Hé ! » répétés, tandis qu'il continuait à courir pour se rapprocher progressivement du navire. Sa détermination fit comprendre à
Ciela et Garvin que l'homme cherchait à leur parler d'un événement important. Comme le vaisseau se tenait près de la rive est, il ne leur était distant que d'une trentaine de mètres, et il allait bientôt leur être possible d'entendre ce qu'il avait à dire. Lorsqu'il parvint à hauteur du château arrière, il sembla ralentir sous l'effet de la fatigue, alors Ciela s'empressa de s'adresser à lui.
— Qui êtes-vous ? Demanda t-elle en élevant la voix.

— Je viens… de Valtor… cria le messager haletant, qui faisait attention où il mettait les pieds, tandis qu'il avançait désormais au bord de l'eau, sur un terrain instable et irrégulier. L'armée des Mille Collines… a été battue… hier. Les Vesnaer ont remporté… le premier assaut. Ils vont vers le nord…ouest. Cinq cents Vesnaer… Vers Sohar.

Très inquiets par ce qu'ils venaient d'apprendre, les deux magiciens espérèrent aussitôt que la défaite récente n'allait pas compromettre la Fédération dans ses efforts à venir, et que les dégâts n'étaient pas aussi importants que ceux suggérés par cet arrivant inattendu.

— Commandant Veresh ! Appela Garvin, pendant que le messager se maintenait difficilement en face du navire.

— Quand seront-ils à Sohar ? Demanda Ciela, juste après l'appel de son ami.

Le jeune homme manqua de chuter lorsqu'une motte de terre boueuse s'effondra à moitié sous son pied gauche, puis il se reprit, et continua sa course tout en se tournant vers le vaisseau pour crier. Le commandant arriva avec rapidité et prit place entre Garvin et Ciela, préoccupé par la réclamation pressante du magicien des Mille Collines.

— Je ne sais pas ! Répondit le messager. Ce soir, ou cette nuit. Dépêchez-vous d'y arriver ! Ayant lancé l'alerte comme le devait, il s'arrêta, posa les mains sur ses genoux pour reprendre sa respiration et laissa le navire poursuivre vers le Nord.

— Que se passe t-il ? Questionna le commandant Veresh, qui avait compris la gravité de la situation, à défaut des faits exacts.

— Nous devons arriver à Sohar le plus vite possible, dit Ciela avec insistance. Cinq cents Vesnaer auraient l'intention d'attaquer la ville.

Un des marins de la cabine de pilotage ouvrit la porte de la salle.

— Commandant ! Dit-il sans quitter l'encadrement. Le Conseil nous contacte à l'instant.

— Très bien, j'arrive. Attendez ici, je reviens aussi vite que possible.

Veresh s'élança vers l'avant du navire, laissant Garvin et Ciela là où ils se tenaient depuis une heure déjà, mais cette fois, ils sentaient que le conflit venait de prendre une tournure négative.

— Ce n'est peut-être pas aussi grave que cela... dit le jeune magicien. Je connais les Masques, ils doivent être en train de préparer une contre-offensive à l'heure où je parle. Ciela acquiesça, car elle refusait de se laisser impressionner par cette victoire présumée des Vesnaer.

— À Sohar, nous pourrons l'emporter, déclara t-elle. Je sais que nous ne sommes pas nombreux, mais nos troupes sont très fortes. Nous gagnerons même s'ils sont des centaines.

Alors que le silence reprenait, le commandant revint vers eux avec une démarche pleine d'entrain que les jeunes gens remarquèrent dès sa sortie de la cabine. Son allure laisser présumer de bonnes nouvelles.

— Bien, les soldats de la Fédération se sont repliés en masse sur Valtor, annonça t-il d'emblée, faisant sourire de soulagement Garvin et Ciela. Ils tiennent l'entrée de la Plaine des Cendres et devraient recevoir des renforts. À priori, si ce que cet envoyé vous a dit est vrai, nous n'aurons à combattre qu'une partie des forces Vesnaer rencontrées par les Mille Collines, ce qui nous laisse des chances. À présent, cap sur Sohar ! Il s'exclama ainsi aux matelots, qui se dépêchèrent alors de déployer les voiles magiques inactives du vaisseau, lequel allait pouvoir prendre de la vitesse et rallier la cité fluviale en quelques heures. Garvin et Ciela se saluèrent chacun d'un signe de tête qui marqua après une courte période d'incertitude, le retour de l'optimisme.

Lorsque le navire arriva en vue de Sohar, rien ne semblait indiquer la présence d'un quelconque danger, tout comme à leur première escale, lors du voyage vers l'Observateur. Les regards d'abord inquiets de Garvin, Ciela et du commandant Veresh se firent plus calmes, à l'image de la ville qui se profilait face à eux.

— Bon, on dirait qu'ils n'ont subi aucune attaque, constata l'officier, en quittant le rebord avant du trois-mâts. Je vais rejoindre les troupes sur le pont.

Les deux jeunes magiciens tournèrent la tête pour le voir partir, puis s'intéressèrent de nouveau à Sohar. Ils tentaient de détecter des éléments anormaux, des détails qui pouvaient indiquer l'existence d'un piège dans lequel ils pourraient tomber. Mais au fil des mètres, ils distinguèrent les habitants qui s'affairaient sur le port et les quais de pierre, le long du fleuve, avec un naturel qui ne laissait aucune place au doute.

— Tout à l'air bien, dit Ciela avec le sourire, en regardant Garvin, qui acquiesça joyeusement tout en continuant de se projeter vers la cité.

En contrebas derrière eux, Veresh se tenait debout face aux soldats de Létare, les archers-mages au grand complet, au nombre de trente, ainsi que les lanciers en arrière-plan, tout aussi nombreux et attentifs. Le reste de l'équipage, sur les côtés, attendait également les consignes de leur commandant.

— Nous allons presque tous descendre à Sohar et nous informer de la situation, dit le haut officier. Visiblement, les habitants n'ont pas l'air de savoir qu'ils sont menacés, et lorsque nous leur apprendrons, il faudra nous tenir prêts à embarquer une partie de la population, si jamais les Vesnaer se révélaient trop puissants pour être stoppés aujourd'hui. Dix lanciers volontaires devront rester à bord, de même que tous les matelots. Selon la configuration du combat à venir, nous irons au devant de l'ennemi, ou bien nous leur résisterons depuis le village. Mais cela reste à préciser. Pour l'instant, place aux manœuvres amarrage. Une réponse positive commune monta des rangs des marins, qui reprirent leur poste alors que les pontons de Sohar se rapprochaient. Garvin et Ciela descendirent à leur tour sur le pont et se placèrent de chaque côté du commandant Veresh, qui levait les yeux vers les hauteurs du grand mât, juste devant lui. L'opération qu'il venait d'ordonner dura trois minutes, le temps de rentrer les voiles et de diriger le vaisseau vers un embarcadère vacant. Les citoyens de Sohar s'arrêtèrent presque tous pour les observer, beaucoup plus sereins qu'à leur première visite, au grand plaisir de Veresh. Une fois les cordes du navire reliées au bord des quais, il fit signe aux troupes de le suivre, pendant que Garvin et Ciela le devançaient. La vue du pourfendeur de brigands et de sa sympathique amie blonde suffit à atténuer l'effet de la cinquantaine de soldats Létariens qui posaient successivement le pied sur les pavés des docks, une force largement supérieure à celle de tous les gardes de Sohar réunis. Garvin marchait devant, saluant les habitants tout en souriant modestement, pendant que Veresh demandait aux archers-mages et aux lanciers de se regrouper non loin du ponton et d'y attendre les prochains ordres. Le commandant accéléra pour rejoindre les éclaireurs diplomatiques qui s'avançaient vers la demeure du bourgmestre local. La population légitimement suspicieuse demeura à bonne distance des soldats, pour les surveiller, certains parmi la foule dispersée commençant à craindre la suite imminente des événements. L'arrivée d'une telle troupe laissait supposer un danger qui bien qu'incertain, devenait l'objet de plusieurs scénarios.

Garvin frappa à la porte de la maison du bourgmestre, qui lui répondit d'entrer. Dès qu'il aperçut le jeune magicien, en compagnie de la représentante du Conseil de Létare, il se leva de sa table pour venir les accueillir avec enthousiasme.

— Mes chers amis, vous revoilà à nouveau ! s'exclama t-il en même temps que Veresh faisait son apparition dans la pièce.

— Monsieur, nous sommes venus vous prévenir, enchaîna Garvin avec un ton insistant. Une armée venue de l'Est va bientôt arriver dans le secteur, et nous sommes là pour tenter de les arrêter.

— Mais quelle armée ? Demanda le bourgmestre, dans l'incompréhension totale. — Un ennemi que Létare guettait et qui se tenait à distance, résuma Ciela. Mais les choses ont évolué. S'il vous plaît, nous devons agir vite.

— Très bien, mais, combien sont-ils ?

— Quelques centaines, peut-être cinq cents, répondit Veresh, toujours près de la porte, derrière les deux magiciens.

L'élu ouvrit des yeux effrayés et sembla soudain agité.

— Quelques centaines ? Répéta t-il, incrédule. Mais il faut vite partir d'ici !

— Non, nous pouvons sauver votre cité, répliqua Ciela, engagée. Nous sommes venus avec une troupe d'élite de Létare et nous pouvons leur tenir tête, si vous nous aidez.

— Je ne sais pas... soupira le bourgmestre indécis.

— Si nous fuyons maintenant, il ne restera sans doute plus un seul bâtiment debout ici, et nous devrons de toute façon les combattre plus tard, insista Ciela.

— Nous mettrons vos gens à l'abri, y compris dans notre grand navire de guerre, dit Veresh. Nous avons prévu de les évacuer si les choses tournent mal.

Le bourgmestre se frotta le menton pendant plusieurs secondes, ses trois interlocuteurs attendant avec impatience sa réponse.

— Vu ainsi... combattre est le meilleur choix, se décida t-il enfin, à leur grand bonheur.
— Merci monsieur, dit Garvin, soulagé. Il faut mettre votre population à l'abri et nous montrer ce dont vous disposez pour vous défendre.
— Bien entendu, bien entendu, convint le bourgmestre. Venez, sortons.

Il tendit le bras vers la porte restée entrouverte, qu'ils repassèrent pour émerger dans la large voie qui menait au port. Leur mouvement ne passa par inaperçu, et une grande partie de la foule s'approcha d'eux tandis qu'ils marchaient en direction des quais. Ils s'arrêtèrent finalement en face d'une centaine d'habitants aux visages sérieux, concernés par cette arrivée hors du commun de l'équipage de Létare. Le bourgmestre se plaça légèrement en avant par rapport à Garvin, Ciela et Veresh, et se prépara à un discours d'explication ainsi que de mise en garde, une parole évidente à tenir en public en cette heure si particulière. — Chers citoyens, un danger arrive l'Est, et ces gens sont là pour nous aider, déclara t-il haut et fort. Nous ne devons prendre aucun risque : rassemblez vos proches, vos affaires et mettez-vous à l'abri.

— Nous voulons aider nous aussi ! s'exclama un jeune homme de l'assistance, conforté par plusieurs approbations autour de lui.
— Non, les gardes sont là pour ça, déclina l'élu de Sohar. L'ennemi est dangereux et en tant que responsable de cette cité, je refuse que les civils risquent leur vie dans ce combat. Nos alliés de Létare semblent assez forts pour repousser l'adversaire, ne serait-ce qu'à eux tous seuls. Nous nous devons d'assister nos bienfaiteurs, mais uniquement avec les forces militaires dont nous disposons. C'est pourquoi je vous demande de faire preuve de la plus grande prudence et de vous tenir prêts à embarquer. Nous pourrons nous rendre à Grovd, si vous nous accordez ce droit, monsieur Garvin...

— Oui, vous serez les bienvenus aux Mille Collines, approuva le jeune magicien, qui sans avoir pu dissiper les inquiétudes du peuple de Sohar, réussit au moins à leur faire envisager un heureux compromis. Et je peux vous assurer que mon pays, que je représente ici, fera tout pour sauver votre cité, tout comme nos honorables collaborateurs de Létare, dont je me porte entièrement garant.

Ce discours improvisé mais authentique permit à la foule de retrouver la confiance, et la majorité des gens qui la composaient commencèrent à rentrer chez eux, puis les derniers protestataires, parmi les plus méfiants, se retrouvèrent bientôt seuls et se dispersèrent peu après.

— Monsieur le bourgmestre, nous vous remercions, poursuivit Garvin. Maintenant, il faut organiser la défense de votre ville.

— Bien, suivez-moi jusqu'au château, dit l'élu local. C'est là que se trouve la garde et c'est également depuis cet endroit que nous pourrons résister le mieux.

Il s'élança avec une volonté plus grande qu'auparavant, convaincu par le plan des Létariens, et il marchait désormais d'un pas rapide en direction de la falaise qui se dressait à l'est de Sohar, avec le fort de pierre à son sommet. Avant de partir, Veresh se retourna en direction du port et fit un ample signe du bras à sa troupe, qui se mit à avancer. Une rue moyenne les amena au pied d'un escalier aux larges marches taillées dans la roche, incrustée dans la grande paroi haute d'une trentaine de mètres, en allant de la droite vers la gauche. Le bourgmestre s'y engagea, suivi de Garvin, Ciela et de Veresh, tandis que les cinquante soldats du navire de guerre arrivaient groupés, plus bas dans la rue.

Les marches peu hautes se succédèrent tout en se décalant peu à peu vers l'intérieur de la falaise, ainsi, ils disposèrent bientôt d'un mur de protection naturelle à leur gauche. Ils ressortirent tous les quatre à proximité du château en pierre gris clair, lequel se dressait dos à la cité, avec ses remparts élevés autour d'une cour intérieure occupée en son centre par un bastion finement agencé, aux grandes tours sveltes et rondes disposées aux angles. Du côté de l'est, une plaine en légère pente descendante présentait une étendue d'herbe verte courant sur plusieurs kilomètres, jusqu'aux ombres discrètes de bois éloignés. Veresh acquiesça quatre fois en observant la géographie des lieux, ainsi que ce fort bâti sur le sommet d'un relief d'où ils pourraient voir l'ennemi arriver et anticiper son attaque de la meilleure manière possible.

Le bourgmestre les dirigea vers la herse ouverte de la porte principale du château, gardée par deux soldats équipés de casques, de boucliers, d'épées et d'armures teintes en rouge vermeil. Il prit de l'avance pour leur expliquer ce qui allait suivre, puis les deux gardes s'en allèrent vers la cour intérieure. Au même moment, la troupe Létarienne commença à surgir à la surface de ce plateau verdoyant qu'ils observèrent tout en rejoignant leur commandant. Un troisième soldat, le capitaine de la garnison de Sohar, sortit du bastion central et échangea quelques mots avec les gardes, alla trouver le bourgmestre, puis repartit vers la cour après un signe de tête encourageant. L'élu de la cité se tourna vers Garvin, Ciela et Veresh, qui attendaient patiemment derrière lui, à cinq mètres de distance.

— Nos militaires se tiendront prêts, les informa t-il.

— Excellent, commenta Veresh. Combien sont-ils ?

— Quarante, et sans doute moins expérimentés que vos gens, répondit le bourgmestre en toute franchise.

— Si vous avez assez d'arcs ou d'arbalètes, postez vingt d'entre eux sur les remparts, nos tireurs d'élite y prendront position, reprit Veresh.

— Nous ferons selon vos recommandations. Personne ici n'a jamais connu une telle menace. j'espère que tout va bien se passer.

— Ne vous en faites pas, le rassura Veresh avec un léger sourire. Partez vous mettre à l'abri en ville, rejoignez les habitants. Nous avons une corne : nous soufflerons dedans si la bataille est perdue.

— Entendu, approuva le bourgmestre d'un ton grave. J'ai prévenu le capitaine du château de suivre vos ordres. Bonne chance, commandant.

Ce dernier le salua en abaissant la tête, puis fit de nouveau signe aux archers-mages de se diriger vers le fort, ne conservant que les lanciers en bordure de la plaine. Le capitaine de Sohar, âgé d'environ quarante ans et escorté par ses soldats, partit à la rencontre de Veresh, debout à une vingtaine de mètres de la herse relevée.

— Vous êtes le commandant ? Demanda t-il.

— Oui, répondit l'officier de Létare avec politesse.

— Dans ce cas, j'attends les instructions, conformément à ce qui m'a été demandé par monsieur le bourgmestre, reprit le capitaine, en se dressant comme au garde-à-vous.

— Vous devriez poster des tireurs en compagnie des nôtres, conseilla Veresh, en pointant du doigt le sommet de la muraille du château, qui culminait à environ quatre mètres du sol. Gardez la moitié des troupes disponibles ici, et s'il le faut, nous nous replierons d'urgence dans la cour.

— Compris, commandant, répondit le capitaine, avant de se tourner vers les soldats. Vous avez compris ? Alors à vos postes, en avant !

Alors que le capitaine retournait près de la porte, entouré des militaires de Sohar, les premiers archers-mages parvinrent en courant sur les remparts, pour s'aligner face à l'horizon. Certains d'entre eux déplièrent des longues-vues qu'ils gardaient jusqu'alors précieusement dans une poche de leur tenue officielle. Les lanciers se postèrent juste derrière Garvin et Ciela, tandis que Veresh se tenait en première ligne, attentif. Comme depuis le début de cette journée, le soleil ne brillait pas, et les nuages arrivaient de l'est : moins sombres que ceux visibles plus loin sur l'Olono, ils ne formaient pas à proprement parler de masse uniforme. Il s'agissait seulement de cumulus gris foncé, aux bords courbes, qui ne laissaient présager qu'une pluie ordinaire. Cependant, ils parvenaient à recouvrir les espaces lointains d'une certaine obscurité, comme cette forêt d'où pouvaient fondre les Vesnaer. Les derniers soldats se retrouvèrent bientôt en place et il ne leur resta alors plus qu'à attendre l'arrivée de l'ennemi. L'air toujours calme mais plus humide et moins chaud, propre aux abords de l'Olono à cette latitude, rendait la situation plus pesante, et l'attente se fit davantage tendue. Garvin et Ciela n'échangeaient que quelques regards confiants, décidés à utiliser pleinement leurs pouvoirs afin de protéger les combattants réunis derrière eux.

— Toujours rien ? Demanda Veresh, élevant la voix pour être entendu d'un archer-mage posté à droite, sur le recoin nord-est des remparts, un peu surélevé par rapport à ses camarades.

— Non mon commandant !

L'observation reprit alors, pendant que les nuages continuaient de défiler lentement dans le ciel. De minuscules gouttes d'eau tombèrent pendant une poignée de secondes, puis cessèrent, tandis que la plaine se faisait plus sombre devant eux. Enfin, émergeant à la limite du champ visuel de la sentinelle Létarienne, une tâche au sol devint visible à l'est.

— Commandant, les voilà ! Cria l'archer-mage depuis sa position en hauteur.

Veresh déplia alors à son tour sa longue-vue et put distinguer au travers de son outil de reconnaissance les premiers rangs de l'armée Vesnaer, comme prévu par les éclaireurs des Mille Collines.

— Oui, c'est bien eux, confirma Veresh, causant l'émotion dans les rangs de Sohar. Ils ont l'air aussi nombreux qu'on nous l'avait dit. Cinq cents... Nous sommes vraiment arrivés à temps...

Encore loin, l'ennemi allait mettre quelques minutes avant de parvenir au contact, et il ne restait plus grand-chose à faire d'autre que guetter les évolutions dans leurs rangs. Veresh distingua deux points noirs sur fond de nuages qui filaient droit dans leur direction, alors il regarda par sa lunette pour s'assurer qu'il s'agissait bien de ce qu'il pensait.

— Les gargouilles arriveront en premier, attention ! Avertit le commandant, qui s'adressait aux archers-mages.

— Nous pouvons nous en charger, se proposa immédiatement Ciela.

— Non, les tireurs s'en occupent, déclina Veresh. Nous avons revu nos flèches et prévu ce qu'il faut contre ces créatures. Concentrons nous sur les troupes au sol.

Les archers-mages sur les remparts encochèrent chacun un projectile et laissèrent approcher les gargouilles, dont les formes grandirent rapidement à l'horizon. Enfin, une dernière accélération de leur part les amena à portée de tir. Trente flèches aux pointes illuminées de lueurs jaune d'or fusèrent vers les créatures volantes, la plupart manquant leur cible, de même qu'une boule de feu de Garvin et une sphère bleue de Ciela, les deux magiciens ayant profité de la distance des troupes Vesnaer pour tenter de se rendre utiles. Les quelques tirs qui touchèrent les gargouilles se révélèrent bien plus efficaces que sur le navire, dix jours plus tôt, et la roche noire qui les composait vola en éclats à l'impact. Les assaillants aériens ne s'arrêtèrent pas pour autant et obligèrent les archers à se jeter au sol, à l'abri derrière les créneaux de la muraille, dont certains furent brisés par les griffes des gargouilles au moment de leur premier passage. Veresh, qui avait momentanément détourné le regard de la plaine pour suivre le combat du château, se retourna et constata que les Vesnaer seraient bientôt là.

Les soldats de Sohar, bien que dépassés par les événements, semblaient déterminés à se battre eux aussi, maintenus dans une certaine confiance par l'attitude digne des lanciers de Létare et des deux puissants magiciens en première ligne. Ces derniers abandonnèrent l'idée de vouloir affronter les gargouilles, désormais trop éloignées et de toute façon déjà visées à haute fréquence par les archers, y compris ceux de la garnison, et les jeunes gens décidèrent de se reporter entièrement sur la menace en approche. Le nombre de leurs ennemis étant confirmé à environ cinq cents, ils convinrent ensemble d'utiliser des sorts capables d'atteindre le plus de guerriers à la fois.

Dans les rangs des Vesnaer, de petites unités de soldats équipés d'arcs noirs, larges et recourbés, commençaient à se regrouper sur les côtés, pour laisser les combattants épéistes aller au contact. Ciela se concentra et fit apparaître son bouclier lumineux, ce qui donna l'idée à Garvin de l'imiter, comme il s'y était entraîné dans la Plaine des Cendres. Le sien, nettement moins épais que celui de son amie, devait le protéger d'au moins quelques coups et ainsi lui permettre de ne pas être pris au dépourvu par une attaque discrète. Veresh dégaina son épée longue et dorée, à l'aspect si subtile, en raison des courbes de la garde et des motifs découpés dans la lame droite. Grâce à son énergie, il fit apparaître un bouclier d'une couleur assortie sur sa manche gauche, et le plaça devant lui, paré à recevoir et arrêter les épées et les flèches de l'ennemi.

— Ne vous avancez pas ! Cria le commandant.

Garvin et Ciela s'écartèrent l'un de l'autre pour se placer en terrain découvert, et, estimant les Vesnaer assez proches, ils passèrent à l'offensive par la magie. À gauche, la jeune conseillère de Létare projeta une sphère bleutée de grande taille pendant que Garvin à droite lançait une boule de feu majeure, les deux parcourant deux cents mètres avant d'exploser au sol, et de propulser une trentaine d'ennemis dans les airs. Après ce premier succès, ils poursuivirent par des attaques moins fortes mais répétées. Six archers Vesnaer décochèrent en direction de Ciela, leurs flèches aux halos sombres éclatant contre la bulle translucide qui entourait la jeune femme blonde, laquelle relança une sphère dans l'instant qui suivit.

Garvin vit la scène et se sentit admiratif de ses pouvoirs, qui l'inspirèrent à rassembler ses forces pour continuer d'affaiblir les troupes qui fondaient sur eux. Veresh, au centre, conservait sa position, de même que les lanciers et les gardes, aux boucliers dressés devant eux. Avant que le corps-à-corps ne débute, l'une des deux gargouilles explosa au-dessus du château, et la deuxième fut repoussée par le déluge de flèches magiques, contrainte de repartir en arrière pour tenter un assaut de plus, ce qui la fit revenir dans le champ visuel de Garvin. Ce dernier leva le regard, hésita un instant, puis saisit l'occasion de déclencher son nouveau rayon contre la créature volante : réunissant ses mains, il en fit jaillir le même faisceau bleu qu'il avait réussi à produire lors de son entraînement avec Ciela. Lorsque le rayon atteignit la gargouille en plein coeur, celle-ci fut touchée avec force et comme électrocutée en plein vol, laissant le temps à plusieurs archers-mages d'ajuster leur tir. Elle tenta de s'enfuir par une boucle vers la gauche, mais d'autres flèches dorées la touchèrent pour enfin en venir à bout.

Les guerriers Vesnaer se lancèrent silencieusement dans le combat, faisant reculer Veresh, débordé par le nombre : le commandant leva son bouclier enchanté et fit une série de pas en arrière pour se retrouver parmi ses lanciers et quelques gardes de Sohar. Les quarante soldats alliés allaient devoir bientôt lutter à presque un contre dix, et l'ennemi tentait déjà de les encercler. Ciela et Garvin attiraient vers eux une partie de l'armée venue de l'est, et ils parvenaient à vaincre ceux qui s'approchaient d'eux, avec des arcs électriques pour le jeune homme et des successions de sphères pour son amie. Un duel s'engagea entre les archers des deux camps ; ceux de Létare en nombre supérieur prirent vite l'avantage en éliminant massivement les tireurs Vesnaer depuis les hauteurs sûres des remparts. Au sol, Veresh et son entourage évitaient pour le moment le débordement massif, mais si le combat devait durer davantage, la situation deviendrait critique.

À force d'acharnement, Ciela et Garvin mirent en déroute leurs assaillants, qui n'avaient pas pu arriver à les approcher suffisamment pour vaincre leur bouclier, par des frappes à l'épée ou à la lance. Ils se rassemblèrent au centre, isolant les soldats de Sohar et de Létare du reste du détachement Vesnaer, pendant qu'un tir groupé des archers-mages éliminait une vingtaine d'épéistes adverses. Veresh se dégagea à son tour grâce à des frappes rapides et put apercevoir avec étonnement les deux petites centaines de Vesnaer prendre la fuite devant eux, tandis qu'autour de lui tombaient les derniers guerriers aux longs cheveux noirs. L'ennemi s'éloigna, encore visé par les tireurs et les deux magiciens, et ils perdirent une cinquantaine de leurs soldats pendant la retraite. Souriant, le commandant Létarien leva son épée dorée et souffla un grand coup, soulagé de cette victoire quasiment inattendue. Suite à une seconde de grande fatigue, il se retourna et s'informa des dégâts causés à leurs troupes, limités par le caractère bref de cet affrontement et la présence essentielle de Garvin et Ciela. Veresh parla un instant avec le capitaine de la garnison, qui se proposait de s'occuper des blessés, puis il laissa les deux jeunes magiciens s'approcher de lui.

— Ah... nous l'avons emporté ! Dit-il, encore un peu incrédule. Et tout cela grâce à vous. — Nous avons fait de notre mieux, lui assura Garvin. Nous voudrions rester ici, pour soigner ceux qui en ont besoin.

— Oui, excellente idée, se reprit Veresh. Je vais retourner vers la ville et annoncer la bonne nouvelle.

Il les salua d'un signe de tête et partit d'un pas de course bancal en direction de l'escalier dans la falaise, qu'il descendit maladroitement et à grande vitesse, en s'aidant de la paroi à sa droite, contre laquelle il conserva sa main. Ses forces lui revinrent peu à peu, de même que sa lucidité, et il parcourut la rue avec une plus grande assurance pour retrouver le bourgmestre au centre de Sohar, devant sa demeure tournée vers le port.

— Nous sommes victorieux, l'ennemi est en déroute ! s'exclama Veresh avec un rare entrain, une bonne humeur qui se propagea à toute l'assistance. Je reviens vers vous.

Il poursuivit sa course vers le port, et en arrivant sur les docks, il se sentit de nouveau essoufflé et ralentit. Il réalisa avec une grande curiosité qu'un convoi suivait la rive artificielle du fleuve Olono, escorté par une vingtaine d'hommes et de femmes armés, qui suivaient une lourde et imposante charrette, tirée par un cheval de trait lent et massif. Un individu légèrement corpulent et âgé d'une soixantaine d'année semblait en être le chef, à sa manière de devancer très légèrement le chariot tout en tenant sa main sur le pommeau de son épée.

— Qui va là ? Demanda Veresh, intrigué par ce détachement.

— Une caravane venue du Nord, répondit fermement l'homme en tête, qui affichait une petite moustache grise. Nous accompagnons une marchandise précieuse commandée par les Mille Collines à des artisans de Bardinn.

— Et pourquoi toute cette troupe ? Le questionna Veresh, dont l'évocation de la cité connue pour ses réseaux de banditisme le rendait soupçonneux.

— Avec tous les dangers de la route entre Bardinn et ici, il est normal de voyager nombreux, on n'est jamais trop prudent, répondit le meneur du convoi.

— C'est juste, approuva le commandant. Allez, circulez.

Le vieil homme moustachu lui adressa un signe discret de la main et indiqua à ses gens de poursuivre leur route vers un navire de transport de biens, amarré un peu plus loin sur les docks, alors que le soir tombait sur la cité apaisée de Sohar.

***

Dans la nuit qui suivit, Envar, assis à son bureau dans la tour du siège de la Compagnie, achevait sa journée de travail. La gestion de la logistique étirait ses heures d'activité et de planification. Une deuxième armée venait de se former aux Mille Collines, plus puissante, avec le rassemblement de ses forces d'ordinaire si dispersées à travers les différentes provinces du territoire. Les volontaires affluaient, même ceux en provenance de Felden, et venaient renforcer les projets du nouveau général national. Ce dernier récapitula l'une des dernières initiatives de la Compagnie puis s'empara d'une plume et d'un papier, afin d'écrire une nouvelle lettre bien particulière.

"Cher ami de Valtor,

Je vous contacte pour vous informer de notre grand plan de transport de troupes sur le front oriental. Comme vous le savez, la distance entre Gernevan et Valtor est trop importante pour pouvoir acheminer rapidement nos forces jusqu'à vous. C'est pourquoi nous allons procéder à la création d'un portail de téléportation instantanée afin de contourner cet obstacle. Lorsque vous faisiez partie du programme de développement de la téléportation, il y a de cela trois ans, nos recherches ne nous avaient pas permis d'envisager des progrès aussi rapides. Mais après la découverte d'un matériau innovant dans les cavernes du mont Hodnar le mois dernier, cette perspective est devenue réalisable dès aujourd'hui. Je vous annonce l'envoi imminent d'une plaque ainsi que d'une structure de pierre magique qui sont adressées en personne. Vous devrez les positionner à l'endroit convenu sur la carte que je vous joins, dans la Plaine des Cendres. Je vous fais également parvenir un appareil de fabrication Létarienne qui nous permettra de rester en contact malgré l'éloignement, avec néanmoins une réserve sur son fonctionnement depuis le front est. Ce sera votre unique mission. Il est évident que la réussite de cette opération constituera un avantage certain dans le conflit en cours. Je vous salue,

Envar."

Le commandant des Masques reposa sa plume et prit quelques secondes pour penser à cet avenir si proche, à la possibilité de mener à bien ce plan que lui et ses associés les plus proches et les plus compétents mettaient au point depuis des jours. Il restait de nombreux détails à prévoir, mais le projet avançait vite et semblait plus que jamais sur le point de faire basculer en leur avantage l'affrontement avec les Vesnaer. Envar s'empara de la carte marquée d'un « x » bleu à l'est de la Plaine des Cendres, et la glissa sous la lettre qu'il venait d'écrire. Il plia les deux documents et les plaça dans une enveloppe sur laquelle il déposa un sceau de cire représentant le château de la Compagnie. Puis il se leva de son bureau pour descendre et remettre sans attendre son message à un coursier, qui partit aussitôt pour Valtor.

Chapitre 7 : La Plaine des Cendres

Le lendemain, la cour du château de la Compagnie des Masques retrouva sa formidable activité, sérieuse et énergique, les soldats en équipement la traversant pendant que des appels retentissaient de part et d'autre des bâtiments alentours. La herse à l'entrée, grande ouverte, laissait passer le personnel et les militaires, bien souvent au pas de course. Un lourd chariot tracté par un imposant cheval arrivait lentement dans la voie pavée qui longeait les murs de la forteresse, accompagné par une vingtaine de gardes. Une forme se dressait au milieu de la remorque, recouverte d'une toile beige épaisse qui en masquait complètement les formes, et entourée de trois personnes veillant à ce qu'elle ne vacille pas. Le chariot, sous la conduite d'un cocher de la Compagnie, tourna et franchit la haute porte du château pour s'avancer dans la cour, en direction d'un treuil de bois et de fer dressé devant le donjon. Le conducteur lança un avertissement en arrivant sous la herse, et les derniers combattants présents sur sa route s'écartèrent pendant qu'Envar faisait son apparition droit devant, en haut des quelques petites marches menant au donjon, souriant à la vue du convoi en approche. Les soldats se tenaient sur les côtés de la cour à regarder le pilote faire avancer le véhicule et le faire tourner, pour que la remorque et son mystérieux chargement se retrouvent positionnés sous la solide grue. Les trois personnes à son bord s'activèrent pour amener les cordages de l'engin vers eux et découvrirent enfin l'objet qu'ils escortaient depuis des kilomètres. Un certain étonnement conquit les soldats du fort en voyant dévoilé sous leurs yeux une arche splendide, semblable à du marbre uniforme, deux arcs reliés à la base par un large segment minéral de même texture. Les trois travailleurs de la Compagnie attachèrent les cordes juste sous l'arête formée par la jonction des deux arcs, puis deux d'entre eux descendirent pour activer le treuil. La manœuvre effectuée avec application se déroula dans un silence pesant, qui dura jusqu'à ce que le dispositif rejoigne le sol poussiéreux de la cour. Il ne restait plus qu'à évacuer la grue en lui remettant ses roues, empilées juste à côté, de façon à libérer le passage et l'accès au portail, qui avait été commandé par la direction de la Compagnie. Envar acquiesça avec bonheur tandis que le personnel de la forteresse venait en renfort aux trois employés.

— Bien, ce sera bientôt prêt, dit le chef des Masques à l'un de ses associés, debout et en retrait à sa gauche. Continuons le travail : il nous reste du temps avant que tous les éléments soient en place.

À son signe du bras, le guerrier-mage près de lui ainsi que plusieurs soldats regagnèrent le donjon, et les autres repartirent à leur poste. Envar demeura un instant à observer le déplacement du treuil, puis remarqua l'arrivée d'un messager qui se dirigeait vers lui avec empressement.

— Commandant, les caisses spéciales que vous attendez seront là d'ici une heure, dit cet homme d'âge moyen, légèrement essoufflé.

— Très bon travail, commenta Envar, qui le remercia d'un signe de tête. Reposez-vous, vous le méritez.

Le messager se courba et fila vers la droite de la cour, suite à quoi Envar repartit avec plus de confiance encore en direction du donjon, avec la joie de constater un déroulement idéal des opérations. Aucun retard important n'était à signaler dans l'organisation de la Compagnie, et les soldats continuaient d'affluer vers le château, un nouveau détachement faisant peu après son entrée avec sobriété pour venir renforcer les effectifs. C'est donc avec une détermination certaine qu'Envar se présenta à la réunion des dix membres majeurs de la Compagnie, debout en vêtements civils, de l'autre côté de la longue table de réunion.

— Chers amis et collègues, nous venons d'entrer dans la phase terminale de notre Grand Plan, dit-il. Nos troupes seront très bientôt toutes rassemblées ici et le portail opérationnel. Cela a été rendu possible par notre investissement et la qualité de notre action, et de celles de nos agents et ouvriers présents sur le terrain. Encore quelques jours ainsi, et nous remporterons ce conflit, contre un adversaire dont nous ne savons au final que très peu de choses. Mais nous connaissons l'essentiel : les Vesnaer peuvent être vaincus, quelle que soit leur force, du moment que nous restons confiants en nos chances. Alors en avant !

Sur ce discours motivant de leur commandant, les Masques approuvèrent à l'unanimité et retournèrent superviser le déroulement des préparatifs. Seuls deux d'entre eux, une grande femme blonde et un un homme brun, tous deux âgés d'environ quarante ans, demeurèrent auprès d'Envar, à la grande table, pour discuter de l'avancement de leur stratégie secrète, plus près que jamais d'aboutir.

Une assemblée du même type se tenait au même moment dans la cabine du commandant du navire de guerre Létarien, posté au milieu de l'Olono, à une centaine de kilomètres au sud de Sohar, en position d'observateur. Le visage du Grand Mage apparut une nouvelle fois sur l'écran de pierre, devant Veresh, assis à une petite table, encadré de trois matelots, pendant que Garvin et Ciela attendaient plus en arrière, près de la porte fermée.

— Commandant Veresh, le Conseil est extrêmement fier de vous, déclara le Grand Mage, qui sans afficher une joie prononcée, donnait là un rare signe de contentement véritable. Vous représentez avec dignité l'excellence et la qualité de notre élite militaire. L'épisode de Sohar a démontré que Létare est capable de l'emporter en solitaire, en tant que première puissance de l'Ouest. Il n'est pas indispensable pour nous de compter sur l'assistance d'autres nations telles que les Mille Collines.

À l'entente de cette phrase, la déception s'installa dans le coeur des deux jeunes magiciens, un sentiment que la suite permit d'atténuer quelque peu.

— Néanmoins, toute aide sera la bienvenue. Il est temps de vous informer de votre prochaine mission : vous voguerez vers Valtor et y attendrez notre flotte qui prendra ce soir la direction du Sud. Vous préviendrez la population de la ville et participerez au débarquement de nos troupes et à son déploiement dans la Plaine des Cendres. Le Général des Mille Collines, Envar, vous a t-il contacté ?

— Non, monsieur, pas encore, répondit Veresh. Mais notre allié présent à bord pense qu'il le fera dans les heures qui viennent.

— Le Conseil établira un dialogue avec lui, reprit le Grand Mage. Nous devons aussi l'informer du départ imminent de notre flotte. Il nous a pour l'instant accordé le droit de passage à Valtor, et nous a assuré que ses troupes seront là au point de rassemblement convenu. Les Mille Collines et la Compagnie des Masques ont uni leurs forces et devraient représenter un soutien de premier choix. La Compagnie aurait opté pour un moyen de transport pour le moins hasardeux, et qui consisterait en une téléportation à grande distance directement vers la Plaine des Cendres. Nous verrons bientôt ce qu'il en est.

Garvin, souriant en apprenant cette nouvelle, dont il avait parié qu'elle se produirait, échangea un regard enjoué avec Ciela, laquelle sourit à son tour.

— Le Conseil de Létare ne tiendra pas compte de la présence ou de l'absence de leurs soldats au rendez-vous prévu, poursuivit le Grand Mage avec dédain. Même si les golems ne pourront pas être mobilisés pour cette campagne, car trop lourds et trop lents pour être amenés en masse aussi loin de notre territoire, ils seront postés en renfort près de Sohar, dont nous assurerons la défense permanente. Il va de l'intérêt de notre nation de continuer à soutenir cette cité indépendante qui semble désormais avoir une opinion favorable de notre action. Létare est prête à triompher et nous plaçons notre confiance en vous pour l'opération logistique à venir.

— Vous pouvez compter sur mon dévouement, ainsi que sur celui de tout l'équipage, lui assura Veresh.

— Le Conseil vous salue.

Sur cette phrase simple et sur un ton positif, la communication s'acheva et l'écran de pierre se désactiva. Veresh échangea quelques paroles avec ceux qui l'entouraient, puis il se leva et sortit sur le pont, suivi par Garvin et Ciela, en ce milieu d'après-midi chaud et nuageux.

Ils firent une ronde d'inspection sur la partie du navire orientée vers l'est, où les cumulonimbus formaient continuellement une ligne au ras de la terre, puis ils furent alertés par l'un des matelots de la cabine de pilotage que le Général Envar venait d'entrer en contact avec eux. Les deux amis ainsi que Veresh accoururent vers le dispositif de communication, laissant le soin au jeune héros du Sud de se placer en première ligne. La tête et le buste du chef des Masques se distinguaient nettement sur fond des pierres d'un mur du château de la Compagnie.

— Garvin, c'est une joie de vous voir, même au travers de cet appareil ! Dit Envar avec entrain. Tout va bien sur l'Olono ?

— Oui Envar ! Répondit le jeune magicien, d'un ton énergique. La situation est calme. Létare va lancer sa flotte de guerre dès ce soir.

— Je sais, je viens de m'entretenir avec le Grand Mage. Qui sont les personnes avec vous ? — Envar, je vous présente mon amie, Ciela, et le commandant de ce navire, Veresh, dit Garvin, désignant tour à tour ses compagnons.

— C'est une joie de faire votre connaissance, j'ai entendu parler de vous… et de votre récent exploit. Bravo. Mais nous saurons rattraper notre retard, soyez-en sûrs ! Ha, à propos, Garvin, j'aurai un petit cadeau pour vous, lorsque nous nous rencontrerons pour de vrai, à terre…

— Alors merci d'avance, répliqua le jeune magicien. Où en êtes-vous ?

— Nous avançons vite, à Gernevan. Tout sera en place en temps voulu, ne vous en faites pas pour nous.

— J'ai entendu dire que vous avez réussi à fabriquer un portail de téléportation, enchaîna Garvin avec une immense curiosité. Mes félicitations !

— Tout est allé très vite, reprit Envar. Nous avons trouvé un genre très particulier de pierre, semblable à celui de ces appareils de communication, dans les cavernes du mont Hodnar, dans une galerie toute proche du fort souterrain. Des ouvriers en ont fait une arche et l'ont transportée jusqu'au château de la compagnie. Pour fonctionner, nos Masques ont compris qu'elle avait simplement besoin d'une alimentation magique, alors nous avons eu l'idée de copier le générateur de la bibliothèque de l'avant-poste.

— C'est fabuleux ! s'exclama Ciela.

— Tout sera bientôt prêt, continua Envar. Nous n'attendons plus que le signal de notre agent de Valtor et nous transférerons nos troupes directement dans la Plaine des Cendres. Commandant Veresh, pour la défense de nos pays respectifs, je peux vous affirmer que ce sera un devoir et un honneur de lutter avec Létare contre nos ennemis, les Vesnaer.

— Je pense la même chose que vous, déclara l'officier en toute sincérité.

— Nous y viendrons très vite. En attendant ce moment, je vous souhaite bonne chance.

Envar, terminé.

Il déplaça son bras puis désactiva l'appareil.

— Ainsi, c'est lui... fit Ciela avec un léger sourire.
— Hé oui, le grand Envar, confirma Garvin, léger. Nous pouvons être certains qu'il tiendra parole, et que les Mille Collines viendront à notre aide.

— Je l'espère, dit Veresh d'une voix inquiète avant de retourner sur le pont.

Au début de la nuit, le ciel se dégagea et permit aux étoiles de briller au-dessus du fleuve. Garvin et Ciela se retrouvèrent une fois encore à guetter l'horizon, tout en profitant de l'atmosphère calme pour admirer les astres.

— Je regrette que Létare choisisse l'isolement malgré l'ampleur des événements, déclara Ciela avec une grande déception. Mais grâce à toi, je pense que ton pays sera là quand nous aurons besoin de lui, et que le Grand Conseil pourrait bien être très surpris... Garvin, accoudé à la rambarde de protection, tourna son visage vers elle, touché par sa confiance.

— Oui, et je crois même que Felden enverra quelques soldats en soutien, confia t-il. Je les connais.

Ciela sourit à cette idée et regarda l'eau en contrebas qui se mouvait lentement, la surface de l'Olono rendue en partie visible par les torches à bord du navire. Nous devons remporter le prochain affrontement avec les Vesnaer, et s'ils concentrent leurs forces, nous ne pourrons le faire qu'ensemble, Létare et les Mille Collines réunies, comme nous deux.

— Nous avons déjà gagné contre eux, et nous le referons, ensemble, confirma Garvin, en osant soutenir le regard intense de son amie, qui affichait une expression de sérénité mêlée de bonheur en cet instant si particulier, qui précédait l'un des efforts les plus intenses de l'histoire de Létare et de l'Ouest.

***

Une trentaine de trois-mâts élancés quittèrent le port de Létare, leurs voiles gonflées de magie et leur trajet illuminé par des lanternes bleues brillant dans la nuit du Lac. Sous un ciel clair et à la nouvelle lune, les navires avançaient en projetant cette lumière sur l'eau paisible, gagnant le large pour se retrouver seuls dans le silence nocturne. L'un d'eux transportait à son bord des invités de marque, dont la présence ne semblait évidente à aucun des deux mille soldats de la ville en partance pour le front. La moitié du Conseil, et avec elle le Grand Mage, d'ordinaire si peu enclins à quitter l'Académie et encore moins la capitale, voguaient au milieu des troupes, dans ce vaisseau gardé par une compagnie d'archers-mages. Le contingent progressait rapidement grâce aux voiles enchantées Létariennes, et la flotte s'engagea bien vite sur l'Olono, en une colonne historique qui remontait le grand fleuve sans perdre beaucoup de son élan.

En voyant passer de nuit le plus invraisemblable détachement que l'on ait pu apercevoir depuis les berges de l'Olono, les habitants d'Elarro, puis au petit matin ceux de Sohar, comprirent aisément que des événements exceptionnels étaient déjà en train de se dérouler, même si leur nature demeurait incertaine pour beaucoup. À Elarro, les dockers et les veilleurs alertèrent les citoyens, et bientôt la rumeur, l'idée d'un possible conflit entre Létare et les Mille Collines, fut avancée, une guerre peut-être liée aux récents troubles de Felden. D'autres pensaient à une répétition militaire, un exercice, mais certains se souvinrent des vieilles histoires parlant des terres inconnues de l'est et des dangers qui pouvaient en surgir. La flotte laissa une vingtaine de soldats à Sohar pour avertir la population de l'entrée en guerre officielle de Létare contre « le péril oriental », selon l'expression du Conseil, et de l'arrivée des troupes alliées par le Nord. Le bourgmestre se félicita de cette nouvelle, confiant à la capitaine qui lui parlait que tout le territoire de la cité était encore très inquiet de la tentative d'invasion des Vesnaer. Pendant ce temps, les forces Létariennes poursuivaient leur course, passant du soleil aux nuages qui emplissaient le ciel au fur et à mesure de leur périple vers le sud-est.

Le soir, les navires gagnèrent Valtor, déjà investie par les troupes de Veresh. Le vaisseau de ce dernier, laissé au milieu du fleuve, indiqua les pontons de la ville, des porte-drapeaux en haut des mâts faisant signe aux pilotes successifs en approche. La bourgmestre de la cité, qui avait suivi les directives d'Envar, avait permis de dégager l'accès aux docks pour la flotte Létarienne, et vint en personne accueillir les membres du Conseil, en compagnie de Garvin, Ciela et du commandant Veresh. Elle conduisit la côterie du Grand Mage, parmi laquelle figurait Gador, jusqu'à son lieu de travail, prévu pour recevoir des visiteurs tels que les Masques, y compris Envar. Le Grand Mage et ses collaborateurs jugèrent l'édifice convenable et acceptèrent d'y passer la nuit.

— Mais pour ce qui est de vos troupes, je regrette, il va être difficile pour nous de tous les abriter en ville, dit la bourgmestre avec diplomatie. Nous avons déjà des centaines des soldats des Mille Collines à loger, et au vu de vos effectifs, ce sera impossible. — Nos combattants resteront à bord pendant la nuit, expliqua un petit vieil homme à la veste magnifique, posté tout près du Grand Mage, à droite de celui-ci. Demain, ils débarqueront et nous nous dirigerons vers la Plaine des Cendres.

— Bien, dans ce cas veuillez me suivre jusqu'à vos chambres, les invita t-elle en se courbant respectueusement.

Garvin et Ciela regagnèrent l'auberge dans laquelle ils avaient passé la nuit précédente. Leur moral remontait depuis le moment où l'armée de Létare était apparue sur le fleuve, surpuissante et implacable, et si à présent il fallait s'aventurer à terre en milieu difficile, cette force déterminée affichait une fière allure. Les soldats de la première vague des Mille Collines, au nombre de six cents, se tenaient prêts à les accompagner jusqu'au point de rendez-vous, au nord-est de Valtor, où l'agent local des Masques était déjà parti en mission spéciale.

La participation du Conseil à la campagne contre les Vesnaer semblait être la meilleure solution aux ennuis de communication qui affectaient le fonctionnement des appareils à proximité du nuage oriental, dont les effets se faisaient sentir jusqu'à Valtor et même au-delà à présent. Envar était devenu injoignable depuis plus de vingt-quatre heures et aucun signe, aucun mouvement de la part des Mille Collines ou de la Compagnie ne se distinguait sur la rive ouest de l'Olono. Il ne restait plus qu'à dormir et suivre le plan convenu tout en attendant la bonne nouvelle de l'arrivée des alliés au moment opportun.

Le débarquement des troupes et du matériel dura plusieurs heures en raison de cette logistique longue à mettre en place, puis, il y eut besoin d'une journée pour dépasser la Tour de l'Observateur, toujours intacte, ainsi que pour prendre position dans la Plaine des Cendres, à quelques kilomètres à peine d'une frontière naturelle, la Forêt d'Ombre, connue comme l'ultime limite de l'Ouest, après laquelle commençaient les terres inconnues et le danger, sous l'épaisse couche des cumulonimbus. Les forces de Létare, assistées des premiers soldats des Mille Collines, s'arrêtèrent ensemble sous ce ciel intégralement recouvert de nuages, sur un terrain plat et sans vent, dans une atmosphère immobile et chaude.

Les soldats des Mille Collines retrouvèrent alors les conditions qui avaient précédé leur premier affrontement massif avec l'ennemi, mais se sachant entourés de tant d'alliés, leur sentiment sur le combat à venir se révélait bien meilleur. Les deux mille cinq cents hommes et femmes de l'armée occidentale, tournés vers le nord-est, se dispersèrent dans la Plaine sans se mélanger, les gens d'armes des Mille Collines demeurant à gauche. Le Conseil de Létare prit ses positions sur un petit plateau situé tout au sud, surélevé d'à peine quelques mètres par rapport au reste du terrain. Réunis autour du Grand Mage, qui commentait le déroulement de l'expédition et notait avec un certain agacement l'absence de la grande armée du Général Envar, les maîtres magiciens observaient la foule quelque peu désordonnée qui s'étendait devant eux. Au milieu, les soldats commençaient à former de petits groupes qui entamaient des conversations, tandis qu'à l'extérieur, leurs camarades guettaient l'horizon à plus de cent quatre vingt degrés, pour se prémunir d'une possible offensive imminente des Vesnaer. À l'avant, sous le regard de centaines de personnes, l'agent des Masques de Valtor, en armure blanche, se penchait sur une plaque de pierre étirée, de forme rectangulaire, et aux extrémités découpées de trois angles chacune. Le magicien, dont la tête sortait de sa carapace étincelante, semblait vérifier la surface épaisse d'environ cinq centimètres, pour s'assurer qu'elle se trouvait à la bonne place.

— Cela devrait être bon... murmura t-il avec une pointe d'hésitation dans sa voix, avant de s'éloigner prudemment, les mains en avant, et de se rapprocher du premier rang des soldats des Mille Collines.

Tout à l'arrière, Ciela, qui se tenait à droite en marge du Conseil, jeta un regard à Garvin. Celui-ci discutait quelques mètres plus loin avec des militaires des Mille Collines, qui acquiesçaient en l'écoutant parler, semblait-il avec une grande confiance. Le jeune homme se retourna et adressa un sourire à son amie, qui le lui rendit, puis il s'occupa d'une petite troupe de compatriotes qui venait vers lui. Ciela, concentrée sur la situation et surveillant chaque évolution, portait un fourreau à sa ceinture, d'où sortait la garde et le manche de son épée de taille moyenne, légère, avec laquelle elle était assurée de pouvoir se battre efficacement, entre deux sortilèges.

Le Grand Mage apparaissait plus que jamais tel un roi, avec ses vêtements rouge et bleu assortis à la cape qu'il portait, mais surtout en raison de la couronne d'or montante posée sur sa tête. Il désignait de sa main des points du paysage militaire tout en échangeant quelques mots avec ses amis de longue date du Conseil.

— On se demanderait vraiment si le Général Envar et ses troupes vont arriver, disait-il, insistant à nouveau. Bien sûr, ces six cents soldats de leur premier détachement constituent une aide certaine, mais bien loin de ce qui nous a été promis. Mes chers collègues, je crois bien que Létare va devoir triompher par elle-même.

— Comme nous l'envisagions dès le début, fit remarquer le vieil homme près de lui, suite à quoi le dirigeant du Conseil approuva d'un signe de tête.

À gauche de la jeune femme blonde, Gador, légèrement en contrebas et l'écart du Grand Mage, baissait la tête, visiblement préoccupé, ce que Ciela remarqua bien vite. Animé d'un éclair d'audace, le conseiller se redressa et combla la distance qui le séparait d'elle.

— Ciela, je vais vous parler plus franchement que jamais, dit-il sans trop élever la voix, recevant immédiatement toute l'attention de la jeune femme intriguée. Le Grand Mage est un assisté, dont l'organisation étouffe les talents tels que vous. Il ne jettera pas un sort de la bataille à venir. Il est trop attaché à ses privilèges. Il faut que nous puissions vaincre les généraux ennemis. Je vous demande donc de trahir les directives du Conseil et de participer aux combats. Si le Grand Mage et ses acolytes vous demandent pourquoi, vous direz que vous avez agi sur mon ordre. Il n'est plus temps de penser à nos postes, il faut penser à la victoire des peuples de l'Ouest. Vous êtes la meilleure magicienne de Létare : rappelez vous l'année dernière, les golems d'entraînement ; personne n'a réussi à les vaincre aussi vite que vous. S'il y a quelqu'un qui puisse vaincre cette Elesra, c'est vous. Prenez votre ami du Sud avec vous, et partez l'affronter. Je suis sûr que vous réussirez.

— Je vais faire de mon mieux, lui assura Ciela après un léger temps d'arrêt, abaissant la tête avec sérieux.

Elle sentit une grande responsabilité lui revenir, et commença dès lors à rassembler son énergie, soucieuse des événements à venir, tout en écoutant les proches Conseillers continuer à dénigrer l'action des Masques. Gador s'éloigna d'elle, qui se retrouva isolée : pour la première fois depuis son arrivée dans la cité des magiciens, elle sut que son devoir était d'agir à tout prix, comme Gador lui suggérait, sans se soucier du Grand Mage ni d'aucun autre de ses acolytes. Et Garvin, à vingt mètres devant elle, serait son partenaire dans ce combat, le meilleur qu'elle pouvait espérer avoir à ses côtés.

Soudain, la plaque de pierre enchantée à l'avant des troupes coalisées fut parcourue d'une vague électrique, aussitôt remarquée par l'agent des Masques et les soldats debout à proximité. L'agitation se répandit dans les rangs jusqu'à alerter Garvin et les magiciens sur le promontoire : le jeune homme prit la décision d'avancer, et Ciela se mit en marche quelques instants plus tard. Un deuxième afflux balaya la surface de roche polie, un courant visible et translucide qui partit comme le précédent de la droite vers la gauche, avant de commencer à s'élever dans les airs depuis chaque extrémité, pour venir former une arche de lumière en tout point semblable à celle de la cour du château de la Compagnie. Quelques secondes passèrent, au cours desquelles un relatif silence s'instaura, laissant le temps à Garvin de se porter à la hauteur du Masque, qui observait l'activation à la fois avec espoir et inquiétude. L'arche, qui avait fini par se remplir d'énergie argentée pour prendre la forme d'un miroir d'eau ondulant légèrement, laissa passer un premier élément. Subitement, Envar apparut devant les alliés, sa lourde masse et son pavois en main, le visage découvert et son masque attaché à sa ceinture. Il portait sa nouvelle armure éclatante, avec ses plaques protectrices, son grand col et des jambières qui englobaient jusqu'à l'avant de ses bottes. Il leva son arme avec le sourire tandis que les soldats des Mille Collines s'exclamaient de toutes parts. Certains applaudissaient cette entrée historique, bientôt suivie de celle des membres de la Compagnie, qui passèrent le portail en file indienne. Ciela arriva près de Garvin au moment où Envar se dirigeait vers le jeune homme.

— Envar, vous voilà ! s'écria Garvin.

— Nous voilà tous ! Cria le Général, déclenchant la joie des militaires dressés devant lui, qui voyaient surgir un par un les guerriers-mages de la Compagnie, au nombre de trente. — Je vous présente la magicienne la plus puissante de Létare, Ciela, fit une deuxième fois Garvin, après leur conversation tenue à bord du navire, au moyen du communicateur. — Ravi de vous voir pour de vrai ! Plaisanta Envar avec un grand respect, abaissant le haut du corps. Et cher ami, très bon travail.

L'agent de Valtor, au visage réjoui, le remercia en se pliant en deux, une main sur le torse. Après le dernier Masque, une série de duos porteurs de lourdes caisses émergea du portail et prit très vite la direction du nord-est, en avant de l'armée, dirigés par les membres de la Compagnie.

— Qu'est-ce que c'est ? Demanda Garvin.

— Le mélange alchimique de la célèbre Lendra, répondit Envar avec un sourire et une lueur de ruse dans le regard, se tournant brièvement pour regarder la réalisation de son plan secret. La Grande Alchimiste a accepté de nous remettre plusieurs échantillons de ses fioles explosives, dont vous m'aviez parlé dans votre lettre.

Les porteurs posèrent les caisses et les ouvrirent : certaines d'entre elles contenaient des pelles dont ils s'emparèrent afin de creuser des trous dans la poussière grise qui recouvrait la Plaine.

— Une fois le piège en place, nous attendrons que l'ennemi soit engagé sur le terrain, puis nous les ferons exploser, expliqua Envar, fascinant son auditoire. Nous estimons pouvoir éliminer plus de cinq cents de leurs guerriers, peut-être même sept cents. Désormais, il me faut rencontrer le Conseil de Létare. Où se trouve t-il ?

— Venez, je vais vous y conduire, répondit Ciela, lui faisant signe de la suivre.

Garvin les accompagna à travers les rangs alors que les troupes des Mille Collines franchissaient progressivement le portail, une opération de longue durée qui laissait le temps aux commandants de s'organiser et aux ouvriers de poursuivre leur tâche. Garvin remarqua qu'Envar était équipé d'un bouclier-brassard, son bras gauche au gantelet robuste traversant deux larges anneaux situés à l'arrière de son arme défensive, qui ne pouvait dès lors glisser que très difficilement. Le jeune homme admira un instant la masse sombre qu'il tenait dans sa main droite, qu'il devina être de la plus récente fabrication, comme d'ailleurs tout le reste de son équipement.

— Grand Conseil, me voici, avec les forces unies de la Compagnie des Masques et des troupes fédérales des Mille Collines, annonça t-il dignement aux mages de Létare, après s'être immobilisé devant eux.

— Général Envar, vous êtes là juste à temps, répliqua le Grand Mage d'un ton légèrement supérieur. Que font vos gens, là bas ?

— Ils installent des fioles alchimiques grâce auxquelles nous surprendrons l'adversaire.

Les Masques les viseront dès que les Vesnaer seront autour d'elles.

— Astucieux, reprit froidement mais sincèrement son interlocuteur. Je dois dire que vous nous impressionnez, Général. Mais ne comptez pas sur Létare pour vous laisser assurer seuls la défense : nos troupes sont prêtes, soyez-en certain.
Envar acquiesça, bien peu étonné de cette attitude de défiance.
— Excusez-moi, je vais retourner superviser mes gens, dit-il, se retirant avec politesse tandis que le Grand Mage effectuait un revers nonchalant de la main.
Garvin et Ciela patientèrent un instant avant de se mêler aux troupes, cette fois-ci de Létare, retrouvant Veresh parmi elles, en compagnie de ses archers d'élite. Alors que les préparatifs de l'affrontement à venir progressaient à vitesse appréciable, et que les ouvriers commençaient déjà à recouvrir les premières fioles de poussière et à terrasser les lieux pour camoufler le piège, une centaine d'individus se rapprochèrent par le sud-ouest. Une femme immense et imposante, aux épaules d'une largeur jusqu'alors inconnue, vêtue d'une armure à la texture similaire à du cuir, et soutenant une épée à deux mains accrochée dans son dos, menait ce mystérieux détachement à l'attitude amicale. Garvin et Ciela reconnurent Lendra, qui semblait plus massive encore qu'à leur première rencontre, comme grandie d'une dizaine de centimètres et moitié plus musclée. Le Conseil, se basant sur les rapports qu'il avait reçu, devina son identité et se révolta bientôt, alors qu'elle atteignait les lieux et qu'elle lançait des premiers appels aux troupes alliées. Ces dernière accueillirent dans l'ensemble avec joie ces renforts inattendus, même en ce qui concernait les soldats de Létare. Lendra aperçut Garvin et Ciela, en contrebas du Conseil, et s'en alla les rejoindre, écartant ses bras titanesques. — Mes amis, c'est grâce à vous que je suis là, avec des volontaires de l'est ! s'exclama t-elle en se retournant pour les désigner.
Les deux jeunes gens aperçurent le paysan serviable de Losk, qui leur avait indiqué la route jusqu'à l'antre de l'Alchimiste : il portait une armure de mailles et leur adressa un signe de la main en retour avant de progresser dans les rangs.
— J'ai accumulé de l'équipement dans mon repaire, et ayant entendu parler d'une menace dans la région, j'ai estimé que c'était le moment de saisir l'occasion et de se rendre utile, expliqua t-elle, avec un physique à la hauteur de son engagement. Je

viens avec tous mes pouvoirs pour me battre, même si je dois me retrouver seule contre cent !

Le Grand Mage et ses proches descendirent de leur promontoire avec une attitude agressive dans leur démarche.

— Lendra, vous n'avez pas le droit de vous présenter ainsi aux yeux des autorités de notre pays, même en terre étrangère, l'interpella le dirigeant du Conseil. En conséquence de vos actes de rébellion, nous allons devoir vous arrêter.

L'imposante dame se dressa alors en face des magiciens, affichant une détermination admirable.

— Je suis venue ici pour défendre cette guerre juste, dans l'intérêt de tous, déclara t-elle en haussant le ton, faisant se tourner des centaines de regards vers elle. Et je ne permettrai pas à quiconque de venir m'en empêcher.

Comme la foule ne réagissait pas à son encontre, le Grand Mage décida d'accepter sa présence, du moins pour l'instant.

— Bien, mais rappelez-vous : nous en reparlerons une fois la bataille remportée, temporisa t-il tout en la pointant d'un doigt menaçant qu'elle s'efforça d'ignorer.

Lendra et ses deux amis s'enfoncèrent au milieu des troupes grandissantes pour rejoindre Envar. Ce dernier observait l'achèvement de la rangée de fioles, désormais presque toutes enterrées, alors que les soldats continuaient de passer le portail. Des morceaux d'engin de siège furent amenés et transportés vers un espace dégagé par les Mille Collines, pour y être assemblés en un minimum de temps. D'autres caisses, de forme allongée cette fois, s'empilèrent bientôt à côté de cet appareil étrange, qui ressemblait de plus en plus à une baliste. Un Masque dépêché par Envar auprès du Conseil expliqua son fonctionnement, et celui des lances contenues dans les caisses : leur pointe était composée du même liquide alchimique que les fioles, et exploserait selon leur prévision à l'impact, après un vol de plus de trois cents mètres au-dessus de la plaine.

— Impressionnant, commenta le Grand Mage, visiblement surpris.

Lendra rencontra de nouveau Envar, bien étonné de la trouver aussi changée, bien qu'on l'en ait averti. La Grande Alchimiste lui présenta ses respects et il se sentit lui-même bien inspiré de lui retourner le compliment.

— Avec une personne d'une aussi grande valeur que vous au commandement, nous sommes certains de gagner, disait-elle.

— Nous pourrions en dire autant pour vous ! Après tout, c'est grâce à vous que nous allons tendre le plus fabuleux piège magique de l'histoire ! Je vous remercie d'être venue.

Les derniers soldats franchissaient l'arche de téléportation pendant qu'Envar et Lendra s'en allaient en parlant vers la droite, le Général désirant lui montrer le dispositif que ses agents étaient en train de mettre en place. Parmi les nouveaux arrivants, deux jeunes volontaires s'arrêtèrent pour observer les alentours, et Garvin les reconnut comme étant des compagnons de la Libération de Felden, avec lesquels il avait combattu la tyrannie du roi Harvold pendant des mois. Un instant plus tard, le duo à l'air sympathique se tourna vers lui et s'exclama joyeusement à sa vue.

— Garvin ! Cria le jeune à gauche, levant les bras.

Ils accoururent vers lui, qui faisait un pas en avant, puis ils se donnèrent amicalement l'accolade.

— Je le savais ! fit Garvin, fou de joie.

— Il fallait que nous venions, c'est important pour l'avenir : Felden aussi pourra dire, « nous y étions » ! dit le volontaire de droite d'un ton jovial.

Après quelques instants de bonheur, les amis de Garvin avancèrent vers la droite pour se mêler aux troupes alliées, tandis que Ciela, attentive à cette joyeuse scène, souriait en retrait. L'assemblage de la machine de guerre s'achevait à peine que des éclaireurs de Létare revinrent du nord-est pour annoncer l'arrivée prochaine de l'armée des Vesnaer. Les rangs se resserrèrent aussitôt l'annonce faite, et les membres de la Compagnie se rassemblèrent en première ligne, avant de placer leurs masques sur leurs visages. Pendant ce temps, Envar fit signe à Garvin et Ciela de le suivre vers la gauche, alors que deux Masques se joignaient à cette réunion improvisée. Un dernier membre inespéré se joignit à eux : Gador, envoyé par le

Conseil pour représenter officiellement Létare auprès du Général. Les Masques qui se tenaient derrière Envar étaient un homme et une grande femme blonde et robuste, tous deux âgés d'environ quarante ans.

— Bien, d'après les renseignements livrés par l'Observateur à notre agent de Valtor, la plus grande menace vient des neuf grands mages Elesrains, qui forment le haut conseil d'Elesra, dit-il aux jeunes magiciens. La densité de ces nuages noirs nous indique leur présence non loin de là, très probablement à l'arrière de leurs troupes, à l'écart. Et il est pratiquement certain qu'Elesra est également là, tout près d'eux. Il sont individuellement bien moins puissants qu'elle, mais ensemble, ils représentent une menace mortelle. Moi et mes deux meilleurs éléments avons prévu de nous en occuper. Ce n'est pas que vous n'êtes pas assez forts pour vous occuper seuls des mages noirs, mais je pense que votre adversaire doit être Elesra. Vous êtes plus rapides, les plus à même de traverser les rangs des mages pour aller l'affronter directement. J'ai l'équipement qu'il faut pour vaincre les mages noirs, avec l'aide de mes deux collègues ici présents, Heldra et Orris, que je connais depuis des années.

— Bien, nous vous suivrons, approuva Garvin, échangeant un regard avec Ciela. — Je pense que la force des Elesrains repose avant tout sur l'ordre des mages noirs, leur conseil suprême, poursuivit Envar. Ce sont les généraux. Je veux risquer le moins de personnes possible dans l'assaut. Les Masques ont avant tout leur place dans la bataille, auprès des troupes. Aujourd'hui, je voudrais être celui qui prendra tous les risques. Rien qu'avec ce bouclier, je peux repousser une centaine d'éclairs, et mon armure en absorbera beaucoup aussi. Une fois que les Masques se seront occupés des fioles, notre petit groupe s'éloignera discrètement et se dirigera vers les mages noirs d'Elesra : nous ferons diversion pendant que vous deux irez affronter Elesra, de manière à l'isoler.

— Aurez-vous besoin de mes services ? Se proposa Gador, toujours décidé à agir. — Ce n'est pas la peine, déclina Envar. Un petit groupe de cinq personnes passera inaperçu et aura plus de chances d'atteindre notre objectif. Nous aurons besoin de vous ici, au coeur de la bataille, où chaque personne comptera.

— J'y serai, promit-il d'un ton solennel.

— Ah, Garvin, je vous avais promis un cadeau spécial, reprit Envar, en voyant un soldat s'approcher d'eux avec deux fourreaux dans les mains. Voici pour vous...

Le jeune homme se retourna et le militaire lui tendit les bras. Surpris par l'enchaînement, il laissa passer deux secondes avant de s'emparer de l'un d'entre eux, puis il dégaina, découvrant un sabre à la lame recouverte d'une fine couche de magie, qui formait un halo bleu.

— Avec ces armes, vous pourrez infliger davantage de dégâts à l'adversaire. Je les ai fait faire exprès pour vous.

— Un grand merci, Envar, dit Garvin, ému, tandis que Ciela admirait l'épée courbe présente juste à côté de lui.

— Allez, la confrontation va bientôt débuter, dit le commandant des Masques. Les Vesnaer seront bientôt là, encore un peu de patience...

La baliste était désormais opérationnelle, une lance placée dans l'encoche, devant la corde, qui n'était plus retenue que par un loquet qu'un artilleur se tenait prêt à débloquer. Au loin, les nuages qui semblaient jusqu'à présent immobiles dans le ciel se mirent à progresser dans leur direction, y compris les plus sombres d'entre eux, au nord-est. Un léger souffle au sol se fit sentir, puis une masse obscure apparut à un kilomètre de distance. Les magiciens de la Compagnie, en position, préparaient leurs sorts pour le moment tant attendu où l'ennemi serait engagé sur l'emplacement des fioles alchimiques, placées deux cents mètres devant eux. Tous alignés, en armures lourdes, leurs masques sur le visage, ils formaient une ligne aussi terrifiante que l'assaut de l'ennemi. En face, les guerriers Vesnaer s'approchaient en courant sans pour l'instant se disperser excessivement, sans doute pour miser sur un assaut progressif et durable. Les premiers rangs s'élargirent enfin et se présentèrent au niveau du piège : en un instant, les Masques envoyèrent chacun une boule de feu entre les soldats aux cheveux sombres, en direction du sol. Deux secondes plus tard, trente détonations se réunirent en une gigantesque explosion, projetant des centaines de Vesnaer dans les airs, tandis que chaque fiole qui se brisait déclenchait celles enterrées à proximité. Une barrière de feu s'éleva et coupa les premières lignes ennemies du reste de leur armée, qui dut stopper un court moment sa charge : les

Masques déchaînèrent leurs sorts contre ceux qui avaient échappé au piège, et qui tombèrent avant d'arriver sur eux. Les membres de la Compagnie s'écartèrent alors et les troupes alliées fondirent sur l'adversaire déstabilisé. Les archers-mages regroupés au milieu de la foule tirèrent ensemble une première fois avant que les fantassins ne soient au contact. Envar acquiesça plusieurs fois d'affilée devant ce succès total, puis fit signe à Garvin, Ciela et ses deux collègues de s'éloigner sur la gauche de la bataille qui s'engageait. Pendant ce temps, les Masques se regroupaient en assemblée, unissant leurs pouvoirs tandis que le bruit des premiers combats retentissait à l'avant. Les nuages noirs avançaient toujours, et comme lors de leur premier affrontement, des éclairs commencèrent à frapper le sol et les combattants de l'Ouest qui se portaient à l'avant. Pour l'instant, une première ligne se stabilisait à l'endroit où la fumée de l'explosion finissait de retomber, mais elle s'allongeait de plus en plus et obligeait une partie des forces alliées à se déployer sur la droite : c'est là que Lendra décida d'intervenir et de porter assistance aux Létariens. Des mages évoluaient parmi leurs rangs, aux côtés des guerriers, et ils parvinrent à former une trouée pour s'y infiltrer en masse.

Alors que de plus en plus d'éclairs foudroyaient les combattants, les Masques élevèrent un champ de force au-dessus de leur groupe, et en levant les bras, aidés par la puissance de leur armure, ils l'étendirent dans les airs à vingt mètres de hauteur pour former un bouclier d'énergie suffisamment fort pour absorber l'électricité magique des nuages, qui ralentirent leur progression dans le ciel. Le champ continua de laisser passer les soldats et les flèches, ainsi qu'un premier tir de baliste qui provoqua une explosion supplémentaire en plein coeur d'un bataillon Vesnaer. Une vingtaine de gargouilles arrivèrent à leur tour, la moitié prenant les Masques pour cible principale, les forçant à riposter. Plusieurs des mages de la Compagnie tentèrent de les repousser avec des vagues d'énergie pendant que leurs camarades multipliaient les éclairs et boules de feu, en grande partie esquivée par les rapides créatures. Pendant ce temps, dix Masques continuaient d'entretenir le champ de force percuté par les éclairs qui émergeaient des nuages noirs.

Lendra, sa grande épée entre ses mains, se retrouva un moment isolée dans un espace dégagé et aperçut en face d'elle une cinquantaine d'archers noirs Vesnaer encocher des flèches et viser les tireurs Létariens. L'Alchimiste planta son arme dans la poussière et réunit toute sa puissance dans ses bras pliés, augmentant la densité de ses pouvoirs. Lorsque les projectiles fusèrent en groupe, elle déplia ses bras et ouvrit ses mains de géante : une vague de feu s'éleva de ses paumes et de ses doigts pointés vers le ciel, une barrière embrasée qui intercepta les flèches ennemies et les réduisit en cendres. Les archers-mages, qui se préparaient à riposter à l'attaque de leurs homologues, exécutèrent une salve exemplaire qui élimina la moitié de la compagnie opposée, suite à quoi Lendra reprit son arme et fondit sur des guerriers en approche.

***

La troupe des cinq, menée par Envar, après avoir parcouru plus d'un kilomètre en se tenant hors du champ visuel des Vesnaer, effectua un virage sur sa droite pour revenir dans l'axe de l'offensive ennemie. Les soldats orientaux étaient tous déjà passés par là, et se battaient à présent plus au sud. Devant eux débutait une pente qui devait les amener jusqu'à la silhouette d'une forêt composée de hauts pins aux troncs étirés, et au feuillage d'un vert obscur, au travers duquel rien ne pouvait être distingué. Plusieurs silhouettes noires se tenaient à la lisière de ce bois, qui dessinait une ligne horizontale surélevée. Au signal d'Envar, Garvin et Ciela ralentirent leur allure pour laisser le Général et ses deux lieutenants prendre de l'avance et occuper ce qui paraissait être les mages noirs, que les deux jeunes devaient à présent essayer de contourner.
Les trois Masques s'élancèrent avec leur équipement lourd jusqu'à l'assemblée des généraux ennemis, pendant que Ciela faisait signe à Garvin de faire un détour par la gauche, exactement comme ils l'avaient fait quelques minutes plus tôt. Les mages, habillés de robes sombres, formaient un cercle de dix membres, plus haut sur la pente, au niveau d'un palier en contrebas de la forêt, près de laquelle errait une

silhouette plus lointaine, qu'Envar et ses acolytes tenaient pour être celle d'Elesra. Aucun soldat Vesnaer ne gardait les lieux, mais ils savaient que l'ordre des magiciens noirs possédait à lui seul la force de plusieurs compagnies ; seul le talent des Masques et de leurs forgerons allait leur permettre de leur tenir tête et de les vaincre, très probablement au prix de très grands efforts. Mais Envar se sentait prêt, comme il sortait tout juste de sa chambre de régénération, avec sa magie au plus haut niveau, tout comme celle de ses lieutenants qui l'encadraient. Rendus à moins de cent mètres de leur cible, les magiciens qui paraissaient jusqu'alors inertes stoppèrent l'incantation qui chargeait le ciel d'éclairs, et sans guère se déplacer, ils se préparèrent à recevoir ces arrivants aux visages recouverts, en armures lourdes, boucliers et masses de combat, qui fondaient sur eux.

— Je me charge du plus grand nombre, prenez les côtés ! Cria Envar à l'attention de ses camarades. À l'assaut !

Il leva son bouclier devant lui, les éclairs ricochant à sa surface pendant qu'il se jetait en avant, les mages présents sur son passage s'écartant rapidement avant d'être attaqués par les deux autres Masques. Heldra, la grande et robuste blonde, luttait à présent au corps-à-corps contre deux sorciers qui avaient dégainé des épées noires et courbes, recouvertes d'un halo obscur et qui frappaient sans relâche, mis en échec par le pavois de la dame.

Envar se retrouva au milieu de l'ex-ronde des mages, face à six adversaires déployés en arc-de-cercle et qui multipliaient les sorts. Lentement, sûr de lui, il se déplaçait encore pour esquiver les sphères d'énergie noire que lui envoyaient ses opposants, pendant qu'Orris, son deuxième lieutenant, envoyait de puissantes frappes de masse sur le côté droit, en retrait par rapport au Général, dont le bouclier tenait bon. Envar serrait toujours sa masse dans son gantelet gauche, à l'abri de son pavois ; jusqu'alors fidèle à une attitude défensive, dégagea son bras droit et utilisa la télékinésie pour éjecter deux magiciens en arrière, puis il leva les bras avant la riposte. Un champ de force bleuté se dressa tout autour de lui, du sol jusqu'à trois mètres de hauteur, une protection contre laquelle les éclairs et sphères adverses s'écrasaient. Derrière cette barrière personnelle et temporaire, Envar envoya une première boule de feu à sa droite, puis lança un éclair droit devant lui, qui toucha un magicien en plein buste avant de rebondir sur ses deux voisins de gauche. Le premier atteint fut aussitôt éliminé, sa la robe vide s'effondrant au sol.

Grâce à plusieurs coups de masse successifs, Orris vint à bout d'un deuxième ennemi. Un troisième s'ajouta bientôt à la liste, vaincu par Heldra, dont les cheveux blonds se mouvaient dans l'action, à l'arrière de son masque. Envar eut le temps d'en abattre un de plus avant que sa barrière magique ne s'effondre et le laisse face à quatre adversaires. Ces derniers saisirent l'occasion et reprirent leur offensive avec leurs sortilèges, obligeant le chef de la Compagnie à résister, courbé derrière son bouclier, qui vacillait sous l'impact des éclairs et des sphères qu'on lui lançait. Ses lieutenants se dégagèrent de la mêlée et à partir de là, des dizaines de sorts traversaient les lieux, touchant à plusieurs reprises l'armure d'Orris, tout à droite, qui mit un genou à terre avant de lever son pavois. Envar grimaça tout en faisant l'effort de résister à la pression exercée contre lui, et de ne pas reculer en cet instant où l'affrontement atteignait le maximum de son intensité.

Garvin et Ciela, parvenus de l'autre côté de l'assemblée des mages, s'approchèrent de la forêt de sapins et d'Elesra, revêtue de sa tenue de combat. Tout comme le jeune héros de Felden, elle disposait de deux épées, aux fourreaux attachés à sa ceinture. Elle les attendait sans bouger, tout près des premiers arbres alignés derrière elle, tandis que les deux magiciens de l'Ouest s'écartaient l'un de l'autre pour obliger la générale Vesnaer à lutter sur deux fronts séparés.

Avant qu'ils ne passent à l'attaque, Elesra fit un ample geste du bras droit en ouvrant sa main pour lancer une poudre fine d'un noir scintillant devant elle. Un mur d'énergie spectral et incurvé s'éleva du sol pour former un demi-cercle devant elle. Garvin, à gauche, joignit ses mains pour projeter une flamme continue contre la barrière, qui résista également à trois belles sphères bleues créées par Ciela. La magie noire d'Elesra absorbait leurs sorts tandis qu'elle préparait discrètement le sien. Soudain, elle riposta en envoyant un faisceau de ténèbres à travers son champ de force, un rayon nuageux qui fila droit vers Garvin. Celui-ci arrêta de se concentrer sur son souffle de feu et se jeta au sol, le faisceau passant juste au-dessus de lui avant de partir vers le ciel obscur en arrière-plan.

Ciela s'en alla vers la droite, lançant trois sphères sur le mur tout en esquivant des boules d'énergies noires projetées par Elesra. Les attaques répétées de la jeune blonde eurent raison du mur, qui s'effaça de haut en bas, jusqu'au sol. Ciela se rapprocha alors de Garvin, qui se relevait tout juste, et arrivés à six mètres de leur adversaire, cette dernière rassembla ses mains devant elle et leur envoya un flot de ténèbres en forme de cône. Les deux jeunes magiciens eurent tout juste le temps de bloquer le sort grâce à la télékinésie, parvenant ainsi à contenir la poussée d'Elesra.

— Il faut résister ! Cria Ciela à Garvin, qui faisait l'effort à sa gauche.

Les bras tendus vers la générale Vesnaer, ils réussirent à se maintenir et à la neutraliser pendant une minute, puis le cône de ténèbres faiblit et la poussée exercée contre eux s'estompa. Ciela partit en courant en diagonale vers Elesra, dégainant son épée, dont la lame de cristal translucide apparut. Elesra s'empara d'un fouet qu'elle portait à la ceinture, derrière elle, puis frappa de la gauche vers la droite, en montant légèrement. Ciela s'allongea en arrière pour l'esquiver, et alors que le fouet la survolait, celui-ci s'allongea par enchantement et frappa Garvin, qui fut retourné par le choc et s'effondra au sol plus loin, comme assommé par l'impact.

Ciela, enragée par ce qui venait de se produire, se redressa et reprit son élan. Elesra sortit l'une de ses épées, incurvée et recouverte d'un halo noir, comme celles de ses mages. Ciela, très concentrée, plaça un premier coup horizontal, paré par son ennemie. La jeune prodige de Létare, bien décidée à vaincre, repartit à l'assaut ; Elesra l'arrêta encore par deux fois avant de riposter. Elle bondit en avant, fit un pas chassé et plia le genou, puis envoya une poussée de télékinésie de sa main droite, qui éjecta Ciela sur la droite du champ de poussière dans lequel ils se battaient. Garvin arriva deux instants plus tard, ses épées magiques en main : Elesra dégaina sa deuxième arme et bondit vers le jeune homme. Telle une tornade, elle multiplia les mouvements, prenant Garvin de vitesse, qui fut obligé de parer en reculant. Il reprit l'avantage avec une attaque en ciseaux, puis abattit ses épées contre celles d'Elesra, qui résista au corps-à-corps. Les bras de la Vesnaer se chargèrent d'une grande force et elle le repoussa violemment en arrière, lui faisant même perdre l'équilibre. Garvin manqua de peu de chuter et se reprit. Comme il lui tournait désormais le dos, Elesra reprit son fouet et frappa : la corde noire s'enroula autour du cou du jeune homme, qui lâcha une arme et essaya aussitôt de desserrer son emprise, alors qu'il se retrouvait en mauvaise posture. Cinq secondes plus tard, alors que la situation lui échappait, Ciela s'interposa et trancha le fouet d'un coup d'épée de cristal : Garvin réagit au quart de tour et pivota sur lui-même, Ciela plongea au sol, puis le jeune homme lança de toutes ses forces un éclair sur Elesra. Le sort percuta la Vesnaer en haut à gauche de son buste et la décolla du sol. Elle lâcha son épée droite puis retomba dans la poussière, sur le dos. Sonnée, elle secoua la tête, et, dépassée par le duo qui venait de la blesser, elle se releva en tournant pour prendre la fuite dans la forêt de sapins. Après avoir échangé un regard, Garvin et Ciela s'élancèrent à sa poursuite.

En contrebas de la lisière, le combat entre les Masques et les mages noirs continuait. Les sorts fusaient de partout, provoquant beaucoup de bruit et une certaine confusion. Lorsque la vague commença à faiblir, Envar se redressa et projeta un souffle incapacitant qui perturba les pouvoirs de l'ennemi, l'empêchant de poursuivre son offensive pendant plusieurs secondes. Un mage s'approcha d'Envar par la gauche, bondissant sur lui pour le blesser d'un coup horizontale avec un sabre à la lame anguleuse. Mais le Général le repoussa d'un violent coup de bouclier sur la gauche, puis dut à nouveau résister à deux éclairs venus d'en face, pendant dix secondes. Puis, d'un nouvel élan de pavois, il écarta les sorts avant de lancer une boule de feu à l'un de ses opposants. Il débuta alors un duel de télékinésie avec son dernier adversaire, leurs mains tendues l'un vers l'autre jusqu'à ce qu'Envar lui fasse perdre l'équilibre : il enchaîna aussitôt avec trois éclairs, et la robe du magicien s'affaissa jusqu'au sol poussiéreux. Envar, qui n'avait pas eu besoin d'utiliser sa masse, ôta son masque et soupira. Au loin, il voyait Garvin et Ciela lutter contre Elesra sans pour le moment arriver à l'inquiéter, et même s'il eut envie de s'élancer sans plus attendre, il devait s'informer de l'état de ses compagnons. Se retournant, il les aperçut debout entre les habits noirs éparpillés à terre, leurs visages eux aussi découverts. Heldra soutenait son collègue blessé au ventre, qui éprouvait des difficultés à marcher seul, et elle-même semblait marquée par ce combat.

— Tout va bien ? Leur demanda Envar.

— Oui, confirma Orris, le brun robuste, qui bien que plié en deux, conservait sa lucidité. — Allez vous mettre à l'abri, je vais aider nos amis, dit-il en pivotant de nouveau vers le lieu où Garvin et Ciela combattaient.

Ses deux compagnons s'en allèrent vers le sud, puis Envar remit son masque sur son visage et rassembla ses forces quelque peu entamées par ses efforts précédents. Mais au moment où il allait avancer, il repéra un mouvement à sa droite ; un rapide regard dans cette direction lui permit de constater qu'une petite troupe de Vesnaer robustes, équipés d'épées à deux mains, allait à sa rencontre. Il semblaient être commandés par un individu très massif, visible en arrière-plan, et qui temporisait pour le moment. Quatre guerriers en pleine course se rapprochaient : Envar utilisa une vague d'énergie pour les expulser, puis, les ayant mis à terre, il les frappa les uns après les autres avec des éclairs. Leur chef se présenta au milieu de la troupe vaincue, une immense épée entourée d'un halo sombre entre les mains. Envar hocha la tête et ouvrit sa main tendue en avant : un cinquième éclair en partit pour frapper le Héraut Vesnaer en plein coeur, mais cela ne produisit pas le moindre effet sur lui. Étonné, Envar se dépêcha de prendre sa masse et attendit l'assaut de son ennemi. Ce dernier, protégé par une armure légère similaire à celle d'Elesra, était aussi grand que lui, mais beaucoup plus massif. Le Héraut frappa en diagonale si fort qu'il surprit Envar et fit trembler son bouclier.

Le Général des Mille Collines fit un pas en arrière et riposta à la masse, qui balaya l'air sans toucher l'ennemi. Il comprit qu'il devait augmenter sa vitesse pour ne pas être débordé par la puissance du Vesnaer, qu'il devina être leur soldat d'élite par excellence. L'épée et la masse s'entrechoquèrent plusieurs fois, puis ils firent jeu égal, Envar parant puis contre-attaquant en permanence, satisfait de sa performance face à un si dangereux adversaire. Ce dernier, retournant son arme, repoussa celle d'Envar, puis il se lança dans une succession de coups dirigés sur le pavois, qui obligèrent le chef des Masques à parer en continu. Son bras gauche faiblissait au fur et à mesure qu'il le tenait levé. Alors qu'il voulut briser la série de son opposant en repartant de l'avant, sa masse lui fut éjectée des mains par l'épée lourde du Héraut, qui effectua une rotation avec son arme : la lame passa juste au-dessus du rebord du bouclier, à l'horizontale, et toucha Envar au niveau du coeur. Même si son armure épaisse et enchantée le protégeait, le choc de l'arme magique du Vesnaer le frappa de plein fouet : il recula de plusieurs pas, soupirant tout en perdant l'équilibre, et lorsqu'il s'arrêta, son masque se détacha de lui même pour s'effondrer dans la poussière de la Plaine.

Envar, pris par un sentiment de fatigue, s'écroula sur son genou droit, à quelques mètres de son adversaire immobile, qui n'avait plus qu'à porter un coup de plus. Envar baissa les yeux sur son masque, le Héraut sortant de son champ de vision. Il savait la gravité de la situation, entièrement inédite, mais aussi qu'il avait la faculté unique de remporter encore ce combat. Il se savait capable d'un tel exploit, même atteint de la sorte, alors il réunit ses dernières forces, attrapa son masque d'un mouvement brusque, le porta à son visage et se redressa.

Alors que le Héraut se lançait sur lui, Envar déplia sa main droite, réalisant une télékinésie qui repoussa son adversaire en arrière. Envar se pencha pour récupérer sa masse et repartit à l'assaut. Il écarta un premier coup d'épée avec son bouclier, puis entoura celui-ci d'une aura violette, et envoya un uppercut au Héraut, qui, sonné, ne put esquiver la masse d'Envar, laquelle l'atteignit au ventre. Envar perdit l'équilibre après cet élan, repartit en arrière, et son bouclier glissa pour tomber par terre. Le Héraut avait lui aussi laissé échapper son atout, son épée à deux mains, et se tenait allongé sur le ventre, tentant de se relever. Alors, lentement, Envar s'approcha, ses bottes marquant la poussière, et il abattit une dernière fois sa masse sur son ennemi. Une explosion de magie à l'impact fit décoller le Général, qui retomba quelques mètres en arrière, sur le dos, son masque à sa droite, au niveau de son flanc.

***

Au sud, la bataille tournait peu à peu en faveur des alliés. La disparition des magiciens noirs avait entraîné celle des éclairs, ainsi, les Masques pouvaient désormais porter assistance aux troupes. Longtemps malmenés par les gargouilles, ils en virent progressivement à bout et purent concentrer leurs efforts sur la menace terrestre, apportant une aide précieuse aux combattants. Les lances envoyées par la baliste se succédaient, et l'une d'elles porta un coup décisif en atteignant une compagnie d'archers ennemis, tandis que les tireurs de Létare, encore présents en nombre, éliminaient des bataillons entiers. Lendra, toujours sur la droite, amenait avec elle la force d'une compagnie à elle seule, frappant chaque ennemi sur sa route grâce à sa longue épée. Elle détruisit une gargouille qui arrivait en planant au-dessus d'elle grâce à une traînée de glace qui paralysa la créature, laquelle s'écrasa au sol au milieu du champ. Alors que deux guerriers Vesnaer fondaient sur elle, Lendra planta son épée en terre, esquiva les attaques et les saisit par le col de leurs armures noires, pour enfin les soulever dans les airs à bout de bras et les électrocuter. Elle les jeta ensuite par côté, reprit son arme et avança, para un troisième guerrier et lui asséna un coup de coude. Le soldat ennemi fut projeté par côté, pendant qu'un autre de ses congénères tentait sa chance, sans plus de résultat. Après avoir vaincu celui-là, Lendra le retourna d'un puissant coup de pied, puis se précipita pour porter secours à deux alliés blessés au sol, démunis face à plusieurs Vesnaer qui venaient vers eux. Lendra bondit en envoyant un vaste coup horizontal qui stoppa net leur progression, puis elle combattit sans relâche jusqu'à mettre les survivants en déroute. La Grande Alchimiste retourna auprès des deux blessés et les aida à se relever pour qu'ils puissent regagner un terrain plus sûr, couvrant leur retraite. Infatigable, elle reprit les devants, bien décidée à remporter cette guerre, ou du moins à en jouer les premiers rôles, comme elle le faisait déjà depuis près d'une demi-heure.

***

La poursuite d'Elesra mena Garvin et Ciela à l'intérieur de la Forêt d'Ombre, qui se révéla bien moins inquiétante que ce qu'elle laissait suggérer à première vue. Les troncs larges et immenses des sapins centenaires se dressaient de manière régulière, espacés les uns des autres, au-dessus d'un sol sec et partiellement couvert d'épines.

Après une petite descente, les deux magiciens tournèrent à droite, où Elesra se dirigeait, évitant un ravin qui s'étendait plus en contrebas, parallèle à la lisière de la forêt.

Garvin, à gauche, vit la Vesnaer dans sa ligne de mire, alors il lui jeta une sphère bleue ; Elesra s'en aperçut, lança ses pieds en avant, plia la jambe droite, se retourna pour se mettre à l'abri derrière un sapin, puis riposta. Elle se releva et recula tout en restant dans l'ombre de l'arbre, tandis que Garvin passait lui aussi derrière un tronc. Ciela avança prudemment pour se retrouver devant le premier sapin, celui derrière lequel Elesra avait disparu. La jeune femme blonde observa Garvin, qui sortit à découvert alors qu'Elesra se retrouvait dans un espace dégagé. Celle-ci envoya un rayon de ténèbres au magicien, qui, touché en haut du ventre, perdit contact avec le sol avant d'y retomber sur le dos.

— Garvin ! s'exclama Ciela, inquiète.

— Ca va aller ! Répondit-il d'une voix assurée, se tenant le ventre. Vas-y, poursuis-la, il ne faut pas qu'elle s'échappe.

Ciela sortit de l'ombre du sapin et vit Elesra droit devant elle, qui s'enfuyait en courant. La jeune blonde prit son élan et lança une sphère bleue de son bras droit : la boule d'énergie combla les vingt mètres de distance et percuta Elesra dans son dos, qui fut projetée en avant et retournée par le choc. Ciela courut pendant trois secondes, le temps pour la Vesnaer de se relever. Ciela ne se laissa pas surprendre et tendit ses deux bras en même temps, dirigeant deux rayons du lumière intense en plein coeur de la générale ennemie. Cette dernière se courba en arrière et une explosion noire se produisit, un nuage de magie emplissant l'air des sous-bois avant de s'évanouir. Ciela venait de triompher, et elle demeura un instant à regarder le paysage avant de retourner à toute vitesse vers Garvin, qui se relevait tout juste, secoué mais indemne, pour son plus grand soulagement.

— Ah, ça y est, tu as remporté la victoire ! Dit-il, haletant, alors qu'elle venait poser sa main sur son épaule. Jamais je n'en ai douté...

— Reste tranquille, lui conseilla Ciela d'une voix douce, plus inquiète pour lui que préoccupée par les actions héroïques qu'elle venait de mener.

Garvin acquiesça en reprenant son souffle, puis s'étira, son amie se tenant prête à l'aider à marcher s'il le fallait.

— Il faut retourner vers Envar, continua le jeune homme. Il est peut-être en danger.

— Oui, allons-y, approuva Ciela.

Ils partirent sur leur gauche, quelque peu en avant, et reprirent en sens inverse l'itinéraire qui les avait menés jusque là, dans ce lieu désormais désert. Ils remontèrent la pente jusqu'à sortir de la forêt, puis traversèrent le champ de poussière depuis lequel ils purent apercevoir le lieu étonnamment vide où Envar et ses deux lieutenant luttaient quelques minutes plus tôt contre les magiciens d'Elesra. En y parvenant, ils découvrirent des robes noires étendues au sol, mais ne trouvèrent pas la moindre trace de leurs amis.

— Envar a dû repartir aider les soldats, supposa Garvin, qui retrouvait ses forces.

— Dépêchons-nous ! s'exclama Ciela, avant d'entamer une course, imitée par son ami présent à sa droite.

Ils s'élancèrent du plus vite qu'ils pouvaient, avec comme seul objectif immédiat de rejoindre le champ de bataille, hors de leur vision à ce moment. Ils s'éloignèrent rapidement de la forêt inerte pour s'engager dans la plaine désertique, survolant la poussière qui se décollait du sol sous leurs pas précipités. Seuls au milieu d'une étendue qui leur semblait interminable, ils progressaient l'un à côté de l'autre, se soutenant dans leur course sans répit. Au-dessus d'eux, la couverture de nuages s'éclaircissait, passant du noir au gris sans pour autant révéler la moindre parcelle de ciel bleu. L'air chaud qui les entourait rendait leur effort plus pesant, même si leurs pouvoirs les en protégeait en partie. Leur détermination inchangée, ils poursuivirent leur élan jusqu'à ce que les silhouettes des combattants leur apparaissent au loin.

Les deux coéquipiers sentirent un immense soulagement les envahir lorsqu'ils aperçurent les soldats de l'alliance debout sur les lieux d'une bataille qui venait de s'achever par la déroute des Vesnaer. De nombreux guerriers orientaux étaient allongés au sol, majoritaires par rapport aux combattants des Mille Collines, de Létare et de Felden, les troupes vainqueures parcourant les environs. À droite, le portail était de nouveau actif, franchi par les blessés rapatriés vers Gernevan, sous le regard vigilent de la grande Heldra, au visage découvert, qui tenait sa masse posée contre la terre fine et grise de la Plaine. Garvin et Ciela se précipitèrent vers elle, étant sans doute la plus à même de leur raconter les détails et les résultats de l'affrontement passé.

— Avez-vous vaincu Elesra ? s'empressa t-elle de demander, une fois qu'ils furent arrivés au contact.

— Oui, Ciela l'a fait, répondit Garvin.

— Nous avons triomphé ! Cria Heldra en levant sa masse, déclenchant une vague de bonheur et de cris de joie derrière elle.

— Et les mages noirs ? l'interrogea Ciela, qui savait l'importance de ces sombres individus dans la conduite du conflit.

— Envar, Orris et moi avons fait ce qu'il fallait, dit la Masque, avec un soupçon de fierté. Après cela, lorsqu'il est devenu évident que nous allions l'emporter, les derniers ennemis se sont enfuis vers le nord-est. Nous ne les reverrons pas avant un moment.

— Où se trouve Envar ? Poursuivit Garvin, qui commençait a voir un mauvais pressentiment à ne pas le voir aux alentours.

— Il a été lourdement touché pendant le combat avec un soldat d'élite, répondit Heldra, dont l'absence d'agitation dans la voix parut prometteuse aux deux jeunes. Une patrouille de nos soldats l'a trouvé étendu au sol près de la Forêt d'Ombre et l'ont ramené jusqu'ici. Il va s'en sortir. Venez, allons le voir.

Elle les entraîna vers l'ouest du champ de bataille, en un endroit dégagé, où un homme chauve, encore recouvert de son armure de combat, reposait de tout son long sur une civière de toile brune, deux porteurs se tenant à chaque bout, comme parés à le soulever pour le transporter vers le portail de téléportation. Le Général Envar tourna la tête vers sa droite en entendant des pas se rapprocher, et il fit un petit sourire en voyant arriver ses amis.

— Ah, cela veut dire que vous avez gagné ! Devina t-il, Garvin lui confirmant la bonne nouvelle d'un signe de tête énergique. Félicitations, les jeunes !

— Monsieur, est-ce cela ira ? Lui demanda Ciela d'un ton altruiste.

— Oui, ne vous en faites pas pour moi, ni pour l'Ouest, continua t-il, les porteurs le soulevant de sol. C'est la chute des Elesrains ! Désormais, leur guerre des factions va reprendre, et il faudra des mois avant qu'ils puissent nous menacer à nouveau. D'ici là, nous agirons. Ne vous en faites pas, les amis : on va me mettre dans ma chambre et tout va bien se passer. Je ne pourrai pas quitter le château pendant un moment, mais je continuerai de gérer les opérations depuis Gernevan. Ma chère Heldra, vous qui êtes si talentueuse, je vous confie la direction des opérations à venir.

— Il faut vous reposer, Envar, lui dit la grande blonde.

— Bien sûr, je n'ai pas trop le choix, plaisanta le commandant des Masques. Allez, en avant ! Il dressa sa main droite et son index vers l'avant, et les porteurs se mirent à marcher à son commandement, Garvin, Ciela et Heldra souriant devant son attitude si légère. Ils demeurèrent sur place à le regarder s'éloigner, en paix sachant que le grand péril avait été repoussé : Envar ferma un instant les yeux et profita de son transport vers le château de la Compagnie, dans lequel il allait rester au moins pour les semaines qui suivaient.

Heldra les laissa pour s'adresser à un militaire à leur gauche, et enfin, Garvin sentit qu'il détenait une occasion de parler avec sincérité à Ciela, son coeur s'accélérant avant d'oser se lancer.

— Ciela, mon amie... débuta t-il, le regard tremblant en rencontrant celui de la jeune femme blonde.

J'ai tant de sentiments pour toi... Je tremble rien que d'en parler...

Il baissa la tête, gêné et presque honteux, lorsque la main de Ciela se posa sur son coeur.

— Tu sais, Garvin, mon coeur n'est plus le même lorsque je suis avec toi, quand tu es là, près de moi. Il est si léger, si joyeux ! Je me sens plus forte.

Désormais engagé, à la fois soulagé de leurs sentiments réciproques et bouleversé d'entendre ce qu'elle lui disait, il continua ainsi.

— Tu es incroyable, dit-il, secouant la tête, admiratif. Tu réalises l'impossible, et je suis fier d'être à tes côtés pour le voir. Pour moi, tu es la magicienne la plus magnifique et la plus puissante qui soit.

Une merveilleuse sensation en elle, Ciela le regardait avec une grande intensité.

— Désormais, nous ne quitterons plus, déclara t-elle avant de l'étreindre. Je suis si heureuse...

Alors qu'ils s'avouaient l'un à l'autre leur passion, à une trentaine de mètres derrière eux, Lendra revenait du front, s'arrêtant à plusieurs reprises auprès de groupes de blessés allongés au sol en attente de leur transfert, et venant en aide à des guérisseurs de Létare qui passaient parmi les rangs. Elle se penchait vers les hommes et femmes atteints par l'ennemi, remarquée par de plus en plus de soldats de la cité du Nord, qui tenaient entre eux des propos bien favorables à celle que le Conseil considérait comme la renégate. Tout en prenant son temps pour supporter ceux qui en avaient besoin, elle avançait peu à peu vers le Grand Mage, debout devant son clan, en bas du promontoire. Enfin, elle émergea de la foule dispersée pour se placer devant le maître du Conseil.

— Lendra, en tant qu'autorité suprême de Létare, je vous arrête pour vos actions dirigées contre notre cité, déclara t-il sans perdre de temps, provoquant une réaction négative parmi les troupes qui se tenaient derrière la Grande Alchimiste.

— Non monsieur, protesta dignement Lendra, élevant la voix avec force et modération à la fois, tandis que quelques uns de ses partisans venaient se placer derrière elle, visibles du Conseil. Je ne suis pas venue ici pour me rendre, ni pour être emprisonnée par vous, ni aucun de vos complices. Je me suis battue comme je le voulais, avec votre armée et celle des Mille Collines, pour que le bien commun l'emporte sur l'ennemi.

Elle parlait avec une telle énergie qu'après un regard lancé aux troupes en se retournant temporairement, l'auditoire commença à adhérer à sa parole.

— Votre participation intempestive à cette bataille ne peut remettre en question la tentative de soulèvement des populations contre Létare et son Conseil, reprit le Grand Mage inflexible.

— Est-ce que je n'ai pas assez prouvé quelle est ma valeur ? Lui répliqua Lendra. Alors que la situation semblait indécise, Heldra, la grande blonde qui désormais était présente en tant que Générale, décida de s'exprimer.

— Elle a raison ! Cria t-elle, les soldats se tournant pour la regarder. C'est Lendra qui a inventé les fioles alchimiques qui ont permis d'éliminer toute l'avant-garde des Vesnaer, et de frapper un coup décisif. Nous lui devons aussi cette victoire.

— Elle s'est battue à vos côtés ! Ajouta le jeune paysan, debout à droite, son épée entre les mains, lançant cette phrase d'un air de défiance. Et vous, où étiez-vous ?

Puis, ce fut au tour de Gador, en retrait sur la pente menant au promontoire, de faire un pas en avant.

— Le Grand Mage a refusé la participation des membres et associés du Conseil à la bataille, alors que c'est pourtant Ciela qui a vaincu Elesra. Si sur mon ordre, elle n'avait pas trahi cette directive, la générale de nos ennemis serait toujours là !

Un vent de contestation hors du commun souffla sur les troupes alliées, qui toutes ensembles se mirent à gronder, puis à lever des mains accusatrices en direction du Grand Mage, alors désigné comme un monument d'ingratitude par ses propres soldats, y compris les archers-mages. En les observant, Garvin et Ciela eurent l'impression qu'un moment historique était en train de se dérouler devant eux. Pour la première fois, face à l'indignation générale, le président du Conseil baissa la tête, et cela fut perçu par les combattants aussi bien que par Lendra, comme une capitulation.

— Dans ce cas, étant donné les circonstances, je décide de gracier cette personne, dit-il enfin, désignant Lendra de sa main sous les applaudissements de la foule. Et je lui permet de me demander une faveur spéciale.

Une lueur brilla dans le regard de Lendra, qui se prépara plusieurs secondes avant de prendre la parole.

— Il y a bien quelque chose que je veux : votre couronne !

Le Grand Mage releva la tête, les yeux grand ouverts, tandis que les soldats s'exclamaient de surprise devant une telle réclamation, qui brisait les codes en vigueur dans la cité des magiciens.

— C'est impossible ! Protesta le Grand Mage, regardant un instant ses collaborateurs ébahis par l'audace de l'imposante Alchimiste.

— Il est temps de faire changer les choses ! Reprit Lendra en haussant sa voix puissante, car elle ne souhaitait pas en rester là. Avec moi, Letare et le monde connaîtront une nouvelle ère de progrès, pour tous cette fois-ci. Tout le monde, tous les honnêtes citoyens méritent d'être heureux, et sous ma direction, Letare poursuivra ce rêve !

Une acclamation gigantesque monta des rangs derrière elle, scandant son nom avec enthousiasme en cet instant où tout l'avenir de la nation de la magie basculait. Soudain, le Grand Mage fit un geste aussi improbable qu'inespéré : il porta ses deux mains de chaque côté de sa couronne, puis garda la pose une seconde.

— Vous avez peut-être raison... abdiqua t-il, avant de soulever lentement sa coiffe d'or, sous l'émotion de plus d'un millier de personnes.

Il leva les yeux vers le visage ferme et splendide de Lendra, avant de lui tendre la couronne, qu'elle prit sans hésitation ni précipitation, avant de la placer sur sa tête, une nouvelle fois acclamée. Garvin et Ciela frappaient dans leurs mains, ravis par la scène qui se jouait à vingt mètres d'eux.

— Je suis fière de me tenir devant vous aujourd'hui, champions de Létare, des Mille Collines et de Felden ! Cria t-elle. Notre cité, notre pays, sera toujours avec vous ! Et quant à la vie dans notre territoire, je punirai quiconque prétendra qu'une personne du peuple ne peut pas faire de grandes choses !

Sous une nuée d'applaudissements, sa réussite s'avéra complète, et le Grand Mage se retira, faisant signe à ses acolytes de s'éloigner vers le promontoire. Garvin et Ciela accoururent vers Lendra, qui avançait au même moment vers les troupes. Lorsqu'ils se présentèrent devant la nouvelle dirigeante de Létare, celle-ci se tourna immédiatement vers eux.

— Je sais à présent que vous m'avez menti lors de notre première rencontre, et que vous étiez au service de Létare, commença t-elle. Mais cela n'a aucune importance pour moi. Vous êtes des héros. Ciela, une place vous attend dans notre nouveau Conseil. Une acclamation des soldats de tous les camps salua cette décision, qui parut juste à la majorité d'entre eux, au vu des services qu'elle avait rendu à tous.

— Je vous remercie, madame la Grande Mage, mais j'ai décidé de m'en aller, déclara Ciela, à la surprise générale. Je voudrais parcourir le monde aux côtés de mon cher ami, Garvin.

La jeune femme blonde donna l'accolade à son partenaire, touché au plus haut point par cette marque d'amour, qu'il avait espéré sans pour autant vouloir éloigner sa bien-aimée de la cité dans laquelle elle avait tant étudié et travaillé. Mais maintenant, son aspiration à vivre en sa compagnie pouvait se réaliser librement.

— Oui, je comprends, reprit Lendra avec un petit sourire. Cette place sera toujours disponible pour vous, et nous vous accueillerons tous les deux avec un immense respect à l'avenir. Merci.

Alors qu'une dernière vague d'applaudissements en faveur des jeunes magiciens parcourait les lieux de la victoire, les rayons du soleil orangé apparurent loin à l'ouest, au ras du sol, et firent resplendir les trois nations, qui pour la première fois s'engageaient ensemble sur la voie de l'amitié.